JAMES BLISH

Raumschiff Enterprise 5

Der Asylplanet

*Von **STAR TREK®** sind im Goldmann Verlag sind folgende Originalabenteuer erschienen:*

Raumschiff Enterprise **1**: Der unwirkliche McCoy (23730)
Raumschiff Enterprise **2**: Strafplanet Tantalus (23731)
Raumschiff Enterprise **3**: Spock läuft Amok (23732)
Raumschiff Enterprise **4**: Das Silikonmonster (23733)
Raumschiff Enterprise **5**: Der Asylplanet (23734)
Raumschiff Enterprise **6**: Die Lichter von Zhetar (23735)
Raumschiff Enterprise **7**: Das Paradies-Syndrom (23737)
Raumschiff Enterprise **8**: Der Doppelgänger (23738)
Raumschiff Enterprise **9**: Rückkehr zum Morgen (23739)
Raumschiff Enterprise **10**: Ein kleiner Privatkrieg (23740)
Raumschiff Enterprise **11**: Der Tag der Taube (23741)
Raumschiff Enterprise **12**: Spock muß sterben! (23742)
Raumschiff Enterprise **13**: Jenseits der Sterne (23600)
Raumschiff Enterprise **14**: Klingonen-Gambit (23601)
Raumschiff Enterprise **15**: Galaxis in Gefahr (23602)
Raumschiff Enterprise **16**: Die falschen Engel (23603)
Raumschiff Enterprise **17**: Spock, Messias! (23619)
Raumschiff Enterprise **18**: Wie Phoenix aus der Asche (23620)
Raumschiff Enterprise **19**: Der Teufelsplanet (23627)
Raumschiff Enterprise **20**: Gefangene des Wahnsinns (23616)
Raumschiff Enterprise **21**: Welt ohne Ende (23613)
Raumschiff Enterprise **22**: Das Phoenix-Verfahren (23614)
Raumschiff Enterprise **23**: Planet der blauen Blumen (23615)
Raumschiff Enterprise **24**: Grenze zur Unendlichkeit (23617)
Raumschiff Enterprise **25**: Die Expertin (23618)
Raumschiff Enterprise **26**: Zwischen den Welten (23621)
Raumschiff Enterprise **27**: Welt ohne Sterne (23650)
Raumschiff Enterprise **28**: Perrys Planet (23651)

Einzelne Bände sind derzeit vergriffen.

JAMES BLISH

RAUMSCHIFF ENTERPRISE

DER ASYLPLANET

Aus dem Amerikanischen übertragen
von Hans Maeter
Bearbeitet von Hermann Urbanek

GOLDMANN

Die amerikanische Originalausgabe
erschien unter dem Titel »STAR TREK® 5«
bei Bantam Books, New York

Umwelthinweis:
Alle bedruckten Materialien dieses Taschenbuches
sind chlorfrei und umweltschonend.
Das Papier enthält Recycling-Anteile.

Der Goldmann Verlag
ist ein Unternehmen der Verlagsgruppe Bertelsmann

Genehmigte Taschenbuchausgabe

Published by arrangement with Bantam Books, Inc., New York,
under exclusive license from Paramount Pictures Corporation,
the trademark owner.
Adapted by James Blish, based on the the television series
created by Gene Roddenberry
® designates a trademark of Paramount Pictures Corporation
registered in the United States Patent and Trademark Office.

Eine frühere Ausgabe erschien unter dem Titel »Enterprise 5« 1972
im Williams Verlag, GmbH, Alsdorf
Umschlaggestaltung: Design Team München
Umschlagillustration: Agt. Schlück/Jones
Satz: IBV Satz- und Datentechnik GmbH, Berlin
Druck: Elsnerdruck, Berlin
Verlagsnummer: 23734
V. B. Herstellung: Peter Papenbrok
Printed in Germany
ISBN 3-442-23734-3

5 7 9 10 8 6 4

Inhalt

[1] TV-Titel: Das Spinnennetz
[2] TV-Titel: Planet der Unsterblichen

Wen die Götter zerstören

Dr. Donald Cory schien überschwenglich froh, Captain Kirk und Spock wiederzusehen, und das war für Kirk keineswegs überraschend. Es gab schließlich genügend Grund dafür: Kirk und Gouverneur Cory waren alte Freunde, und außerdem war Kirks offizieller Grund für den Besuch die Übergabe eines neuen Medikaments, durch das er von seiner Aufgabe befreit werden würde – und was das für eine Aufgabe war! Es grenzte wirklich an Selbstaufopferung, sich hinter einem Kraftfeld unter der giftigen Atmosphäre von Epla II zu isolieren, um die letzten vierzehn unheilbar geisteskranken Patienten der Galaxis zu pflegen und zu heilen.

»Es sind jetzt fünfzehn«, seufzte Cory. Er war trotz seiner schweren Aufgabe ein fröhlicher Mensch, hatte ein rundes, gerötetes Gesicht und weiße, struppige Haare. »Du kennst den neuen Patienten sicher, Jim. Es ist Garth von Izar!«

»Natürlich kenne ich ihn«, sagte Kirk überrascht. »Er war einer der begabtesten Kadetten, die jemals die Akademie besucht haben. Wie ich hörte, ist er Captain bei der Sternenflotte geworden – und hatte bestimmt das Zeug dazu, eines Tages Admiral zu werden. Was ist mit ihm passiert?«

»Eine tragische Geschichte. Er ist bei einem Unfall in der Nähe von Antos IV verletzt und fürchterlich verstümmelt worden. Die Bewohner jenes Planeten sind Meister der Chirurgie, wie du sicher schon gehört hast. Sie haben seinen Körper buchstäblich von Grund auf neu zusammengesetzt und restauriert. Aus Dankbarkeit hat er ihnen angeboten, sie bei einem Versuch, die Galaxis zu erobern, anzuführen. Sie lehnten das Angebot ab, und er hat daraufhin versucht, den Planeten mit all seinen Bewohnern zu vernichten. Einer seiner Offiziere hat wegen dieses Befehls beim Sternenflotten-Kommando rückgefragt, und so ist er selbstverständlich bei uns gelandet.«

»Und wie spricht er auf die Behandlung an?« fragte Spock.

»Niemand hier spricht auf irgend etwas an«, sagte Cory. »Und das ist der eigentliche Grund unseres Hierseins. Vielleicht wird dein neues Medikament uns helfen. Aber, offen gestanden, ich bin pessimistisch. Optimismus kann ich mir nicht mehr leisten.«

»Dein Pessimismus ist verständlich«, sagte Kirk. »Ich würde gern mit Garth sprechen. Ist das möglich?«

»Natürlich. Die geschlossene Abteilung ist dort drüben.«

Die Zellen der geschlossenen Abteilung waren ein Beweis dafür – falls es so eines Beweises noch bedurft hätte –, daß der Wahnsinn, obwohl sehr selten geworden, keinerlei Rassenschranken kannte. Die meisten der Patienten hinter den Kraftfeldern waren humanoid, aber Kirk entdeckte auch einen blauen Andorianer und einen schweinsgesichtigen Tellariten. Zu den Patienten gehörte auch ein junges Mädchen, sehr spärlich bekleidet und auffallend hübsch. Ihre grünlich getönte Haut wies darauf hin, daß einer ihrer Vorfahren vulkanisch-romulanischer Abstammung gewesen sein mußte. Das aber lag sicher lange Zeit zurück, denn sie zeigte keine der anderen äußerlichen Merkmale dieser Rassen.

Als die drei Männer an ihrer Zelle vorbeigingen, rief sie flehend: »Captain! Hören Sie, Captain! Sie machen einen Fehler! Bitte – holen Sie mich hier heraus, dann werde ich Ihnen sagen, was passiert ist.«

»Armes Kind«, seufzte Cory. »Paranoia. Ein klassischer Fall.« Er wandte sich dem Mädchen zu. »Captain Kirk hat im Moment keine Zeit, Marta.«

Das Mädchen schien ihn nicht gehört zu haben. »Ich bin völlig gesund, Captain. Sie brauchen mich doch nur anzusehen. Lassen Sie mich Ihnen doch erklären...«

»Eine sehr vernünftige Frage zumindest«, sagte Spock.

»Ich *bin* völlig vernünftig!« versicherte sie.

Kirk blieb stehen und wandte sich ihr zu. »Was wollen Sie mir denn sagen?«

Das Mädchen wich vor dem unsichtbaren Kraftfeld-Gitter zurück und deutete auf Cory. »Ich kann es Ihnen nicht sagen, nicht in seiner Gegenwart.«

»Haben Sie etwa Angst, vor Gouverneur Cory zu sprechen?«

Sie verzog das Gesicht zu einem vertraulichen Lächeln. »Er ist in Wirklichkeit überhaupt nicht Gouverneur Cory«, flüsterte sie.

Kirk warf Cory einen Blick zu, der in einer hilflosen Geste die Hände hob. »Ich bin wirklich nicht gefühllos«, sagte er, »aber das höre ich jeden Tag von ihr. Sie lebt in dem Wahn, daß jeder gegen sie intrigiere, und natürlich bin ich der Hauptschurke in dem Komplott. Die Zelle von Garth ist da drüben um die Ecke. Er war heute ungewöhnlich unruhig, und wir haben leider zusätzliche Maßnahmen treffen müssen.«

Er winkte ihnen, weiterzugehen. Als Kirk um die Ecke bog, bot sich ihm ein schockierender Anblick. Der Mann in der Zelle war mit ausgestreckten Armen an die rückwärtige Zellenwand geschmiedet. Er sah aus wie ein Gekreuzigter, das Kinn war ihm auf die Brust gesunken. Es war ein erschreckender Anblick, der sich bot, und erinnerte an eine mittelalterliche Folterkammer. Mit einem empörten Ausruf trat Kirk einige Schritte auf die Zelle zu. Es konnte doch keine moderne Heilmethode geben, die solche Grausamkeit rechtfertigen würde. Da stimmte doch etwas nicht.

Bei dem Geräusch blickte der Gefangene auf. Er wirkte unterernährt und sah hohlwangig und verstört aus. Aber Kirk hatte trotzdem keinerlei Zweifel an seiner Identität.

Es war Gouverneur Cory!

Kirk fuhr herum. Der andere Cory war nicht mehr da. An seiner Stelle sah Kirk jetzt am Ende des Korridors einen hochgewachsenen Mann mit einer Hakennase und tiefliegenden, glühenden Augen, der einen Phaser auf die beiden Offiziere der *Enterprise* gerichtet hatte. Hinter ihm drängten sich die meisten der angeblich eingesperrten Insassen, die Kirk zuvor in ihren Zellen gesehen hatte, und sie waren gleichfalls bewaffnet.

»Garth!«

»Sehr richtig«, sagte der hochgewachsene Mann grinsend. »Sie wollten doch mit mir sprechen, Captain. Nun, hier bin ich. Ich schlage aber vor, daß Sie vorher in die Zelle gehen. Das Kraftfeld ist ausgeschaltet. Deshalb mußten wir den Gouverneur fesseln. Tlollu, sperren Sie den Vulkanier in die größte der leeren Zellen. Captain, lassen Sie Ihre Waffe zu Boden fallen, und gehen Sie zu Ihrem alten Freund Cory in die Zelle.«

Kirk hatte keine andere Wahl. Als er die Zelle betreten hatte, verriet ihm ein leises Knistern, daß das Kraftfeld wieder eingeschaltet wurde. Rasch trat er auf Cory zu und versuchte, die Handschellen, mit denen dieser an die Wand gefesselt war, zu lösen. Aber die Handschellen waren offensichtlich von einer Fernsteuerung kontrolliert. Sie ließen sich nicht öffnen.

Cory sagte mit heiserer Stimme: »Tut mir leid, daß er dich hereingelegt hat, Jim.«

»Mach dir keine Sorgen, es wird uns schon etwas einfallen.«

»Ihr verehrter Gouverneur«, sagte Garth spöttisch, »reagiert recht stoisch auf Schmerz, nicht wahr?«

Kirk wandte sich um. Das grünhäutige Mädchen war ebenfalls frei und klammerte sich an Garth, der ihr leicht über das Haar strich.

»Garth, ich verstehe Sie nicht. Aus welchem Grund lassen Sie Cory so leiden?«

»Ich verlange, mit meinem Titel angeredet zu werden, Kirk!« befahl Garth mit schneidender Stimme.

»Entschuldigen Sie. Ich hätte Captain Garth sagen sollen.«

»Das ist lediglich einer meiner geringeren Titel«, sagte Garth hochmütig. »Ich bin Lord Garth von Izar und der künftige Kaiser der Galaxis.«

Kirk blickte den Mann nachdenklich an. Damit hatte Garth seine Geisteskrankheit klar und deutlich dokumentiert. »Ich bitte um Entschuldigung, Lord Garth«, murmelte er fassungslos.

»Wir vergeben Ihnen. Ich weiß natürlich, daß Sie mich für einen Verrückten halten und deshalb einer meiner Launen nachzugeben glauben. Aber überlegen Sie einmal, warum ich hier draußen bin und

Sie beide in der Zelle?« Garth lachte brüllend über seinen vermeintlichen Witz. Kirk bemerkte, daß Marta ihn aufmerksam beobachtete, und zwang sich zu einem Lächeln. Sie flüsterte Garth etwas ins Ohr.

»Später vielleicht«, winkte er ab. »Marta scheint von Ihnen sehr angetan zu sein, Captain. Es ist Ihr Glück, daß ich keinerlei Schwächen habe, nicht einmal die der Eifersucht.«

»Ich habe versucht, Sie zu warnen, Captain«, sagte Marta leise. »Erinnern Sie sich?«

»Das hat sie wirklich getan«, sagte Garth freundlich. »Aber natürlich hatte ich alles so arrangiert, daß Sie ihr nicht glauben würden. Unsere liebe Marta ist nämlich tatsächlich ein bißchen verrückt.«

»Was hoffen Sie eigentlich mit diesen vierzehn Verrückten zu erreichen?« fragte Kirk.

»Jetzt versuchen Sie endlich, logisch zu denken. Das freut mich. Die Izarianer, Captain, sind eine Herrenrasse. Viel mehr noch als die Romulaner und die Klingonen, wie ihre Fehlschläge gezeigt haben. Wenn ich in einem Triumphzug aus meinem Exil heimkehre, wird mein Volk mir folgen.«

»Dann haben Sie doch von Gouverneur Cory überhaupt nichts zu befürchten. Warum lassen Sie ihn nicht frei?«

»Ich fürchte niemanden, und ich werde Ihnen beweisen, daß wir auch großmütig sein können.« Er drückte auf einen kleinen Apparat, der an seinem Gürtel befestigt war. Klirrend sprangen die Handfesseln Corys auf. Kirk konnte den völlig entkräfteten Gouverneur gerade noch auffangen, bevor er zu Boden sank.

»Ich danke Ihnen, Lord Garth«, sagte Kirk. »Was haben Sie eigentlich mit den Medikamenten getan, die wir gebracht haben?«

»Dieses Gift? Ich habe es natürlich vernichtet! – Aber jetzt Schluß mit diesem Geschwätz! Es wird Zeit, daß ich das Kommando des Schiffes übernehme, das Sie mir gebracht haben. Sie werden mir natürlich dabei helfen.«

»Und warum sollte ich das tun?« fragte Kirk stirnrunzelnd.

»Weil ich das Schiff brauche«, sagte Garth überraschend geduldig. »Meine Mannschaft hat gemeutert, und auch meine Flotten-Kapitäne.

Ich werde deshalb die *Enterprise* als erstes dazu benutzen, sie zu jagen und für ihren Ungehorsam zu bestrafen.«

»Meine Besatzung wird einem so irrsinnigen Befehl niemals gehorchen«, sagte Kirk und gab den Versuch auf, mit diesem armen, geisteskranken Menschen vernünftig zu sprechen. »Sie sind am Ende, Garth. Geben Sie auf!«

»Ihre Besatzung wird Ihnen gehorchen, Captain«, sagte Garth ungerührt. »Und vergessen Sie nicht, wie leicht ich Sie davon überzeugen konnte, Ihr alter Freund Gouverneur Donald Cory zu sein. Es ist eine sehr nützliche Technik, wie Sie gleich sehen werden. Beobachten Sie mein Gesicht!«

Garths Gesichtszüge, seine Augen, seine Haut, schienen sich zu verschieben. Als die furchterregende Metamorphose vorbei war – und sie dauerte nur wenige Sekunden –, war der Mann, der immer noch Corys Kleidung trug, nicht mehr Garth, sondern Kirks Spiegelbild.

Das Duplikat grinste, winkte Kirk spöttisch zu, drehte sich um und ging fort. Marta blieb noch einen Augenblick stehen und blickte Kirk mit merkwürdigem Interesse an. Dann ging auch sie und murmelte leise vor sich hin.

»Ich – ich habe gebetet, daß du nicht hierherkommen würdest«, sagte Cory. »Alles, was er braucht, ist ein Sternenschiff. Und jetzt hat er eines.«

»Noch nicht. Und selbst wenn es ihm gelingen sollte, die *Enterprise* in seine Gewalt zu bekommen, wird einer meiner Offiziere den ersten irrsinnigen Befehl, den er gibt, an das Sternenflotten-Oberkommando melden, genau wie es seine eigenen Offiziere getan haben.«

»Bist du dir da sicher, Jim?« fragte Cory.

Kirk mußte zugeben, daß er dessen ganz und gar nicht sicher war. Wenn er in der Vergangenheit unter versiegelter Order operiert hatte, hatte er sich oft genötigt gesehen, scheinbar widersinnige Befehle zu geben, und seine Mannschaft hatte sich daran gewöhnt, daß jede scheinbare Irrationalität früher oder später eine Erklärung finden würde. In der Tat hatte Kirk immer gefürchtet, daß das die Folge sein könnte.

»Nein. Ich bin mir eigentlich nicht sicher. Aber ein Sternenschiff ist noch keine Flotte. Selbst wenn meine Offiziere ihm gehorchen sollten, könnte er doch nicht allzu großen Schaden anrichten.«

»Vielleicht doch«, sagte Cory. »Er behauptet, eine sehr einfache, leicht anwendbare Methode entwickelt zu haben, um selbst stabile Sonnen zur Nova werden zu lassen. Und ich glaube fast, daß er das ernst meint. Kannst du dir vorstellen, was für eine Waffe zur Erpressung das sein könnte? Und wenn die Izarianer ihm wirklich folgen sollten – was mich überhaupt nicht überraschen würde, da sie schon immer nur sehr widerwillig Mitglieder der Föderation waren –, dann hat er auch eine Flotte. Es wäre gefährlich, ihn zu unterschätzen, Jim.«

»Das tue ich auch nicht. Er war ein militärisches Genie, dessen erinnere ich mich wohl. Was für eine Verschwendung an Intelligenz!«

Cory antwortete ihm nicht.

»Wie bringt er eigentlich diesen Gestaltwandler-Trick zustande?«

»Die Bewohner von Antos haben ihm die Technik der zellularen Metamorphose beigebracht, damit er die zerstörten Teile seines Körpers regenerieren konnte. Das kommt in der Natur recht häufig vor. Auch auf der Erde, etwa bei niedrigen Tieren wie Krabben und Seesternen. Er kann jede Gestalt annehmen, die er annehmen will. Er hat diese Fähigkeit dazu benutzt, alle meine medizinischen Mitarbeiter umzubringen und mich gefangenzunehmen. Er hat dabei gelacht. Ich höre dieses Lachen noch immer. Und wenn ich daran denke, daß ich gehofft hatte, ihn heilen zu können...«

»Wir haben trotzdem noch eine Chance. Selbst wenn er meine Gestalt annimmt, kann Garth nicht ohne Kenntnis der Tagesparole an Bord der *Enterprise* gelangen. Wir haben das nach einigen sehr häßlichen Erfahrungen durch Hypnose und andere Formen der Täuschung eingeführt.«

»Und was sollen wir tun, Jim? Er hat uns in der Hand.«

»Und wir ihn«, sagte Kirk mit Nachdruck. »Schließlich muß er uns um Hilfe bitten. Und wenn es an der Zeit ist, werden wir ihm auch helfen, aber nicht so, wie er es erwartet. Mit ein bißchen Glück werden wir ihm die Hilfe geben können, die er wirklich braucht.«

»Wenn du das schaffst«, sagte Cory, »bist du ein besserer Arzt als ich.«

»Ich bin kein Arzt«, sagte Kirk. »Aber wenn ich ihn in die Hände von Dr. McCoy bringen kann...«

»McCoy? Meinst du Leonard McCoy? Der ist doch wahrscheinlich sicher längst medizinischer Direktor des Sternenflotten-Kommandos. Hoffnungslos!«

»Nein, Donald. Garth ist nicht Admiral geworden, und McCoy wärmt auch nicht auf der Erde einen Schreibtischsessel auf. Im Augenblick befindet er sich in einer Umlaufbahn direkt über uns. Er ist nämlich Bordarzt der *Enterprise.*«

Diese Mitteilung verblüffte Cory, aber er fing sich rasch wieder. »Dann«, sagte er, »brauchen wir also Garth nur an Bord der *Enterprise* zu bringen, und das ist genau das, was er will. Vielleicht haben wir wirklich noch eine Chance, Jim.«

Am nächsten Tag erschien Garth vor ihrer Zelle. »Ich hoffe, daß Ihr Aufenthalt nicht allzu ungemütlich war, Captain«, sagte er lächelnd und betont mitfühlend.

»Ich habe schon Schlimmeres erlebt.«

»Trotzdem. Ich fürchte, ich habe meine Pflichten als Gastgeber ein wenig vernachlässigt. In meiner *Personifizierung* als Cory habe ich Sie zum Abendessen eingeladen, Sie und Mr. Spock. Und diese Einladung gilt auch jetzt noch.«

»Wo ist Mr. Spock?«

An Stelle einer Antwort gab Garth einen Wink, und Spock wurde, bewacht von vier bewaffneten Patienten, um die Ecke des Korridors geführt. Unter den Wachen war auch Marta. Sie lächelte geistesabwesend und hielt die Mündung einer Phaserwaffe auf Spocks Kopf gerichtet.

»Ich freue mich, Sie zu sehen, Mr. Spock.«

»Danke, Captain.«

Kirk wandte sich wieder an Garth. »Kommt auch Gouverneur Cory zum Abendessen?«

»Gouverneur Cory unterzieht sich gerade einer unfreiwilligen Fastenkur. Sie wurde nötig, weil er sich mir widersetzt hat. Sie werden aber feststellen, daß ich für Leute, die zur Zusammenarbeit bereit sind, auch ein gutes Essen auftragen lasse.«

Kirk wollte die Einladung schon zurückweisen, als Cory sagte: »Du hilfst mir nicht, wenn du auch hungerst, Jim. Geh du mit ihm zum Essen.«

»Ein sehr guter Rat, Gouverneur«, sagte Garth spöttisch lächelnd. »Nun, Captain?«

»Einverstanden.«

Garth lachte und ging voraus.

Der Speisesaal der Station auf Epla II war offensichtlich einmal in nüchterner Zweckmäßigkeit eingerichtet gewesen, wie es bei solchen Räumen meist der Fall zu sein pflegt, jetzt aber wirkte er wie der Schauplatz eines üppigen Banketts im alten Rom. Garth winkte Kirk und Spock, zwischen ihm und Marta Platz zu nehmen. Schweigend setzten sie sich, und Kirk bemerkte, daß Marta ihn ununterbrochen anstarrte.

Garth warf ihr einen wütenden Blick zu. »Laß die Hände von ihm, Schlampe!«

Diese Warnung schien dem Mädchen nur zu gefallen. »Du bist also doch eifersüchtig«, sagte sie strahlend.

»Unsinn. Ich stehe über solchen kleinlichen Dingen. Du belästigst den Captain mit deiner ständigen Aufmerksamkeit. Das ist alles.« Das Mädchen blickte Kirk lächelnd an. »Finden Sie mich lästig, mein Lieber?«

Dies schien eine gute Gelegenheit zu sein, eine kleine Streiterei unter den Verrückten zu provozieren. »Überhaupt nicht«, sagte Kirk.

»Siehst du, er findet mich reizend, und das stört dich. Gib es doch zu!«

»Davon hat er nichts gesagt«, erwiderte Garth verdrossen. »Deine Albernheiten werden dir nichts weiter einbringen, als daß ich dich weidlich verprügeln lasse.«

»Das würdest du nie tun. Ich bin die schönste Frau auf diesem

Planeten.«

»Natürlich, da du die einzige bist«, sagte Garth sarkastisch.

Das Mädchen lächelte triumphierend. »Ich bin die schönste Frau der ganzen Galaxis. Und ich bin auch intelligent, ich schreibe Gedichte, bin eine hervorragende Malerin und tanze wie eine Göttin. Stimmt das etwa nicht?«

»Lügen, alles Lügen! Ich möchte nur ein einziges Gedicht hören, das du geschrieben hast.«

»Gerne«, sagte Marta gelassen. Sie stand auf und trat mit übertrieben theatralischer Haltung an das Kopfende des Tisches. Gleichzeitig beugte sich Spock zu Kirk.

»Captain«, sagte er fast unhörbar und fast ohne die Lippen zu bewegen, »falls Sie die Leute ein wenig ablenken könnten, würde ich versuchen, in den Kontrollraum zu gelangen und die Kraftfelder auszuschalten.«

Kirk nickte. Der Vorschlag war sehr gut. Sie brauchten schließlich nur ein paar Sekunden – vorausgesetzt, Scotty hielt ein paar Leute in Alarmbereitschaft –, und das war mehr als wahrscheinlich, falls Garth bereits versucht haben sollte, als Kirk an Bord zu gelangen, ohne die Tagesparole zu kennen.

Garth starrte Marta an, die jedoch nur Augen für Kirk zu haben schien.

Sie begann:

Soll ich dich einem Sommertag vergleichen,
der du viel lieblicher und sanfter bist?
Durch Maienblüten rauhe Winde streichen,
und Sommers Pracht hat allzu kurze Frist…

»Das willst *du* gedichtet haben?« lachte Garth lauthals.

»Ja, gestern.«

»Noch eine Lüge! Die Zeilen stammen von einem Mann namens Shakespeare, der vor vielen Jahrhunderten gelebt hat.«

»Das ändert überhaupt nichts an der Tatsache, daß ich sie eben gestern zum zweiten Mal geschrieben habe. Ich halte es für eines meiner besten Gedichte, findest du nicht auch?«

Es kostete Garth sichtlich Mühe, sich unter Kontrolle zu halten. »Setz dich, Marta! Du verschwendest nur unsere Zeit. Captain, wenn Sie sie wirklich wollen, können Sie sie haben.«

»Äußerst großzügig«, sagte Kirk trocken.

»Sie werden finden, daß ich meinen Freunden gegenüber *wirklich* sehr großzügig bin – und gnadenlos gegenüber meinen Feinden. Und ich möchte, daß Sie beide meine Freunde werden.«

»Und worauf«, sagte Spock stirnrunzelnd, »soll sich unsere Freundschaft gründen?«

»Auf das festeste aller Fundamente: vorurteilsfreies Eigeninteresse. Sie, Captain, sollen nur mir unterstehen, als tüchtigster militärischer Kommandant der Galaxis.«

»Äußerst schmeichelhaft, aber gegenwärtig bin ich in erster Linie mit Forschungsaufgaben betraut.«

»Genau wie ich früher. Ich habe mehr neue Welten entdeckt als jeder andere Mensch in der Geschichte.«

»Aber selbst dieser Rekord kann einem Mann nicht helfen, der seinen Verstand und ein logisches Urteilsvermögen verloren hat«, sagte Spock eisig. »Wie konnten Sie als Captain der Sternenschiff-Flotte nur glauben, daß eine Schwadron der Föderation blindlings einen Befehl befolgen würde, der die Vernichtung des Planeten Antos mit allen seinen Bewohnern bewirkt hätte? Dieses Volk ist genauso berühmt für seine Gutherzigkeit wie für seine chirurgischen Fähigkeiten, wie Ihr eigenes Überleben beweist.«

»Das war meine einzige Fehlkalkulation«, sagte Garth. »Ich hatte diese dekadente Schwäche bereits überwunden. Meine Offiziere jedoch noch nicht. Meine neuen Offiziere, die Männer in diesem Raum, werden mir bedingungslos gehorchen, ohne auch nur eine Frage zu stellen. Und was Sie beide betrifft, Sie haben zwar Augen, können aber nicht sehen. Wir sind von der Unendlichkeit der Galaxis umgeben, und doch will uns die Föderation dazu zwingen, wie Ameisen in einem etwas größeren Ameisenhaufen umherzukriechen. Aber ich bin kein Insekt. Ich bin ein Herrscher und fordere mein Reich.«

»Ich gebe zwar zu«, sagte Kirk ruhig, »daß Kriege leider nicht immer vermeidbar sind und daß Sie ein hervorragender Kämpfer waren. Als Kadett habe ich Ihren Sieg bei Axanar studiert. Er gehört heute noch zur Pflichtlektüre an der Akademie.«

»Völlig zu Recht.«

»Zugegeben. Aber mein erster Besuch auf Axanar, als frischgebackener Leutnant, war als Mitglied der Friedensverhandlungsdelegation.«

»Politiker und Pazifisten«, sagte Garth angewidert. »Sie haben meinen Sieg verspielt.«

»Im Gegenteil. Sie haben ihn mit einem weiteren – und größeren – gekrönt. Sie waren Staatsmänner und Humanisten, und sie hatten einen Traum – einen Traum, der inzwischen Wirklichkeit geworden ist und sich auf den Sternsystemen ausgebreitet hat. Einen Traum, der Mr. Spock und mich zu Brüdern gemacht hat.«

Garth lächelte spöttisch und wandte sich an Spock. »Sind Sie tatsächlich der Meinung, daß Captain Kirk Ihr Bruder ist?«

»Captain Kirk hat das nur bildlich gemeint«, sagte Spock. »Aber unter diesem Gesichtspunkt sind seine Worte logisch und ich stimme ihnen tatsächlich zu.«

»Sie sind wirklich blind. Völlig blind! Captain Kirk ist Ihr Kommandant, und Sie sind sein Untergebener. Alles andere ist Unsinn. Aber Sie sind selbst ein fähiger Kommandant, und in meiner Flotte werden Sie Ihr eigenes Sternenschiff kommandieren. Das verspreche ich Ihnen.«

»Verzeihen Sie«, sagte Spock, »aber wo ist denn Ihre Flotte?«

Garth machte eine weit ausholende Geste. »Da draußen – sie wartet auf mich. Sie werden sich um meine Fahne scharen, und zwar weil sie allen Grund dazu haben. Ich biete ihnen unermeßlichen Reichtum, unbeschränkte Macht, ganze Sonnensysteme, die von einer Elite beherrscht werden. Wir, Gentlemen, sind diese Elite. Wir müssen uns das nehmen, was uns nach unserem Rang, unseren Fähigkeiten nach zusteht, und es den verdummenden Klauen der Dekadenz entreißen.«

Spock blickte Garth mit dem Gesichtsausdruck eines interessierten Bakteriologen an, der plötzlich ein Virus entdeckt hat, das er für längst ausgestorben gehalten hatte. »Sie sollten sich darüber im klaren sein«, sagte er trocken, »daß Sie mit diesem Vorhaben nur die gleiche Niederlage erleiden werden, durch die Sie zum Insassen dieser Anstalt geworden sind.«

»Ich bin verraten worden, und dann hat man mich barbarisch mißhandelt.«

»Im Gegenteil, Sie wurden gerecht behandelt, und mit einem Mitgefühl, das Sie gegenüber keinem Ihrer vorgesehenen Opfer gezeigt haben. Logischerweise mußte deshalb...«

Garth sprang mit einem erstickten Schrei auf und deutete mit einem zitternden Zeigefinger auf Spock. Es war plötzlich totenstill im Saal.

»Schafft mir sofort diesen – diesen wandelnden Computer hinaus!«

Spock wurde nicht allzu sanft aus dem Raum geschleppt. Kirks Versuch, Spock zu Hilfe zu kommen, wurde von der lächelnden Marta unterbunden, die plötzlich wieder einen Phaser in der Hand hielt und auf ihn richtete.

Garth nahm ihr die Waffe ab und fand sich sofort wieder in die Rolle des höflichen Gastgebers zurück. »Möchten Sie nicht etwas von diesem Wein versuchen, Captain?«

»Vielen Dank, aber ich ziehe die Gesellschaft Mr. Spocks vor.«

»Und ich verlange, daß Sie hierbleiben! Ich kann Ihnen noch einige Unterhaltung bieten, die interessanter ist als Martas Dichtkünste. Übrigens, Sie spielen doch sicher Schach, nicht wahr?«

»Sehr oft sogar. An Bord der *Enterprise* haben wir ein ständiges Schachturnier.«

»Interessant. Wie würden Sie auf den Zug Königin auf Feld C 6 reagieren?«

Also hatte Garth wirklich versucht, Scotty hereinzulegen, und war nur durch die Tagesparole aufgehalten worden. Jetzt wollte er Kirk die Gegenparole entlocken.

»Es gibt, wie Sie wissen, Tausende von möglichen Zügen, besonders wenn es sich nicht um einen Eröffnungszug handelt.«

»Mich interessiert nur ein einziger.«

»Ich könnte bei meinem Leben nicht sagen, welcher das sein könnte.«

»Eine sehr treffende Formulierung«, sagte Garth lächelnd. »Sie könnten wirklich in eine Situation kommen, in der Ihr Leben davon abhinge, Captain.«

»Das bezweifle ich. Als Toter würde ich Ihnen sicher nichts nützen.«

»Ich könnte Sie dazu bringen, um den Tod zu betteln.«

Kirk lachte. »Durch Folter vielleicht? – Sie haben genau wie ich den Widerstand gegen jede Folter auf der Akademie gelernt, Garth. Wenn *ich* versuchen wollte, *Ihren* Widerstand auf diese Weise zu brechen, würde ich damit Erfolg haben?«

»Nein«, gab Garth zu, »aber denken Sie daran, Captain, daß Gouverneur Cory nicht auf der Akademie ausgebildet worden ist und außerdem durch seine – nun – Erlebnisse in letzter Zeit stark geschwächt ist. Unter seinen medizinischen Geräten habe ich einen seltsamen Stuhl entdeckt, der anscheinend für besondere Behandlungen verwendet wird. Seine Anwendung ist normalerweise völlig schmerzlos und, wie ich hinzufügen möchte, sinnlos. Er macht Patienten gefügig und ist daher für mich nutzlos. Ich habe jedoch seine Funktion dahingehend verändert, daß die Behandlung nicht mehr schmerzlos ist. Und dieser Schmerz kann auf unbegrenzte Zeit hervorgerufen werden, da er zu keiner Zerstörung des Gewebes führt.«

Marta trat dicht neben Kirk. »Sagen Sie ihm doch, was er wissen will. Und dann gehen wir beide miteinander fort.«

Kirk lächelte dünn. Es war der alte Trick von Zuckerbrot und Peitsche, und sogar in einer überaus plumpen Form. Aber es wäre leichtsinnig, das Zuckerbrot sofort zurückzuweisen. Das Mädchen war offensichtlich geistig zu unstabil, um das riskieren zu können.

»Es wäre völlig sinnlos, Gouverneur Cory zu foltern«, sagte Kirk. »Sie müßten mich schon vorher töten. Wenn Sie es nicht tun, würde ich ihm zu Hilfe kommen.«

»Phaser können auch auf Betäubung geschaltet werden.«

»Aber wenn ich bewußtlos bin, können Sie mich nicht mit Gouverneur Corys Schmerzen erpressen, stimmt's?«

Garth starrte ihn mehrere Sekunden lang an. Dann begann er zu zittern, und sein Gesicht verzerrte sich in einem Anfall entsetzlicher Wut. Er hob den Phaser hoch, legte auf Kirk an und feuerte.

Kirk erwachte, als ihm ein Glas an die Lippen gepreßt wurde. Automatisch schluckte er. Es war Wein, und guter Wein sogar.

»Langsam«, sagte eine Frauenstimme. »Trinken Sie langsam, mein Lieber.«

Es war Marta. Er öffnete die Augen. Er lag auf einem Diwan, und das Mädchen saß neben ihm und hielt ein Glas in ihrer Hand. Eine Karaffe stand auf einem kleinen Tisch in der Nähe.

»Sie brauchen Ruhe«, sagte sie. »Ich habe Sie in mein Zimmer bringen lassen.« Sie nahm seine Hand und küßte sie. Ihre Hand fuhr sanft streichelnd über sein Gesicht.

Kirk musterte sie prüfend. »Also hat er sich dafür entschieden, es noch einmal mit Zuckerbrot zu versuchen, nicht wahr?«

»Ich verstehe Sie nicht«, sagte sie. »Ich hatte Angst, daß er Sie auf den komischen Stuhl setzen würde. Ich habe ihm versprochen, Ihnen das Geheimnis zu entlocken. Aber das werde ich nicht tun. Ich hätte alles versprochen, nur um Sie vor der Folter zu bewahren.«

Kirk blickte sie an. »Jetzt glaube ich fast, Sie meinen es ehrlich«, sagte er nach einer langen Pause.

»Ja.« Sie beugte sich vor und umarmte ihn. »Danach habe ich mich schon die ganze Zeit gesehnt. Ich habe Sie vom ersten Augenblick an geliebt.«

Kirk befreite sich behutsam aus ihrer Umarmung. »Ich möchte Ihnen helfen, Marta. Wenn ich an Bord der *Enterprise* gelangen kann, wäre mir das auch möglich.«

»Das geht nicht.«

»Doch, es gibt einen Weg«, sagte Kirk. »Wenn es mir gelingt, in den Kontrollraum zu gelangen und das Kraftfeld abzuschalten, ist Garth erledigt.«

»Garth ist mein Führer.«

»Und er wird Sie in Ihr Verderben führen. Er hat bereits die Medikamente vernichtet, die Sie vielleicht geheilt hätten. Aber ich glaube, daß mein Schiffsarzt noch eine Probe davon hat und daraus die erforderliche Menge herstellen kann.«

»Ich werde Ihnen helfen«, sagte Marta nachdenklich. »Aber ein wenig müssen wir noch warten. Ihr Freund Spock wird bald herkommen, und dann werden wir weitersehen. Das habe ich auf alle Fälle arrangiert.«

Dieses Mädchen war wirklich völlig unberechenbar. »Wie haben Sie das geschafft?«

»Mit Hilfe einer überzeugenden Lüge«, sagte sie achselzuckend. »Ich habe einen Posten beschwatzt, der mich anscheinend sehr reizvoll findet.«

»Marta, lassen Sie mich Ihnen helfen. Wenn ich von Garth wegkomme, zurück an Bord...«

Sie verschloß seinen Mund mit einem Kuß, und er sträubte sich nicht dagegen. Als sie sich wieder von ihm löste, atmete sie schwer, und ihre Augen glänzten.

»Es gibt einen Weg«, sagte sie, »einen Weg, wie wir immer zusammen sein können. Wo Garth uns nichts antun kann. Vertrauen Sie mir, und glauben Sie mir. Ich liebe Sie.«

Sie küßte ihn noch einmal, schmiegte sich mit fast animalischer Wildheit an ihn. Doch Kirk entging nicht, daß sie gleichzeitig mit einer Hand unter den Kissen auf dem Diwan nach etwas tastete. Er stieß sie von sich und entdeckte, daß sie ein langes, dünnes Stilett in der Faust hielt, das sie im nächsten Moment in seinen Rücken gestoßen hätte.

Im gleichen Augenblick trat Spock herein, ergriff das Mädchen von hinten und hielt es an den Armen fest.

Sie blickte über ihre Schulter zu ihm auf. »Sie dürfen mich nicht davon abhalten«, sagte sie völlig ruhig. »Ich liebe ihn, und deshalb muß ich ihn töten. Es ist die einzige Möglichkeit, ihn vor Lord Garth zu schützen.«

Spock betäubte sie mit dem vulkanischen Nackengriff. Das Stilett klirrte zu Boden, als sie zusammensackte.

»Anscheinend hat sie eine unfehlbare Methode entdeckt, die Treue von Männern sicherzustellen«, sagte Spock emotionslos. »Eine höchst interessante geistige Verwirrung.«

»Ich bin froh, daß Sie da sind, Mr. Spock.«

»Danke, Captain. Jetzt habe ich eine Waffe, und wir sollten versuchen, in den Kontrollraum zu gelangen. Oder wollen lieber Sie die Waffe nehmen?«

»Nein, ich bin immer noch ein bißchen benommen. Behalten Sie die Waffe. Der Kontrollraum wird bestimmt bewacht.«

»Dann müssen wir uns den Weg hinein freischießen.«

Das war eine für Spock überraschend gewalttätige Bemerkung. Hatte ihn der Mordversuch an seinem Kapitän doch einen Augenblick erschüttert?

»Nur wenn es absolut notwendig werden sollte, Mr. Spock. Schalten Sie den Phaser auf Betäubung.«

»Das habe ich bereits getan, Captain.«

Vorsichtig öffneten sie die Tür und traten auf den Korridor hinaus. Aber sofort zogen sie sich wieder zurück, da sich auf dem Gang Schritte näherten. Als sie verklungen waren, stahlen sie sich auf den Korridor hinaus.

Der Posten vor dem Kontrollraum war der Tellarit. Er schien sich in einer Art Trancezustand zu befinden. Spock betäubte ihn mit dem Phaser, und es war so einfach, als ob er auf eine sitzende Ente geschossen hätte. Kirk nahm den Phaser des Bewußtlosen auf, und sie zerrten den schlaffen Körper in eine dunkle Ecke.

Kirk drückte vorsichtig die Türklinke des Kontrollraums. »Nicht verschlossen«, flüsterte er. »Ich stoße sie auf, und Sie stürzen mit schußbereiter Waffe hinein.«

»Ja, Captain.«

Sie stürmten hinein. Aber der Kontrollraum war verlassen. Spock trat zum Kontrollpult und legte den Hauptschalter um. »Kraftfeld ist jetzt abgeschaltet, Captain.«

Kirk trat an das Kontrollpult und schaltete den Kommunikator ein. »Kirk an *Enterprise!* Kirk an *Enterprise!*«

»Hier *Enterprise,* Captain«, meldete sich Leutnant Uhura. »Mr. Scott! Es ist Captain Kirk!«

Der Bildschirm leuchtete auf, und Kirk sah Scottys Gesicht. »Hier Scott, Captain. Wir haben uns wirklich schon Sorgen um Sie gemacht.«

»Dr. McCoy soll so rasch wie nur möglich einen neuen Vorrat von dem neuen Medikament synthetisieren.«

»Aye, aye, Sir.«

»Und schicken Sie ein voll bewaffnetes Landekommando herunter. Aber sofort, Scotty.«

»Die Männer stehen bereits im Transporter-Raum. Aber es wäre besser«, sagte Scott, »wenn Sie sofort zur *Enterprise* zurückkehren würden.«

»Warum?« fragte Kirk erstaunt.

»Die Sicherheit Ihrer Person ist für das Schiff notwendiger. Das Landekommando kann auch ich führen.«

»Sie haben recht«, sagte Kirk. »Mr. Scott, beamen Sie mich an Bord zurück, sobald die Gegenparole genannt wurde.«

»Aye, aye, Sir«, sagte Scott. »Königin auf Feld C 6.«

»Mr. Spock wird Ihnen die Gegenparole nennen.« Kirk richtete seinen Phaser auf den Ersten Offizier. »Also los, Spock, falls Sie wirklich Spock sind. Nennen Sie ihm die Gegenparole. Sie müßten sie ja wissen.«

»Landekommando fertig«, meldete Scott. »Mr. Sulu, stellen Sie die Koordinaten ein. Fähnrich Wyatt, fertigmachen zum Beamen!«

Spock griff nach dem Hauptschalter, und seine vertrauten Gesichtszüge veränderten sich bereits zu den weniger vertrauten von Garth. Kirk drückte ab. Nichts geschah. Garth legte den Schalthebel um. Das Kraftfeld war wieder aktiviert.

»Schießen Sie nur, Captain«, sagte Garth ungerührt. »Ich bin nicht so verrückt, Ihnen eine geladene Phaserwaffe zu überlassen.«

»Wo ist Spock? Was haben Sie mit ihm gemacht?«

»Er ist in seiner Zelle. Bis jetzt geht es ihm noch recht gut, aber das könnte sich sehr bald ändern, wenn Sie mir nicht sofort die Gegenparole nennen.«

»Captain Garth...«

»Lord Garth!«

»Nein! Captain – Captain der Sternenschiff-Flotte – ist ein ehrenvoller Titel, und Sie haben ihn sich erworben.«

»Sehr richtig«, sagte Garth und hielt die Mündung seines Phasers auf Kirk gerichtet. »Und ich war der Beste von euch allen, nicht wahr?«

»Das waren Sie wirklich, aber heute sind Sie ein kranker Mann.«

»Ich bin noch nie so gesund gewesen wie jetzt«, sagte Garth wütend.

»Denken Sie doch einmal nach«, sagte Kirk. »Versuchen Sie es doch wenigstens, sich so zu sehen, wie Sie vor dem Unfall gewesen sind, der sie auf Antos IV gebracht hat.«

»Ich – ich kann mich nicht mehr erinnern«, sagte Garth unwirsch. »Es ist fast... als ob ich gestorben bin und neu geboren wurde.«

»Aber ich kann mich erinnern, Garth. Sie waren der beste unter allen Kadetten auf der Akademie. Sie waren der Prototyp des Führers und ein Vorbild für uns alle.«

»Ja... ich erinnere mich dunkel. Es war eine große Verantwortung, aber ich habe sie gerne getragen und bin stolz darauf.«

»Das weiß ich, Captain Garth. Und wenn die Krankheit Ihre Persönlichkeit verändert hat, so ist es nicht Ihre Schuld. Und Sie sind auch nicht in vollem Umfang verantwortlich für Ihre Taten, gleichgültig, wie entsetzlich sie auch Ihnen oder uns erscheinen mögen.«

»Ich will nichts mehr davon hören«, sagte Garth, aber seine Stimme klang weniger entschlossen als seine Worte. »Sie – Sie sind ein Schwächling, und Sie versuchen, auch mir meine Stärke zu nehmen.«

»Im Gegenteil. Ich möchte Ihnen helfen, das wiederzugewinnen, was Sie einmal besessen haben. Ich möchte Ihnen wieder zu der inneren Größe verhelfen, die Ihnen verlorengegangen ist.«

Einen Augenblick lang glaubte Kirk, daß er gewonnen hätte. Aber er irrte sich. Garth richtete sich trotzig auf, und die Waffe, die er schon etwas hatte sinken lassen, deutete wieder auf Kirks Brust.

»Ich habe meine Größe nie verloren! Man hat sie mir geraubt! Aber ich werde bald größer sein als je zuvor. Ich bin Lord Garth, der Herrscher der Galaxis«, sagte er triumphierend.

»Hören Sie mir doch zu, verdammt noch mal...«

»Alle anderen haben versagt, aber ich werde siegen. Alexander, Napoleon, Hitler, Krotus – alle sind zu Staub geworden, aber ich werde triumphieren.«

»Triumph oder Niederlage«, sagte Kirk trocken, »auch Sie werden eines Tages zu Staub werden.«

»Aber noch nicht. Zurück in Ihre Zelle, Ex-Captain Kirk. Sie werden bald sehen, daß ich recht habe. Hinaus mit Ihnen!«

Der Tellarit und der Andorianer holten ihn am nächsten Tag aus seiner Zelle und brachten ihn in den Speisesaal, wo alle Gefolgsleute Garths – mit Ausnahme von Marta, die Kirk nirgends entdecken konnte – damit beschäftigt waren, die Halle in eine Art Thronsaal zu verwandeln. Auch Garth war anwesend. Er war von kindlicher Fröhlichkeit beherrscht und teilte seine Aufmerksamkeit zwischen Kirk und seinen Vasallen.

»Der Thron muß höher werden, höher als alles andere. Nehmt diesen Tisch als Podest. Freut mich, Sie zu sehen, Captain, ich brauche Sie für die Krönungszeremonie.«

»Krönungszeremonie?« fragte Kirk ein wenig verblüfft.

»Auch ein richtiger Thron ist nichts als ein gewöhnlicher Sessel, aber als Symbol ist er wichtig, finden Sie nicht? Und auch die Krone ist nur ein Symbol, doch sie ist das Zeichen, um das sich unsere Gefolgsleute scharen werden.«

»Sie haben doch nur eine Handvoll Männer...«

Garth lächelte. »Andere haben mit weniger begonnen, und noch keiner ist so weit gekommen wie wir. – Gut! Sehr gut! Und jetzt brauchen wir einen Teppich für die Füße. Die Tischdecke ist gerade richtig. Der Schritt unserer Füße wird sie heiligen.«

»Aber trotzdem ist und bleibt sie eine Tischdecke, voller Soßen- und Weinflecken«, sagte Kirk sarkastisch. »Und nicht mehr.«

»Mein lieber Captain, Sie weigern sich mit Gewalt, den Sinn dieser Zeremonie zu erkennen, nicht wahr? Wollen Sie eine wichtigere Rolle bei der Zeremonie spielen? Sie könnten zum Beispiel als Menschenopfer dienen.«

»Das würde mir allerdings wenig gefallen. Aber Sie brauchen mich doch lebend, nicht wahr?«

»Das stimmt allerdings. Nun, wie wäre es, wenn ich Sie zum Kronprinzen machte?«

»Ich gehöre nicht zu dieser Familie. Wie hießen sie noch? Krotus, Alexander, Hitler, Dschingis-Khan usw.?«

»Dschingis-Khan«, sagte Garth nachdenklich, »den hatte ich völlig vergessen. Doch ich glaube, wir sind jetzt fertig. Entschuldigen Sie mich für einen Augenblick, Captain.«

Garth neigte gemessen den Kopf und ging hinaus. Die Wachen ließen Kirk nicht aus den Augen. Der Tellarit, der bei Garths gestrigem Versuch, Captain Kirk die Gegenparole zu entlocken, betäubt worden war, beobachtete ihn mit besonderer Aufmerksamkeit und unverhohlener Feindseligkeit. Anscheinend hatte er vergessen – falls er es jemals gewußt haben sollte –, daß die ganze Komödie von Garth selbst arrangiert worden war.

Plötzlich dröhnte Musik auf. Kirk brauchte kein Musikkenner zu sein, um die Melodie zu erkennen. Es war ironischerweise *Ich bete an die Macht der Liebe,* von einem Mann namens Bortniansky, ein Stück, das normalerweise gespielt wurde, wenn die Militärakademiker ihre Patente erhielten.

Die Türen des Speisesaales wurden aufgestoßen, und Garth, nicht gerade prächtig, eher schäbig in seiner alten, verschlissenen Uniform, schritt feierlich auf den Thron zu. Unter den rechten Arm hatte er eine Krone geklemmt, die offensichtlich eilig aus Blechstücken zusammengelötet worden war. Zu seiner Linken, ihren Arm bei ihm eingehakt, schritt Marta, in nachschleppende Bettlaken gehüllt, die Augen züchtig niedergeschlagen.

Die anwesenden Verrückten sanken in die Knie, und die kalte Mündung eines Phasers, den Kirk im Nacken spürte, ließ es ihm geraten erscheinen, es den anderen schleunigst gleichzutun. Und die nachdrückliche Mahnung kam gerade rechtzeitig: Er hätte beinahe aufgelacht.

Mit langsamen, gemessenen Schritten ging das »königliche« Paar über den »Teppich« auf den »Thron« zu und bestieg das Podest. Garth wandte sich um und gab seinen Gefolgsleuten das Zeichen, sich zu erheben. Die Musik brach ab.

»Da niemand hier oder irgendwo sonst im ganzen bekannten Universum mächtig und erhaben genug ist, um Uns zu krönen«, sagte er hochmütig, »werden Wir die Zeremonie selbst vornehmen. Hiermit ernennen Wir Uns, Lord Garth, ehedem von Izar, zum Herrscher der Galaxis.«

Er setzte sich die Blechkrone auf den Kopf.

»Und jetzt ernennen Wir Unsere geliebte Marta zu Unserer Gemahlin.«

Garth gab ihr einen feierlichen Kuß auf die Stirn. Sie schreckte vor ihm zurück, blieb aber auf ihrem Platz stehen. Sorgfältig hängte er ihr eine Halskette mit einem Diamantenanhänger um. Möglicherweise war es der Diamant aus Garths eigener Flottenkapitäns-Spange, aber Kirk bezweifelte das eigentlich.

Dann setzte Garth sich auf seinen Thron. »Und nun, Wachen, entfernt Unsere geliebte Gefährtin und Unseren Kronprinzen, damit sie ihre Rollen in dieser Zeremonie zu Ende führen können.«

Sie brachten Marta als erste hinaus. Als die Wachen sie in ihre Mitte nahmen, begann sie zu schreien – ein entsetzlicher klagender Laut, der Kirk einen Schauer über den Rücken jagte. Sie rissen ihr die Hände auf den Rücken, hielten ihr den Mund zu und schleppten sie hinaus.

Dann wurde Kirk von dem Tellariten und dem Andorianer gepackt und ebenfalls hinausgebracht, aber durch eine andere Tür. Er erkannte sofort, wohin sie ihn schleppten: zum Kontrollraum. Hinter sich hörte er die Musik wieder in voller Lautstärke dröhnen.

»Hört mir zu«, sagte er drängend, »dies ist vielleicht eure letzte Chance.«

Sie stießen ihm brutal ihre Phaser in den Rücken und stießen ihn auf die Tür des Kontrollraums zu.

»Garth wird uns alle vernichten, wenn ihr mir nicht helft, ihn aufzuhalten«, fuhr Kirk fort. »Ihr seid für ihn doch nur Werkzeuge. Alles, was er will, ist Macht. Ich habe ein Medikament mitgebracht, das euch vielleicht geheilt hätte; aber er hat es vernichtet.«

Sie antworteten ihm nicht. Warum versuchte er überhaupt mit diesen Verrückten vernünftig zu sprechen? Aber im Augenblick sah er keinen anderen Weg, der ihm gangbar erschien.

Der Kontrollraum war leer. Als die Tür geschlossen wurde, war die Musik nicht mehr zu hören. Der Griff des Hauptschalters, mit dem er das Kraftfeld außer Betrieb setzen konnte, glänzte einladend nur ein paar Schritte weit entfernt.

»Wenn es mir gelingt, ein paar von meinen Männern hier hereinzuholen, werden sie mehr von diesem Medikament mitbringen. Dann wäre Garth erledigt, und wir alle wären wieder in Sicherheit. Und ihr würdet geheilt werden!«

Unbeeindruckt winkte ihm einer der beiden Männer zu, sich auf einen Stuhl zu setzen. Kirk zuckte die Achseln und setzte sich und wartete. Die Wartezeit schien endlos zu dauern.

Endlich kam Garth herein. Er war noch immer in Uniform, trug aber die Krone nicht mehr auf dem Kopf. In einer Hand hielt er eine kleine Flasche, die mit glitzernden Kristallen gefüllt war.

»Gut gemacht«, sagte er zu den Wachen. »Kirk, Ihre Widerspenstigkeit hat jetzt den Punkt erreicht, wo sie an Dummheit grenzt, und bereitet Uns erhebliche Ungelegenheiten. Wir sehen Uns daher gezwungen, etwas dagegen zu unternehmen.«

»Falls ich Ihnen noch mehr Ungelegenheiten bereiten kann, werde ich das mit Freuden tun«, antwortete Kirk.

»Wir werden sehen. Zuerst wollen Wir Sie mit Unserer letzten Erfindung bekannt machen.« Er warf die Flasche in die Luft und fing sie mit der anderen Hand wieder auf. »Diese Kristalle, Captain, sind ein Explosivstoff, und zwar der wirksamste, der jemals existiert hat. Zumindest, um ganz genau zu sein, der wirksamste aller chemischen Explosivstoffe. Der Inhalt dieser Flasche kann die ganze Station zu Staub zerblasen. Der Krater, den die Detonation hinterlassen würde, wäre tiefer als die feste Kruste dieses Planeten. Ich hoffe, daß Sie Unsere Worte nicht in Zweifel ziehen.«

»Früher haben Sie durchaus die Fähigkeit zu solchen Erfindungen besessen«, sagte Kirk, »und ich habe keinen Grund, daran zu zweifeln, daß Sie sie noch immer besitzen.«

»Gut – hier!« Ohne jede Vorwarnung warf Garth die Flasche einer der beiden Wachen zu. Da der überraschte Mann nur eine Hand frei hatte, um sie aufzufangen, hätte er sie fast fallen lassen. Hastig brachte er sie zu Garth zurück, der wieder begann, sie in die Luft zu werfen. Garth lachte schallend, als er die ängstlichen Gesichter seiner »Untertanen« bemerkte.

»Wie steht's mit Ihren Nerven, Captain?«

»Ausgezeichnet. Danke. Was mir passiert, geschieht auch Ihnen. Das ist mir auf jeden Fall eine große Beruhigung.«

»Damit sind wir schon halbwegs zu einer Einigung gelangt«, sagte Garth ernst. »Um ehrlich zu sein, wenn Wir diese Flasche fallen ließen, würde bestenfalls das Glas brechen. Die Explosion kann nur elektronisch ausgelöst werden, vom Kontrollpult aus. Aber Wir würden keine Sekunde zögern, das zu tun. Und wissen Sie auch, warum?«

»Ich weiß zumindest, daß Sie bluffen.«

»Dann fehlt es Ihnen an Logik. Vielleicht brauchen wir Ihren Freund Spock, um Ihnen beim Denken zu helfen. Er ist ein sehr logischer Mensch. Ja, ein absolut logischer Mensch.«

Garth blickte kurz zu den beiden Wachen hinüber. »Bringen Sie den Vulkanier her.«

Die beiden Männer verließen den Kontrollraum. Zum ersten Mal seit Tagen sah Kirk einen Hoffnungsschimmer. Wie er vermutete, hatte Spock – der wirkliche Spock – seit ihrer Gefangennahme seine Zelle nicht einmal verlassen. Damals hatten sie sich einer unüberwindlichen Übermacht gegenüber gesehen, und Spock, da er ein logischer Mensch war, hatte nicht versucht, sich der Gefangennahme zu widersetzen. Aber bei einigermaßen ausgeglichenem Kräfteverhältnis, im

Kampf Mann gegen Mann, war er eine Kampfmaschine von übermenschlicher Wirksamkeit. Es war ein bodenloser Leichtsinn, nur zwei Männer auszusenden, um ihn zu holen – und noch dazu Fremdrassige, die wahrscheinlich keinerlei Erfahrungen mit den menschlichen oder den vulkanischen Kampfmethoden hatten; jedenfalls hoffte Kirk, daß es so wäre.

»Inzwischen, Captain, werden Wir versuchen, Ihnen die Logik der Situation zu erläutern. Es ist Ihre Pflicht, Leben und Eigentum zu beschützen. Und zwar nicht nur Ihr eigenes und das von Mr. Spock und Gouverneur Cory, sondern das Leben aller hier. Sie brauchen Uns das nicht zu bestätigen. Als ehemaliger Offizier der Föderation wissen Wir genau, daß es so ist.«

»Sehr richtig«, sagte Kirk mit ausdruckslosem Gesicht.

»Wir tragen jetzt eine noch bedeutend größere Verantwortung. Vor allem die Verantwortung gegenüber Unserer Bestimmung. Und dazu halten Sie die Schlüssel in Ihrer Hand. Wir können Unseren Weg nur dann weitergehen, wenn Wir in den Besitz der *Enterprise* gelangen. Es steht auch nicht zu erwarten, daß sich so eine günstige Gelegenheit in absehbarer Zukunft noch einmal bieten wird. Kurz gesagt, wenn Sie sich weiterhin widersetzen, können Wir Unserer Bestimmung nicht folgen und tragen für alle weiteren Entwicklungen keinerlei Verantwortung mehr. Haben Sie Uns so weit verstanden?«

Kirk hatte nicht nur verstanden, sondern er wußte schon genau, worauf er hinauswollte. Und das war alles andere als erfreulich. Selbst Spock, dachte er, würde zugeben müssen, daß die Falle in der Tat völlig logisch war, auch wenn sie ein krankes Gehirn ausgedacht hatte.

Aus dem Kontrollpult tönte ein leises Summen. Garth schaltete den Bildschirm ein und stellte sich so davor, daß Kirk nicht sehen konnte, wer auf dem Monitor erschien. Aber Garth erklärte ihm die Vorgänge.

»Ihr vulkanischer Freund ist wirklich ein sehr einfallsreicher Bursche. Irgendwie ist es ihm gelungen, Unsere beiden Gefolgsleute außer Gefecht zu setzen – sie werden dafür ihre Strafe erhalten –, und ist jetzt bewaffnet auf dem Wege hierher. Das kann wirklich sehr amüsant werden.«

»Aber nicht für Sie«, sagte Kirk. »Sie werden auf jeden Fall verlieren. Gleichgültig, welchen von uns beiden Sie erschießen, der andere wird Sie erledigen.«

»Unsere Ausbildung war zumindest so gut wie die Ihre. Wer siegen wird, steht also durchaus noch nicht fest. Aber Sie bringen Uns da auf einen Gedanken, der das Ganze wahrscheinlich noch spannender machen kann.«

Garth trat hinter Kirk, so daß er ihn nicht mehr sehen konnte. Sekunden später trat er wieder an das Kontrollpult zurück – völlig verändert.

Er hatte wieder das Äußere von Captain Kirk angenommen. Sogar seine Uniform sah ähnlich mitgenommen und zerfetzt aus. Lächelnd legte er sogar seinen Phaser ab.

Kirk wollte sich auf ihn stürzen, aber im gleichen Moment wurde die Tür aufgestoßen und Spock stürmte herein, einen Phaser in der Hand.

Alles hatte er erwartet, aber nicht, sich plötzlich zwei Captain Kirks gegenüberzusehen. Er blinzelte sogar vor Überraschung.

»Das ist Garth!« schrie Garth und deutete auf Kirk. »Schießen Sie!«

»Nicht schießen, Spock! Dieser Verrückte will doch nur, daß Sie mich töten!«

»Sehen Sie uns beide sehr genau an, Spock. Können Sie nicht erkennen, daß ich Ihr Captain bin?«

»Königin auf Feld C 6«, sagte Spock.

»Darauf werde ich Ihnen nicht antworten. Das ist es doch, was er hören will.«

»Sehr clever, Garth, ich wollte eben genau das gleiche sagen.«

Spock hielt beide Kirks mit der Waffe in Schach und trat zum Hauptschalter.

»Was haben Sie vor?«

»Ich werde ein Landekommando herunterbeamen lassen«, sagte Spock. »Es würde mich interessieren, wer von Ihnen etwas dagegen hat.«

»Sie würden direkt in eine Falle laufen.«

»Das stimmt, Spock. Garth kann die ganze Station in einer Sekunde in die Luft jagen, wenn er will.«

Dieser Widerspruch von beiden Seiten ließ Spock wieder zögern. Nach einem Augenblick des Überlegens sagte er: »Welches Manöver haben wir angewandt, um das romulanische Schlachtschiff bei Tau Centi zu besiegen?«

»Zeitangepaßte Geschwindigkeitsreduzierung«, sagte Kirk.

»Ein Standardmanöver bei einem Feind, der schneller ist als man selbst. Jeder Sternenschiffkommandant kennt das.«

»Zugegeben, Captain«, sagte Spock und blickte von einem zum anderen. »Ich weiß nicht, wer von Ihnen beiden Captain Garth ist. Aber es muß ihn einen großen Aufwand an Energie kosten, die äußere Erscheinung von Captain Kirk anzunehmen und aufrechtzuerhalten. Diese Energieleistung kann er nicht sehr lange durchhalten. Da ich Halbvulkanier bin, kann ich darauf warten. Ich habe Zeit.«

»Ich wüßte eine einfachere Lösung. Schießen Sie uns beide nieder.«

»Warten Sie, Spock! Ich muß zugeben, er hat recht; aber Sie müssen uns auf alle Fälle tödlich treffen. Das ist die einzige Möglichkeit, die Sicherheit der *Enterprise* zu garantieren.«

Eine Sekunde später fuhr Spock herum und feuerte auf Garth. Kirk sprang zur Konsole.

»Kirk an *Enterprise!*«

»Hier Scott. Dame auf Feld C 6.«

»Dame auf Feld G 3.«

»Aye, aye, Sir! Ihre Befehle?«

»Beamen Sie Dr. McCoy mit den Medikamenten herunter – und ein starkes Landekommando.«

»Aye, aye, Sir. Scott Ende.«

Kirk drehte sich um. »Gut gemacht, Mr. Spock. Haben Sie die beiden Wachen ernsthaft verletzt?«

»Ich fürchte, ich habe dem Tellariten den Arm gebrochen.«

»Das ist nicht schlimm. Helfen Sie mir jetzt, Garth in den Behandlungsraum zu schleppen.«

Garth, immer noch bewußtlos, saß in dem Stuhl, den er als Folterinstrument zu gebrauchen gedacht hatte. Cory hatte die zusätzlichen Geräte wieder abmontiert.

»Dr. McCoy, wie lange dauert es, bis dieses neue Medikament seine Wirkung zeigt?«

»Die Reversierung von Schäden an Blutgefäßen und Gehirnzellen setzt sofort ein. Es hängt aber sehr vom Individuum ab, wie rasch der Heilungsprozeß fortschreitet. Ich würde sagen, Sie können anfangen, sobald... Mein Gott, was ist denn das!«

Garth hatte sogar im Zustand der Bewußtlosigkeit die Gestalt Kirks beibehalten, ein weiterer Beweis für seine enorme Willenskraft. Aber jetzt begann er sich langsam zu verändern.

Kirk hatte nicht daran gedacht, daß McCoy von dieser Fähigkeit nichts wußte.

»Na gut«, sagte McCoy und schluckte, »schalten Sie ein.«

Ein leises, kaum hörbares Summen ertönte aus dem Stuhl. Nach wenigen Sekunden schaltete McCoy den Strom wieder ab. »Mehr wage ich ihm fürs erste nicht zu geben.«

Garth öffnete die Augen. Sie waren ruhig, aber ohne Ausdruck, als ob sein Bewußtsein völlig gelöscht worden wäre. Langsam wanderte sein Blick von einem zum anderen, ohne sie wiederzuerkennen. Dann begann er leise zu stöhnen.

Kirk beugte sich über ihn. »Captain.«

Garth hörte auf zu stöhnen und blickte Kirk fragend an.

»Captain Garth, ich bin James Kirk. Vielleicht erinnern Sie sich noch an mich.« Garths Gesicht blieb ausdruckslos. Er blickte Spock an und runzelte leicht die Stirn.

»Ich bin Spock«, sagte er, »Erster Offizier der *Enterprise.*«

Garth blickte wieder zu Kirk hinüber und sah ihn lange prüfend an. Irgend etwas schien sich in seinem Bewußtsein zu regen. Er bewegte die Lippen, und schließlich wurden die anfangs undeutlich gemurmelten Worte verständlich. »Föderation – Sternenschiff.«

Cory beobachtete ihn aufmerksam. Langsam steckte Garth die Hand aus. Kirk drückte sie.

»Freut mich, Sie kennenzulernen. Mein Schiff ist ... nein, ich habe ja kein Schiff. Ich bin Flotten-Kapitän.«

»Sehr erfreut, Captain.«

»Das reicht«, sagte Cory. Er nahm Garth beim Arm und half ihm vom Stuhl. »Ich danke Ihnen, meine Herren, jetzt werde ich schon allein mit ihm fertig, und auch mit den anderen.«

Als sie fortgingen, wandte Garth sich um und blickte noch einmal Kirk prüfend an, immer noch ein wenig verwirrt. »Sollte ich Sie kennen, Sir?« fragte er.

Zeit für einen neuen Anfang. »Nein, Captain – nein.«

Sie führten ihn hinaus.

Kirk blickte ihm nach und sagte: »Eines verstehe ich noch nicht ganz, Mr. Spock.«

»Und was, Captain?«

»Wieso war es Ihnen unmöglich, zwischen uns beiden zu unterscheiden?«

»Es war nicht unmöglich, Captain, unsere Anwesenheit hier ist ja der Beweis dafür.«

»Ja, und dazu gratuliere ich Ihnen. Aber warum haben Sie *so lange* dazu gebraucht?«

»Der Moment der Ungewißheit war in Wirklichkeit recht kurz, Captain. Er schien nur lang – Ihnen jedenfalls. Wie ich Ihnen vorhin sagte, hätte ich sehr gut abwarten können, aber das wurde unnötig durch Ihren Vorschlag, Sie beide zu töten. Das war eine Entscheidung, die Garth wohl kaum getroffen haben würde.«

Kirk fühlte einen leisen Schauer. »Entschuldigen Sie, Mr. Spock, aber ich fürchte, da haben Sie unrecht. Er hatte gerade eine Sprengung vorbereitet, die nicht nur uns beide, sondern die ganze Station vernichtet hätte.«

»Ja, Captain, dazu wäre er wirklich fähig gewesen. Es wäre für ihn ein bühnenreifer Abgang gewesen. Aber einfach so zu sterben, ohne letzten Triumph und unter Hinterlassung seiner Gefolgsleute als Zeugen seiner Niederlage ... nein, das brächte ein Größenwahnsinniger niemals fertig.«

»Ich verstehe. Auf jeden Fall besteht kein Zweifel darüber, wie Sie denken.«

»Tatsächlich, Sir?«

»Ja, tatsächlich. Schnell. *Sehr* schnell.« Kirk schaltete den Kommunikator ein. »Kirk an *Enterprise*. Beamen Sie uns an Bord, Scotty!«

»König auf Feld G 3«, fügte Spock ohne die Spur eines Lächelns hinzu.

Das Spinnennetz

Alle Mitglieder der Brückenwache saßen auf ihren Posten – Kirk, Scott, Spock, Uhura, Chekov, Sulu –, und jeder starrte gespannt auf seine Instrumente. Die *Enterprise* befand sich in einem noch unerforschten Teil des Raums und näherte sich der letzten bekannten Position des Sternenschiffs *Defiant*, das vor drei Wochen spurlos verschwunden war.

»Captain«, unterbrach Spock die Stille, »die Sensoren sprechen nicht mehr an. Nach den Anzeigewerten der Kontrollen scheint der Raum um uns auseinanderzubrechen.«

»Ein Versagen?«

»Nein, Sir. Ich habe das gesamte Sensorensystem überprüft. Das Versagen liegt eindeutig bei mir. Ich weiß nämlich nicht, wie ich diese Werte interpretieren soll.«

»Captain«, sagte Scott, »vielleicht besteht da kein Zusammenhang, aber die Leistung unserer Sol-Triebwerke läßt nach.«

»Stark?«

»Bis jetzt kaum spürbar, aber trotzdem besorgniserregend, denn ich kann keinen Grund dafür entdecken.«

Nun meldete Chekov: »Captain, wir haben visuellen Kontakt mit einem Objekt direkt vor uns. Es sieht aus wie ein Sternenschiff.«

Das stimmte, und doch bot es einen Anblick, der ihnen völlig ungewohnt war: Von dem Raumschiff ging ein eigentümliches Strahlen aus.

»Mr. Spock, was ist denn mit dem Schiff los?«

»Es ist nichtexistent, um es banal zu sagen. Wir haben es weder im Radar noch zeigen die Massenanalyse- oder Strahlungs-Detektoren etwas an. Wir sehen es, aber unsere Sensoren fassen es nicht auf.«

»Mr. Chekov, schalten Sie die Fernsehkamera auf größere Brennweite – tatsächlich, es ist die *Defiant.* Mr. Sulu, schalten Sie auf Impuls-Triebwerke um. Bringen Sie das Schiff auf Transporter-Reichweite heran. Leutnant Uhura, versuchen Sie, Funkverbindung herzustellen.«

»Das versuche ich schon die ganze Zeit, Sir, aber es antwortet nicht.«

Chekov schaltete eine Linse von noch größerer Brennweite ein, um das andere Schiff näher heranzubringen. Es zeigte keine Löcher im Rumpf oder andere Beschädigungen. Es wirkte geisterhaft – und blieb stumm.

»Wir sind jetzt in Transporter-Reichweite, Sir.«

»Danke, Mr. Sulu. Leutnant, bestellen Sie Dr. McCoy in den Transporter-Raum. Mr. Spock, Mr. Chekov, ich möchte auch Sie dabei haben. Übernehmen Sie das Kommando, Mr. Scott.«

Der Transporter wurde auf die Brücke der *Defiant* eingestellt. Als die vier Männer dort materialisierten, stellten sie fest, daß sie kaum beleuchtet war. Selbst einige der Kontrolleuchten funktionierten nicht mehr. Trotzdem konnten sie nur zu deutlich erkennen, was hier geschehen war.

Ein Mann, etwas älter als Kirk, mit den Kapitänsstreifen auf den Ärmeln, lag tot im Kommandantensessel, einen Phaser in der erstarrten Hand. Die andere Hand hatte sich in das Haar eines jüngeren Offiziers verkrallt. Der Offizier war ebenfalls tot. Er hielt mit beiden Händen den Hals des Captains umfaßt.

Chekov war der erste, der seine Sprache wiederfand. »Hat es jemals zuvor eine Meuterei auf einem Sternenschiff gegeben?«

»Genau genommen«, sagte Spock, »stellte die Befehlsverweigerung von Captain Garths Offizieren, als er unzurechnungsfähig wurde, eine Meuterei dar. Aber es hat noch nie ein Vorkommnis wie das hier gegeben.«

McCoy, der die beiden Toten untersucht hatte, richtete sich auf. »Dem Captain ist das Genick gebrochen worden, Jim.«

»Das Schiff ist noch funktionstüchtig«, sagte Spock nach einer kurzen Überprüfung der Kommandokonsole. Es wäre nur logisch, anzunehmen, daß die Meuterer sich noch an Bord befinden. Trotzdem zeigen die Sensoren kein Leben an Bord.«

»Seltsam«, sagte Kirk nachdenklich, »sehr seltsam. Spock, Sie bleiben bei mir. Chekov, gehen Sie ins Maschinendeck. Pille, überprüfe das Bordlazarett. Ich möchte wissen, was hier geschehen ist.«

Die beiden Männer gingen. Kirk hörte in seinem Raumhelm die Stimme Scotts: »Captain, Mr. Sulu meldet, daß er keinen genauen Abstand zur *Defiant* halten kann. Sie scheint abzutreiben. Soll ich die Entfernung korrigieren?«

Noch seltsamer! Wie konnte sich ein Raumschiff in Relation zu einem anderen fortbewegen, wenn beide Schiffe sich relativ zueinander stationär bewegten und keins den Antrieb eingeschaltet hatte?

»Halten Sie die *Enterprise* in Transporter-Reichweite, aber kommen Sie nicht zu nah heran.«

»Hier ist Chekov, Captain. Im Maschinendeck sind nur Leichen.«

»Verstanden. Kommen Sie zurück. – Pille?«

»Auch hier nur Tote, Jim. Todesursache: verschiedene Formen von Gewalteinwirkung. Kurz gesagt, sie haben einander abgeschlachtet.«

»Wäre es möglich, daß alle Mitglieder der Besatzung gleichzeitig von einer Geisteskrankheit befallen worden sein könnten?«

»Irgend etwas ist hier nicht in Ordnung, Sir«, sagte Chekov, der gerade wieder auf die Brücke kam. »Ich weiß nicht, wie ich es ausdrükken soll. Mir ist irgendwie komisch – schwindlig, und da ist so ein eigenartiger Druck im Kopf.«

»Diese Frage kann ich dir nicht beantworten«, sagte McCoys Stimme. »Nach dem medizinischen Logbuch hat selbst der Bordarzt nicht genau gewußt, was hier vor sich ging. Ich kann nur alle Unterlagen, die ich hier finden kann, mitnehmen und sie später analysieren. – Zum Teufel, was ist das!«

»Pille! Was ist los?«

Eine kurze Pause, und dann: »Jim, das Schiff beginnt sich aufzulösen! Ich habe eben mit der Hand durch eine Leiche *hindurch* gegriffen – und jetzt sogar durch die Bordwand.«

»Komm schleunigst rauf! Beeil dich! – Kirk an *Enterprise!* Mr.

Scott, fertigmachen zum Zurückbeamen!«

»Das geht nicht, Captain. Jedenfalls nicht sofort.«

»Was soll das heißen? Was ist denn los da drüben?«

»Das verstehen wir auch nicht«, antwortete Scott verwirrt. »Die *Defiant* löst sich allmählich auf, und dabei... Nun, irgend etwas stört auch die Funktionen unseres Schiffes. Die Transporter-Frequenzen sind teilweise überlagert. Wir haben nur noch drei Frequenzen offen, und ich weiß nicht einmal, ob sie funktionieren. Einer von Ihnen muß warten.«

»Ich bitte um Erlaubnis, hierbleiben zu dürfen«, sagte Spock. »Ich könnte die restlichen Daten zusammentragen.«

»Es ist viel wichtiger, die Daten, die Sie bereits haben, auf der *Enterprise* zu analysieren. Keine Widerrede. Wahrscheinlich komme ich sofort nach.«

Aber da hatte er sich geirrt. Sekunden, nachdem Spock, Chekov und McCoy an Bord der *Enterprise* materialisiert hatten, war die *Defiant* verschwunden.

Scott stand zusammen mit dem Transporter-Offizier an der Kommandokonsole. Spock trat zu ihnen, nahm seinen Raumhelm ab und blickte auf die Anzeigegeräte.

»Sehen Sie irgend etwas, das ich nicht sehe?« fragte Scott.

»Anscheinend nicht. Alles negativ.«

McCoy nahm ebenfalls den Helm ab. »Aber er muß doch irgendwo da draußen sein. Wenn der Transporter-Strahl ihn nicht orten kann, was ist mit dem Raumgleiter? Es muß doch irgendeine Möglichkeit geben, ihn aufzufinden.«

»Es gibt gegenwärtig keine Spur des Captain, Doktor«, sagte Spock. »Wir können jetzt nur eins tun: alle verfügbaren Daten dem Computer einspeichern und dann abwarten, welche Schlüsse daraus gezogen werden können.«

Der Computer war der schnellste und modernste seiner Art, und doch wurde das Warten zur Qual. Endlich meldete seine einschmeichelnde Frauenstimme: »Alle Daten integriert.«

»Berechne den nächsten Zeitpunkt räumlicher Zwischenphase«, sagte Spock.

»Zwei Stunden, zwölf Minuten.«

Spock schaltete den Computer ab. Scott starrte ihn entgeistert an. »Müssen wir so lange warten, bevor wir den Captain an Bord zurückholen können? Ich bezweifle, daß ich das Schiff so lange stationär halten kann. Der Energieverlust ist beträchtlich, und es ist mir noch nicht gelungen, die Ursache dafür zu finden. Ganz zu schweigen davon, sie zu beheben.«

»Sie müssen es eben weiter versuchen«, sagte Scott nervös. »Das Gewebe des Raums ist hier sehr labil. Wenn wir es zerstören, haben wir keine Chance mehr, den Captain lebend zurückzuholen.«

Chekov starrte ihn entsetzt an. »Ich verstehe überhaupt nichts«, sagte er verstört, »was ist denn so besonders an diesem Raumquadranten?«

»Das kann ich auch nur vermuten«, sagte Spock. »Wir leben in einem Universum, das gleichzeitig mit einer großen Anzahl anderer Welten im gleichen physikalischen Raum, aber zeitlich verschoben zu unserem, existiert. Für kurze Zeitspannen überlagert ein Teil eines solchen anderen Raums einen Teil des unseren. Das ist die Periode der Zwischenphase, in der wir uns in Verbindung mit dem Universum der *Defiant* befinden.«

»Und den Captain zurückholen können«, fügte Uhura hinzu.

»Vielleicht. Aber die dimensionale Struktur eines jeden Universums ist von der des unseren völlig verschieden. Jede Anwendung von Energie könnte diese bestenfalls nur kurze und instabile Verbindung zerstören. Sie könnte sogar dazu führen, daß wir selbst, genau wie die *Defiant*, in die Falle geraten...«

»Und verrecken wie die anderen?« sagte Chekov rauh. Plötzlich wurde seine Stimme zu einem gellenden Schrei. »Verdammt, Spock...« Und dann, ohne jede Vorwarnung, stürzte er sich auf Spock. Der Erste Offizier war von dem unerwarteten Angriff so überrascht, daß er zu Boden stürzte. Chekov umklammerte seinen Hals mit beiden Händen. Sulu versuchte, Chekov zurückzureißen, aber der ging sofort auf ihn los. Scott nahm die Gelegenheit wahr und packte ihn am Arm. Spock sprang auf die Füße und betäubte den Tobenden mit dem vulkanischen Nackengriff.

»Wache auf die Brücke«, sagte Spock ins Intercom. »Dr. McCoy, würden Sie bitte auch heraufkommen?«

McCoy erschien sofort. Ein Blick genügte, um zu wissen, was geschehen war. »Er hat Sie angesprungen? Das war mein Fehler. Ich hätte ihn sofort untersuchen müssen, als er mir sagte, daß er sich komisch fühlte. Aber es ist inzwischen so viel anderes passiert. Hat irgend jemand an ihm andere Symptome entdeckt? Wirkte er hysterisch oder verängstigt?«

»Eher wütend als verängstigt«, sagte Uhura. »Aber es gab doch eigentlich keinen Anlaß für seinen plötzlichen Wutanfall.«

»Trotzdem«, sagte Spock, »zeigte er alle Symptome einer mörderischen Wut. Nach dem, was wir an Bord der *Defiant* gesehen haben, finde ich diesen Zwischenfall äußerst beunruhigend.«

»Damit haben Sie völlig recht«, sagte McCoy. »Wache, bringen Sie ihn ins Bordlazarett. Ich werde mich sofort um ihn kümmern – Spock, zu unserem anderen Problem: Wie kommen Sie eigentlich zu der Annahme, daß Captain Kirk noch am Leben ist?«

»Der Captain befand sich im Transporterstrahl, als die *Defiant* außer Phase geriet, Doktor. Es ist durchaus möglich, daß ihm der Schock der Transition erspart geblieben ist. Wenn wir ihn aber nicht in einem genau festgelegten Moment der nächsten Zwischenphase zurückholen, muß er sterben. Jeder Irrtum wäre tödlich. Sein Raumanzug hat einen Luftvorrat von maximal drei Komma sechsundzwanzig Stunden.«

»Mr. Spock«, rief Sulu vom Ruder, »ein Raumschiff nähert sich auf Kollisionskurs.«

Spock ging rasch zum Kommandantensessel, und Scott setzte sich wieder auf seinen Platz.

»Lage, Mr. Sulu?« fragte Spock.

»Entfernung 200000 Kilometer, Ziel rasch näherkommend. Relative Geschwindigkeit 0,51 C.«

»Alarmstufe Rot«, befahl Spock. Das Alarmsignal ertönte im ganzen Schiff. Und im gleichen Augenblick schaltete Uhura das Bild des anderen Raumschiffs auf den Hauptbildschirm.

Das fremde Schiff war von blaugrüner Farbe, wirkte wie aus Kristall und hatte die Form eines Tetraeders. Ein sanftes Licht schien in seinem Rumpf zu pulsieren. Als das Bild auftauchte, holte Sulu tief Luft. »Ziel hat gestoppt, Mr. Spock. Wie haben die das bloß gemacht? Entfernung 90000 Kilometer gleichbleibend.«

»Mr. Spock«, sagte Uhura. »Ich empfange ein visuelles Signal von dem Schiff.«

»Schalten Sie es auf den Hauptbildschirm!«

Das Bild veränderte sich und zeigte jetzt die Kommandobrücke des anderen Schiffs. Es wurde fast völlig vom massigen Oberkörper eines bizarren, unbekannten Wesens ausgefüllt. Genau wie das Schiff war es ebenfalls von einem kristallenen Aussehen, jedoch von entfernt humanoider Gestalt. Ein Licht pulsierte rasch und unregelmäßig in etwas, das sein Kopf zu sein schien.

»Ich bin Commander Loskene«, sagte die Kreatur in der Universalsprache der Föderation. »Sie sind in eine Enklave des Tholianischen Bundes eingedrungen. Ich fordere Sie auf, unser Hoheitsgebiet sofort zu verlassen.«

Spock blickte Loskene prüfend an. Das pulsierende Licht schien nicht mit der Stimme synchron zu sein. Er sagte förmlich: »Mein Name ist Spock, vom Sternenschiff *Enterprise* der Föderation. Die Föderation betrachtet dieses Gebiet als freien Raum.«

»Wir betrachten ihn als unseren Besitz, und wir werden, wenn notwendig, Gewalt anwenden, um ihn zu verteidigen.«

»Wir sind nicht an einer Auseinandersetzung interessiert. Die *Enterprise* ist auf Grund eines Notrufs von einem unserer Schwesterschiffe hier, also auf einer Rettungsmission! Wollen Sie uns helfen?«

»Ich kann kein havariertes Schiff entdecken. Meine Instrumente zeigen an, daß sich nur unsere beiden Schiffe in diesem Gebiet befinden.«

»Das andere Raumschiff ist in Zwischenphase geraten. Es muß in einer Stunde und fünfzig Minuten wieder auftauchen. Wir bitten Sie, uns bis dahin auf Ihrem Gebiet den Aufenthalt zu erlauben.«

»Einverstanden, *Enterprise.* Im Interesse der interstellaren Freundschaft werden wir solange warten. Wir warnen Sie aber davor, uns betrügen zu wollen.«

Das Bild verschwand, und an seiner Stelle war wieder der Rumpf des tholianischen Raumschiffes auf dem Bildschirm.

Und nun konnte man nichts mehr tun als warten – und hoffen.

Endlich rückte der Augenblick der Zwischenphase näher. Genau wie zuvor übernahm Scott selbst das Kommando im Transporterraum. Vom Kommandantensessel aus blickte Spock aufmerksam zu ihm hinüber. »Transporterraum?«

»Aye, aye, Mr. Spock. Transporterstrahl ist auf die letzten Koordinaten des Captain eingestellt.«

»Zwischenphase in zwanzig Sekunden... zehn Sekunden... fünf, vier, drei, zwei, eins – Energie.«

Es war totenstill. Dann sagte Scott: »Die Plattform ist leer, Mr. Spock. Auf diesen Koordinaten befindet sich nichts.«

»Haben Sie eine Erklärung dafür, Mr. Sulu?«

»Die Anzeiger der Sensoren korrespondieren nicht mehr genau mit denen, die wir bei der ersten Entdeckung der *Defiant* hatten. Es ist zu befürchten, daß der Eintritt des tholianischen Raumschiffs in dieses Gebiet die Zwischenphase gestört hat.«

»McCoy an Brücke«, kam die Stimme des Bordarztes aus dem Intercom. »Haben Sie den Captain schon an Bord gebeamt, Mr. Spock?«

»Nein, Doktor. Und die Periode der Zwischenphase ist vorbei. Wir müssen auf die nächste warten.«

»Aber dazu hat er nicht genug Sauerstoff bei sich! Und wir hatten noch einen zweiten Anfall wie den Chekovs an Bord.«

»Und Sie wissen noch immer nicht, worauf diese Anfälle zurückzuführen sind?«

»Doch, das weiß ich genau«, sagte die Stimme McCoys ernst. »Aber ich habe keine Möglichkeit, etwas dagegen zu tun. Die Molekularstruktur des zentralen Nervensystems und des Gehirns wird durch die besondere Art des Raumes, in dem wir uns befinden, verändert. Früher oder später wird die ganze Besatzung von diesem Leiden befallen werden – wenn Sie nicht die *Enterprise* so bald wie möglich aus diesem gefährlichen Raumbezirk steuern!«

»Mr. Spock!« rief Sulu. »Man schießt auf uns!«

Sekunden später wurde das Raumschiff von einem schweren Schlag erschüttert.

»Schadensmeldungen«, sagte Spock.

»Geringe Schäden an der Außenhaut in den Abteilungen A-4 und C-13.«

»Maschinendeck! Wir brauchen mehr Energie. Mr. Sulu, schalten Sie alle Energie, die wir nicht unbedingt benötigen, auf die Schutzschilde.«

»Sir«, sagte Sulu, »dadurch wird die Energie unserer Phasergeschütze um fünfzig Prozent reduziert.«

Als ob das tholianische Schiff diese Meldung mitgehört hätte, schoß es plötzlich vorwärts. Es schien fast auf Rammdistanz heran zu sein, bevor es erneut feuerte. Dieses Mal warf der Aufprall des gegnerischen Strahls auf die Schutzschilde alle Männer, die nicht saßen, zu Boden.

»Maschine an Brücke. Mr. Spock, noch einen Treffer wie diesen hält das Schiff nicht mehr aus. Wir müssen entweder kämpfen oder fliehen.«

»Mr. Sulu, nehmen Sie Ziel auf. Schalten Sie Energie auf die Phasergeschütze und feuern Sie bei der nächsten Annäherung. Leutnant Uhura, versuchen Sie, Funkkontakt mit den Tholianern herzustellen!«

McCoy kam auf die Brücke. Sein Gesicht war ernst und besorgt. Auf dem Hauptbildschirm erschien wieder der Rumpf des anderen Schiffes, das zu einem neuen Angriff ansetzte.

»Spock, was soll dieser Unsinn?« fragte McCoy. »Der Captain ist so und so verloren. Bringen Sie das Schiff in Sicherheit.«

Spock, der sehr aufmerksam auf den Bildschirm starrte, antwortete nicht. Das andere Raumschiff kam rasch näher, und dann feuerten beide Schiffe gleichzeitig.

Die *Enterprise* dröhnte wie ein Gong, und alle Lichter flackerten. Aber auch das tholianische Raumschiff hatte einen schweren Treffer hinnehmen müssen. Es war zwar kein sichtbarer Schaden zu entdekken; aber das Schiff zog sich außer Reichweite der Geschütze zurück.

»Fürs erste haben wir wohl Ruhe«, sagte Spock. »Schadensmeldungen, Mr. Scott?«

»Die Konverter sind ausgebrannt«, meldete die Stimme Scotts. »Wir haben Geschwindigkeit verloren und können deshalb keine Driftkorrekturen mehr vornehmen. Reparaturen werden nach meiner Schätzung vier Stunden dauern.«

»Bis dahin«, sagte Sulu, »sind wir Gott weiß wohin abgetrieben.«

»Sind Sie jetzt zufrieden?« sagte McCoy. »Spock, warum haben Sie das getan?«

»Wenn wir bis zur nächsten Zwischenphase in diesem Gebiet bleiben wollen«, antwortete Spock ruhig, »war es notwendig, das tholianische Schiff kampfunfähig zu machen.«

»Sie vergessen anscheinend völlig die Auswirkungen auf die Gesundheit der Besatzung! Sie dürfen doch nicht das Leben von über 400 Menschen gefährden, um einen einzigen vielleicht retten zu können – der ohnehin wahrscheinlich schon längst tot ist«, sagte McCoy gereizt. »Der Captain jedenfalls hätte es nicht getan.«

»Ich glaube kaum, daß wir jetzt die Zeit für solche Debatten haben. Gehen Sie in Ihr Labor und versuchen Sie, ein Gegenmittel für die Anfälle zu entwickeln, Doktor. Das ist jetzt Ihre vordringlichste Aufgabe. Meine ist es, die *Enterprise* zu führen«, sagte Spock kühl.

McCoy gehorchte und verließ mit einem wütenden Blick auf Spock die Brücke.

»Mr. Spock, unsere Sensoren haben ein weiteres Objekt aufgefaßt«, meldete Sulu, »ja, es ist ein zweites tholianisches Raumschiff. Loskene muß es sofort nach unserer Entdeckung zu Hilfe gerufen haben. Loskene bewegt sich außer Phaserreichweite.«

»Leutnant Uhura, versuchen Sie noch einmal, Funkverbindung herzustellen.«

»Keine Antwort, Sir.«

Auf dem Bildschirm sahen sie, daß die beiden tholianischen Raumschiffe langsam aufeinander zuglitten, bis sie sich zu berühren schienen. Dann begannen sie, sich wieder voneinander zu entfernen. Zwischen ihnen entrollte sich ein vielfarbiges Band im Raum.

Spock erhob sich und trat zu seinem Computer. Die Raumschiffe der Tholianer glitten wieder aufeinander zu, trennten sich und spannen zwischen sich einen zweiten Faden, dann einen dritten. Immer dichter wurde das Spinnennetz der Energiefäden.

Immer schneller arbeiteten die beiden tholianischen Schiffe. Schon nach kurzer Zeit war der Raumbereich, in dem sich die *Enterprise* befand, von einem riesigen, Tausende von Kilometern messenden Energienetz umsponnen.

Spock löste seinen Blick vom Bildschirm und wandte sich um. »Faszinierend«, sagte er, »und darüber hinaus äußerst wirksam. Wenn es ihnen gelingen sollte, das Netz fertigzustellen, bevor wir unsere Reparaturen beendet haben, könnten wir nicht einmal mehr fliehen, selbst wenn wir es wollten.«

Niemand antwortete. Es schien einfach nichts mehr zu sagen zu geben.

Sie hielten eine Trauerfeier für Kirk. Sie war schlicht und militärisch. Spock, der ranghöchste Offizier an Bord, widmete ihm einen Nachruf. Seine Ansprache war nur sehr kurz, wurde aber trotzdem unterbrochen, weil ein weiteres Besatzungsmitglied einen Tobsuchtsanfall bekam. Dieser Zwischenfall wirkte peinlich und vergrößerte die bedrückende Spannung noch mehr.

Als die Männer den Raum wieder verließen, hielt McCoy Spock an der Tür auf.

»Wir haben in der Kabine des Captain noch eine Pflicht zu erfüllen«, sagte er. »Wir sind beide dazu erforderlich.«

»Das wird warten müssen. Ich muß jetzt sofort auf die Brücke zurück.«

»Der Captain hat eine Bandaufnahme hinterlassen«, sagte der Arzt.

»Er hat befohlen, daß wir beide uns dieses Band ansehen, falls er jemals für tot erklärt werden sollte. Und das haben Sie ja eben getan.«

»Das muß auf einen passenderen Augenblick warten«, sagte Spock und wandte sich zum Gehen.

»Warum? Haben Sie Angst vor dem, was er Ihnen zu sagen hat?«

Spock fuhr herum. »Ihre Aufgabe ist die Aufrechterhaltung der körperlichen und geistigen Gesundheit unserer Besatzung; die meine, das Schiff zu führen, wie ich Ihnen schon einmal erklärt habe.«

»Aber die letzten Befehle des toten Kommandanten haben doch wohl Vorrang, nicht wahr?«

Ein paar Sekunden lang blickte Spock ihn schweigend an. Dann sagte er: »Also gut. Gehen wir in die Kommandantenkabine.«

McCoy hatte offensichtlich Kirks Kabine schon vorher aufgesucht, denn auf dem Tisch lag eine Samtschatulle mit Kirks Auszeichnungen, und ihr Deckel war aufgeklappt.

»Er war ein Held im wahrsten Sinne des Wortes«, sagte McCoy. »Und trotzdem hat er sein Leben für nichts geopfert. Das einzige, was seinem Tod einen Sinn gegeben hätte, wäre die Rettung der *Enterprise* gewesen. Aber das haben Sie unmöglich gemacht.«

Spock sagte eisig: »Ich glaube, wir sind aus einem bestimmten Grund hergekommen, nicht wahr?«

»Allerdings, ich zum Beispiel bin hier, um herauszufinden, warum Sie geblieben und den Kampf aufgenommen haben.«

Spock schloß die Kassette. »Der Captain wäre unter den gleichen Umständen ebenfalls geblieben, um unter Einsatz seines eigenen Lebens das eines anderen Menschen zu retten.«

»Aber er würde nicht das Schiff dafür riskiert haben. Dieses Risiko ist völlig sinnlos. Oder glauben Sie etwa, daß er vielleicht doch noch lebt? Warum haben Sie ihn dann für tot erklärt? Um selbst das Kommando übernehmen zu können?«

»Unnötig. Ich habe bereits das Kommando über die *Enterprise.*«

»Ich wollte, ich könnte die Situation in Ordnung bringen.«

»Wenn Sie glauben, daß ich nur hiergeblieben bin, um die Phaser abzufeuern und James Kirk und seine Mannschaft umzubringen, ist es

Ihr Recht als Bordarzt dieses Schiffes, mich meines Postens zu entheben«, sagte Spock. »Mittlerweile schlage ich vor, daß wir das besagte Band abspielen, damit ich wieder auf die Brücke zurück kann und Sie in Ihr Labor, um nach einem Gegenmittel gegen die Verrücktheit zu suchen.«

»Wie Sie meinen.« McCoy trat zu dem Bildschirm und schaltete ihn ein. Die Scheibe wurde hell. Man sah Captain Kirk an seinem Schreibtisch sitzen.

»Spock, Pille«, sagte Kirks Stimme. »Da ihr dieses Band ablaufen laßt, muß angenommen werden, daß ich tot bin und daß die Situation äußerst kritisch ist.

Es ist auch anzunehmen, daß Sie, Spock, das Kommando über mein Schiff übernommen haben und vor der schwierigsten Entscheidung Ihrer ganzen Karriere stehen. Gebrauchen Sie all Ihr Wissen, all Ihre Logik, um das Schiff zu retten, aber benützen Sie auch ein wenig Intuition. Ich glaube nämlich, daß Sie Intuition besitzen. Im Zweifelsfall suchen Sie McCoy auf und fragen Sie ihn um Rat. Und wenn Sie ihn für gut finden, nehmen Sie ihn an.

Pille, du hast gehört, was ich gerade zu Spock gesagt habe. Hilf ihm, wo immer du kannst. Aber denke immer daran, daß *er* jetzt der Captain ist. Seine Entscheidungen sind ohne jede Frage zu befolgen. Du wirst vielleicht feststellen, daß auch er Schwächen hat und sich irren kann. Aber du kannst mir glauben, daß Spock die gleiche Loyalität und das gleiche Vertrauen verdient, das ihr mir alle entgegengebracht habt.

Was meine persönliche Habe angeht ...«

McCoy schaltete das Gerät aus und wandte sich nach Spock um. Ein paar Sekunden lang sahen sich die beiden Männer wortlos an. Dann sagte McCoy: »Es tut mir leid, Spock. Es tut weh, nicht wahr?«

Spock schloß eine Sekunde lang die Augen, dann machte er auf dem Absatz kehrt und verließ die Kabine. McCoy blieb noch ein wenig länger und blickte nachdenklich auf den jetzt toten Bildschirm, dann trat auch er in den Korridor hinaus.

Er hörte einen gellenden Aufschrei. Als er sich umsah, sah er Uhura auf sich zulaufen. Sie war nur halb angezogen, und ihre sonst unerschütterliche Ruhe war offener Panik gewichen. Sie sah McCoy, blieb keuchend stehen und versuchte, ihm etwas zu sagen. Aber bevor sie ein Wort herausbrachte, gaben ihre Knie nach und sie sank zu Boden. McCoy konnte sie gerade noch auffangen. Die Anzeichen waren nur allzu deutlich. Verstohlen zog er seinen Sprayinjektor heraus und versuchte, sie zu beruhigen.

»Leutnant!« sagte er hart. »Was ist los?«

»Ich... Doktor, ich habe gerade den Captain gesehen! Er lebt!«

»Ich fürchte, Sie irren sich. Aber natürlich haben Sie ihn gesehen. Wir alle würden ihn gerne sehen.«

Sie zitterte zwar noch am ganzen Körper, beruhigte sich aber sichtlich. »Ich weiß, was Sie jetzt denken. Aber es war keine Halluzination. Ich war in meiner Kabine und blickte in den Spiegel. Und dort sah ich ihn. Er wirkte... irgendwie leuchtend und pulsierend, wie die *Defiant,* als wir sie zuerst entdeckten. Er sah erstaunt aus – und als wenn er versuchte, mir irgend etwas zu sagen.«

»Schon gut, schon gut.« McCoy hob den Sprayinjektor. Uhura sah es und versuchte sich zu wehren, war jedoch zu schwach dazu. »Aber ich habe ihn wirklich *gesehen!* Sagen Sie Mr. Spock Bescheid: Er lebt, er lebt wirklich...!«

Der Sprayinjektor zischte. »Ich werde es ihm sagen«, murmelte McCoy beruhigend. »Aber Sie kommen jetzt ins Lazarett.«

Zur gleichen Zeit wurde Scott von einem Mann des Maschinenpersonals angefallen. Die Krankheit griff immer rascher um sich.

Das Energienetz der Tholianer war jetzt zu zwei Dritteln fertig, und der Impulsantrieb der *Enterprise* funktionierte noch immer nicht.

Der Angriff des befallenen Matrosen wurde vereitelt. Trotzdem erschien Scott nicht einmal zehn Minuten später völlig verstört auf der Brücke.

»Mr. Spock! – Ich habe eben den Captain gesehen!«

»Spock an McCoy! Bitte kommen Sie sofort auf die Brücke. – Berichten Sie, Mr. Scott.«

»Er war auf dem oberen Maschinendeck – und seine Gestalt flirrte so eigenartig, fast wie beim Transporter-Effekt. Er schien irgendwie zu schweben, und ich glaube, er hat auch uns gesehen. Er schien schwer zu atmen. Und dann war er, von einer Sekunde zur anderen, wieder verschwunden.«

McCoy war während der letzten Worte von Scotts Bericht auf die Brücke gestürzt. »Scotty, fühlen Sie sich nicht wohl?« fragte er besorgt.

»Doch, höchstens ein bißchen müde.«

»Das sind wir alle. Kommen Sie sofort zu mir, falls irgendwelche anderen Symptome auftreten sollten.«

»Sicher.«

»Leutnant Uhura hat mir nämlich eine ähnliche Geschichte erzählt«, sagte Spock. »In kritischen Augenblicken sieht ein Mensch manchmal genau das, was er zu sehen wünscht, auch wenn er kein Fieber hat.«

»Wollen Sie damit sagen«, fragte McCoy, »daß die Leute Visionen des Captains haben, weil sie das Vertrauen in Sie verloren haben?«

»Ich will gar nichts damit sagen, sondern führe nur Tatsachen an.«

»Nun, die Situation ist wirklich kritisch. Wir hatten in der letzten halben Stunde zwei weitere Anfälle. Und falls auch Scotty infiziert sein sollte, haben wir keine Chance mehr, die *Enterprise* von hier wegzubringen.«

»Haben Sie noch immer kein Gegenmittel gefunden?«

»Ich glaube fast«, sagte McCoy, »daß ein Derivat von Chlortheragen wirksam sein könnte. Aber ich wage doch nicht, ein so drastisches Mittel anzuwenden.«

»Und warum nicht?«

»Nun, vor allem...«

»Mr. Spock«, sagte Scott sehr leise, »blicken Sie sich einmal um«.

Spock wandte sich um.

Hinter ihm, in der Luft schwebend, sah er, lebensgroß, aber irgendwie leuchtend und schemenhaft durchsichtig, Captain Kirk. Er schien Spock anzublicken, konnte sich aber anscheinend nur mit großer

Mühe bewegen.

Mühsam hob er die rechte Hand und deutete auf seinen Hals. Durch die Frontscheibe des Raumhelmes sah Spock, wie sich Kirks Lippen bewegten.

Spock! – Machen Sie schnell! sagten Kirks Lippen, ohne daß ein Laut hörbar wurde.

Und dann war die Figur wieder verschwunden.

Die beiden Raumschiffe der Tholianer spannten einen Faden nach dem anderen in das Energienetz, das sie um die *Enterprise* webten. Ihr Tempo hatte sich erheblich verlangsamt. Loskene und seine Landsleute schienen erkannt zu haben, daß die *Enterprise* das Gebiet nicht verlassen konnte.

An Bord des Schiffes war auch die Spannung ein wenig abgeklungen. Man hatte erkannt, daß die Erscheinung des Captains auf der Brücke keine Halluzination gewesen war und daß er wahrscheinlich noch lebte.

Spock und Scott saßen wieder über den Computer gebeugt. »Sie hatten recht. Deshalb zögerten Sie solange, bevor Sie die Phasergeschütze einsetzten«, sagte der Chefingenieur. »Ihr ungeheurer Energieausstoß hat dieses verrückte Raumgewebe bestimmt zerstört und die *Defiant* wer weiß wohin geschleudert.«

»Und mit ihr auch den Captain, wenn wir ihn nicht zum Zeitpunkt der Beendigung der ersten Zwischenphase im Transporterstrahl festgehalten hätten. Durch die Störung des Raumgewebes haben sich die Überlagerungsphasen verändert. Die nächste Zwischenphase liegt erheblich früher, nämlich in genau zwanzig Minuten. Können Sie bis dahin mit Ihren Reparaturen fertig sein?«

»Das schon«, sagte Scott, »aber wir werden dann nur eine Energieleistung von achtzig Prozent haben.«

»Das wird genügen müssen.« McCoy trat auf sie zu, ein Tablett mit einer Flasche und drei Gläsern in der Hand. »Mit den besten Empfehlungen des Hauses, meine Herren«, sagte er. »Trinken Sie es aus.«

»Was ist das?« fragte Spock mißtrauisch.

»Ein Gegen- und Vorbeugemittel bei paranoischen Reaktionen. Genauer gesagt, ein Derivat des Chlortheragens.«

»Wenn ich mich recht erinnere«, sagte Scott, »so ist das ein Nervengas, das von den Klingonen verwendet wird. Wollen Sie uns etwa alle umbringen, McCoy?«

»Ich sagte schon, es handelt sich um ein Derivat. In dieser Form unterbindet es lediglich bestimmte Nervenimpulse und hindert sie daran, ins Gehirn zu gelangen.«

»Das kann man auch mit gutem Whisky erreichen«, sagte Scott.

»Mit Alkohol gemischt wirkt es auch am besten«, sagte McCoy. »Aber die Wirkung ist auch so ausgezeichnet. Sogar Chekov ist wieder geheilt. Und er hatte sich als erster von uns allen infiziert.«

Scott kippte den Inhalt des Glases hinunter und verzog das Gesicht. »Ein Whisky schmeckt erheblich besser«, sagte er. »Ich gehe wieder zurück zu meinen Maschinen.«

Spock nickte ihm zu und setzte sich wieder in den Kommandantensessel. Kurz darauf trat Chekov auf die Brücke und nahm seinen gewohnten Platz wieder ein.

»Wir haben Sie sehr vermißt, Chekov«, sagte Spock. »Und jetzt an die Arbeit. Vor allen Dingen berechnen Sie, wann das tholianische Traktorfeld fertiggestellt sein wird.«

»Wenn sie das derzeitige Tempo aufrechterhalten, in zwei Minuten, Sir.«

»Mr. Sulu, ich habe die Computer so programmiert, daß wir sofort in den Hyperraum tauchen.« Er drückte die Taste des Intercom: »Transporterraum.«

»Hier Scott.«

»Fertigmachen für Zwischenphase in genau fünfundsiebzig Sekunden.«

»Aye, aye, Sir. Wir sind bereit.«

»Mr. Spock«, sagte Sulu, »die Tholianer haben das Netz fast geschlossen. Es scheint sich zusammenzuziehen, um sich um das Schiff zu legen.«

»Countdown für Zwischenphase«, sagte Chekov. »Eine Minute.«

»Mr. Scott, haben wir wieder volle Energieleistung?«

»Nur sechsundsiebzig Prozent, Mr. Spock.«

»Kann der Computer die gesamte Leistung abfordern?«

»Ja, ich denke, daß die Triebwerke es aushalten.«

»Noch dreißig Sekunden.«

Plötzlich sahen sie auf dem Hauptbildschirm weit vor dem Bug der *Enterprise* eine winzige Figur im Raum auftauchen. So plötzlich, als ob man ein Licht eingeschaltet hätte.

»Da ist er!«

»Zwanzig Sekunden zu früh!«

»Es ist der Captain!«

Auf dem Bildschirm sahen sie die Fäden des Energienetzes vorbeigleiten, das sich immer näher um die *Enterprise* zusammenzog.

Plötzlich erzitterte das Deck, als die Computer die Impuls-Triebwerke auf volle Energieleistung schalteten. Und dann warfen schwere Stöße das Raumschiff hin und her.

Das Gewebe der Energiefäden verschwand.

»Wir haben es zerrissen!« rief Chekov erregt.

»Mr. Scott, haben Sie den Captain immer noch im Transporterstrahl?«

»Aye, aye, Sir.«

»Dann holen Sie ihn jetzt an Bord. Wir sind durchgebrochen.«

»Er ist hier, im Transporterraum! Aber er ist bewußtlos. McCoy, das ist jetzt Ihre Sache.«

»Ich bin sofort unten«, sagte Spock, »Mr. Sulu, übernehmen Sie das Kommando.«

Es stellte sich heraus, daß keine besondere Behandlung erforderlich war. Nachdem man Kirks Raumhelm abgenommen und ihn hatte frische Luft atmen lassen, war die Ursache seiner Bewußtlosigkeit beseitigt, und als man ihn in seine Kabine geschafft und McCoy ihm eine Injektion gegeben hatte, war er wieder hellwach. Ein paar Sekunden lang blickte er Spock und McCoy schweigend an.

»Willkommen zu Hause, Jim«, sagte McCoy.

»Danke, Pille. Weißt du, nachdem die *Defiant* verschwunden war, hatte ich das ganze Universum für mich allein. Es gab niemanden außer mir, das konnte ich irgendwie fühlen.«

»Ein äußerst bedrückendes Gefühl, kann ich mir vorstellen«, meinte McCoy.

»Sehr richtig. Ich habe immer wieder versucht, die *Enterprise* zu erreichen, mindestens dreimal ist es mir, glaube ich, auch gelungen, aber nur für wenige Sekunden. Ich muß sagen, daß ich unser übervölkertes Universum vorziehe. Wie seid ihr beide ohne mich ausgekommen?«

»Es ging«, sagte McCoy. »Spock hat die Befehle gegeben, und ich habe die Probleme gelöst.«

Spock blickte McCoy an, nickte aber zustimmend.

»Wollt ihr etwa behaupten, daß ihr keine Probleme miteinander gehabt habt?« fragte Kirk einigermaßen ungläubig.

»Jedenfalls keine erwähnenswerten, Captain«, sagte Spock. »Es gab nur ein paar kleine Mißverständnisse, wie sie unvermeidlich sind, wenn Menschen involviert sind.«

»Oder Vulkanier«, setzte McCoy hinzu.

»Ich verstehe. Ich hoffe, daß meine letzten Befehle Ihnen bei der Lösung der Probleme geholfen haben, die nicht erwähnenswert sind.«

»Ihre Befehle, Captain?« fragte Spock und hob eine seiner Augenbrauen.

»Ja, die Befehle, die ich für euch – für euch beide – auf Video-Band aufgezeichnet habe.«

»Ach die«, sagte McCoy und zupfte sich heftig am Ohr. »Dazu hatten wir keine Zeit. Wir fanden einfach keine Gelegenheit, sie uns anzuhören.«

»Wir befanden uns mitten in einer Krise, Captain, und es ging alles so schnell, daß ...«

»Ich verstehe«, nickte Kirk lächelnd. »Es gab keine erwähnenswerten Vorfälle und ging alles so schnell. Na schön. Wir wollen hoffen, daß wir nicht noch einmal in eine Situation kommen, um diese Befehle, die Sie nie gehört haben, beachten zu müssen – und jetzt wieder an die Arbeit!«

Die letzte Schlacht

Auf dem Planeten Ariannus war eine auf dem Luftweg verbreitete verheerende Epidemie ausgebrochen. Die *Enterprise* befand sich auf einer Hilfsmission, drei Stunden und vier Minuten von dem heimgesuchten Planeten entfernt, als ihre Sensoren ein Objekt erfaßten, das sich kurze Zeit später als ein Raumgleiter der Sternenflotte herausstellte. An Hand seiner Nummer konnte festgestellt werden, daß es sich um ein zwei Wochen zuvor von der Sternenbasis 4 gestohlenes Fahrzeug handelte.

Es steuerte einen merkwürdigen Kurs und verlor offensichtlich Luft. An Bord befand sich ein humanoides Wesen, das entweder krank oder verletzt sein mußte. Kirk ließ den Gleiter durch Traktorstrahlen an Bord ziehen – und da erlebten sie die zweite Überraschung. Das bewußtlose Geschöpf, das sich an Bord des Gleiters befand, war linksseitig ein tiefschwarzer Mann, während seine rechte Seite komplett weiß war.

Kirk und Spock betrachteten interessiert das Wesen, das jetzt auf dem Behandlungstisch des Bordlazaretts lag und von McCoy und Schwester Chapel behandelt wurde. Diese Behandlung schloß auch eine Injektion ein.

»Doktor«, fragte Spock, »ist diese Pigmentation die natürliche Hautfärbung dieses – Individuums?«

»Es sieht ganz so aus.«

»Ich habe noch nie von einer derartigen Rasse gehört«, sagte Kirk. »Sie, Spock? Nein? Das habe ich mir gedacht. Hast du eine Erklärung dafür, Pille?«

»Im Moment noch nicht.«

»Er sieht wie das Produkt eines eigenartigen Kreuzungsversuchs aus.«

»Nach den Mendelschen Gesetzen wäre seine Färbung wirklich nur schwer zu erklären«, sagte Spock. »Aber unvorhergesehene Ausnahmen kommen doch immer wieder vor.«

»Eine Mutation?« sagte McCoy. »Immerhin eine Möglichkeit.«

»Und deine Prognose, Pille?«

»Wie gesagt, ich habe noch keine Erklärung. Er ist auch für mich ein Novum.«

»Und trotzdem«, sagte Spock, »haben Sie ihm eine Ihrer widerlichen Spritzen gegeben, als wenn er ein Mensch wäre.«

»Im Zweifelsfall soll man sich immer an die Lehrbücher halten. Außerdem habe ich vorher ein paar Tests durchgeführt. Blut ist Blut – selbst wenn es grün ist wie das Ihre! Er hat einen ganz normalen Organismus, allerdings mit einer etwas abweichenden Anordnung der inneren Organe, zuzüglich einiger, die mir unbekannt sind. Aber – nun, man soll eine Behandlung nach ihren Resultaten beurteilen. Er kommt wieder zu sich.«

Der Fremde öffnete die Augen. Es schien, als ob er vor irgend etwas Angst hätte, aber diese Angst nicht zeigen wollte.

»Sie haben Glück gehabt«, sagte Dr. McCoy, »aber jetzt sind Sie außer Gefahr.«

»Sie befinden sich an Bord des Sternenschiffs *Enterprise*«, fügte Kirk hinzu.

»Ich habe davon gehort«, sagte der Fremde, sichtlich erleichtert. »Es gehört doch zur Flotte der Föderation, nicht wahr?«

»Richtig«, sagte Kirk. »Genauso wie der Raumgleiter, den Sie geflogen haben.«

»Tatsächlich?«

»Wissen Sie nicht einmal, wessen Eigentum Sie stehlen?«

»Ich bin kein Dieb!«

»Sie sind bestimmt kein gewöhnlicher Dieb«, sagte Kirk, »wenn man bedenkt, was Sie gestohlen haben.«

»Sie sind reichlich voreilig und fällen Ihre Urteile, ohne die Tatsachen zu kennen.«

»Ich weiß immerhin, daß Sie sich ein Fahrzeug angeeignet haben, das Ihnen nicht gehört.«

»Ich habe mir nichts ›angeeignet‹«, sagte der Fremde schroff. »Meine Notlage gab mir das Recht, den Gleiter zu benutzen.«

Kirk zuckte die Achseln. »Diese feinen Unterschiede können Sie dem Gericht des Sternenflotten-Kommandos klarmachen.«

»Ich bin Ihnen dankbar dafür, daß Sie mich gerettet haben«, sagte der Fremde würdevoll, aber sehr förmlich.

»Gern geschehen. Wir sind froh, Sie erwischt zu haben. Wer sind Sie?«

»Mein Name ist Lokai.«

»Und weiter?«

»Ich komme von dem Planeten Cheron.«

»Wenn ich mich recht erinnere«, sagte Spock, »befindet sich dieser Planet im südlichsten Teil der Galaxis in einem immer noch relativ unerforschten Raumquadranten.«

»Und was tun Sie so weit von zu Hause entfernt?« fragte Kirk.

Lokai antwortete nicht.

»Sie sind sich hoffentlich im klaren darüber, daß wir Sie nach Beendigung unseres Auftrages zu einer Sternenbasis bringen werden, wo man Sie wegen eines schweren Vergehens unter Anklage stellen wird.«

»Mein Vergehen ist geringfügig. Ich hätte das Boot selbstverständlich zurückgegeben, sobald...« Lokai brach abrupt ab.

»Sobald Sie was getan hätten? Was hatten Sie vor?«

»Ihr einfarbigen Menschen seid doch alle gleich«, sagte Lokai in einem plötzlichen Wutanfall. »Erst verdammt ihr, dann greift ihr an.« Er sank erschöpft zurück und versuchte, seine Gefühle zu zügeln. »Ich werde jetzt keine Fragen mehr beantworten.«

»Wie wir es auch betrachten, Captain«, sagte Spock, »er ist kein gewöhnliches Exemplar.«

Lokai blickte den Ersten Offizier an, als ob er ihn zum ersten Mal sähe. »Ein Vulkanier!«

»Der wird es Ihnen auch nicht leichter machen«, sagte McCoy. »Er ist zur Hälfte Mensch.«

»Eine sehr bemerkenswerte Kombination.«

Spock hob eine Augenbraue. »Finden Sie?«

»Ein Wesen wie Sie ist uns noch nie begegnet«, sagte Kirk. »Wir würden gerne mehr über Sie und Ihren Planeten wissen.«

»Ich – ich bin sehr müde.«

»Das ist nur eine Ausrede. Ich denke doch, daß Sie Ihren Rettern einigen Dank schuldig sind.«

»Wirklich«, sagte Lokai und schloß die Augen, »ich bin sehr müde. Ihr nachtragendes Kreuzverhör hat mich erschöpft.«

Kirk blickte auf den selbstgerechten Dieb hinab. Dann ertönte Chekovs Stimme aus dem Intercom: »Sensoren haben ein fremdes Raumschiff aufgefaßt, Captain. Der Kommandant bittet um Erlaubnis, einen Passagier an Bord der *Enterprise* beamen zu dürfen. Sie sagen, es handele sich um einen Rechtsfall.«

»Einverstanden. Ich erwarte ihn auf der Brücke. Gehen wir, Mr. Spock.«

Als er die Brücke betrat, erwartete ihn eine neue Überraschung. Der Neuankömmling war fast ein Double Lokais – nur war er auf der rechten Seite schwarz und auf der linken weiß.

»Mein Name ist Bele«, sagte er. Er wirkte selbstsicher und gab sich höflich.

Kirk blickte ihn prüfend an. »Vom Planeten Cheron, vermute ich. Und was führt Sie zu uns?«

»Sie haben einen flüchtigen Verbrecher an Bord. Sein Name ist Lokai. Ich bin hier, um seine Herausgabe zu verlangen.«

»An Bord dieses Schiffes habe ich die Befehlsgewalt«, sagte Kirk kühl. »Es hat hier also niemand etwas zu verlangen.«

»Ich bitte um Entschuldigung«, sagte Bele spöttisch lächelnd. »›Verlangen‹ war zweifellos eine etwas unglückliche Wortwahl.«

»Welche Autorität besitzen Sie und wo liegt sie zugrunde?«

»Ich bin leitender Polizeichef der Kommission für politische Verräter. Lokai wurde wegen Verrats vor Gericht gestellt und verurteilt, es ist ihm aber gelungen zu entkommen. Darf ich ihn bitte sehen?«

»Er ist im Bordlazarett. Ich möchte, daß Sie eines verstehen: Solange Sie an Bord der *Enterprise* sind, unterstehen Sie unseren Gesetzen. Ist Ihnen das klar?«

Bele lächelte. »Völlig klar, Captain.«

Zwei Posten standen vor der Tür des Bordlazaretts, als Kirk, Spock und Bele dort eintrafen. McCoy stand neben dem Bett Lokais, der ihnen entgegenblickte.

»Es freut mich, Sie wiederzusehen, Lokai«, sagte Bele, »und diesmal werde ich dafür sorgen, daß unser Zusammentreffen dauerhafter Natur ist. Captain, ich gratuliere Ihnen. Lokai ist noch nie zuvor so – ruhig und friedfertig gewesen.«

Lokai stieß einen Laut aus, der wie das wütende Fauchen eines Panthers klang. »Ich gehe nicht mit Ihnen nach Cheron zurück«, sagte er wütend. »Es ist eine Welt mörderischer Unterdrücker.«

»Keine Sorge. Ich habe Ihnen vorhin erklärt, wohin wir Sie bringen«, sagte Kirk. »Wir haben Ihren Landsmann nur aus Gefälligkeit zu Ihnen gelassen. Er wollte Sie identifizieren.«

»Sie haben ja eben gesehen, wie sich dieser Mörder aufführt«, sagte Bele. »Und so benimmt er sich all seinen Wohltätern gegenüber.«

»Wohltätern?« schrie Lokai, »Sie Heuchler! Erzählen Sie dem Captain doch, wie Sie unsere Häuser überfallen, uns von unseren Familien gerissen und wie Vieh zusammengetrieben und als Sklaven verkauft haben!«

»Sie waren unzivilisierte Wilde, Captain«, sagte Bele. »Wir haben sie aus reinem Mitleid zu uns genommen und ihnen Wissen vermittelt.«

»Ja! Sie haben uns gerade so viel Wissen vermittelt, daß wir der Herrenrasse als Sklaven dienen konnten.«

»Sie sind das Produkt unserer Liebe, und Sie haben unsere Zuneigung mit Mord vergolten.«

»Warum sollte ein Sklave Mitleid mit seinem Unterdrücker haben?«

»Sklave? Ihr seid seit Jahrtausenden keine Sklaven mehr. Ihr seid frei.«

»Frei? Haben wir etwa die Freiheit, wie Menschen zu leben, die Freiheit, Ehemänner und Väter zu sein, die Freiheit, als Gleiche unter

Gleichen mit euch zu leben?«

»Ja. Sie hätten die Freiheit, wenn Sie wüßten, wie Sie sie gebrauchen sollten. Sie waren jedenfalls frei genug, um Mord und Zerstörung zu verüben.«

Lokai wandte sich an Kirk. »Ich habe versucht, die Ketten zu zerreißen, mit denen sie hundert Millionen Menschen gefesselt halten. Mein einziges Verbrechen ist, daß dieser Versuch gescheitert ist. Dessen bekenne ich mich schuldig.«

»Alle Dinge haben ihre Ordnung«, sagte Bele. »Er wollte Utopia an einem Tag erreichen. Und das ist nicht möglich.«

»Nicht an einem Tag. Und auch nicht in zehntausend Jahren. Nach Ihrer Meinung sind wir eine minderwertige Rasse, die nie einen Zustand erreichen wird, in der sie die Freiheit verdient. Ich kenne Sie und alle anderen, die mit Ihnen gemeinsam die Herrschaft für immer fixieren wollen. Das Utopia, das Sie für meine Rassengenossen planen, ist die völlige Vernichtung.«

Kochend vor Zorn sprang Bele auf Lokai zu. Die Wachen rissen ihn zurück. »Hüte deine Zunge, du verrückter dreckiger kleiner Verräter! Du wirst mit mir zurückkommen und die Strafe für deine Verbrechen erhalten.«

»Wenn ich nach Cheron zurückkehre, werde ich Ihnen einen Beweis von unserer Macht geben. Armeen werden sich mir anschließen.«

»Ich habe Sie hierhergebracht, um diesen Mann zu identifizieren«, sagte Kirk zu Bele. »Ich sehe, meine Herren, daß Sie einander recht gut kennen. Ich werde aber nicht zulassen, daß Sie Ihre Meinungsverschiedenheiten hier an Bord austragen.«

»Captain«, sagte Lokai, »ich war der Führer von Revolutionären, nicht von Verbrechern. Ich verlange politisches Asyl. Ihr Schiff ist eine Zufluchtsstätte.«

»Ich sage Ihnen noch einmal: Für Sie ist das Schiff ein Gefängnis.«

»Captain, ich verlange, daß Sie ihn mir ausliefern, damit er die Strafe für seine Verbrechen erhält.«

»Cheron ist kein Mitglied der Föderation. Es sind keine bilateralen Verträge unterzeichnet worden. Ihre Forderung nach Auslieferung des Gefangenen widerspricht jedem Ehrgefühl. Es bestehen keinerlei Auslieferungsabkommen. Deshalb kann ich Ihnen diesen Gefangen nicht ausliefern. Ist das klar?«

»Ich hoffe«, sagte Bele, »daß Sie schließlich noch vernünftig werden.«

»Ich bin nicht daran interesssiert, Partei zu ergreifen.«

»Da mein Schiff dieses Gebiet bereits wieder verlassen hat – ich war nur Passagier an Bord – muß ich Sie dringendst ersuchen, sofort Cheron anzusteuern.«

Kirk fühlte, daß seine Geduld zu Ende ging. »Dieses Schiff hat einen Auftrag zu erfüllen. Es geht um Millionen von Leben. Wenn diese Mission erledigt ist, werde ich zur Sternbasis 4 zurückkehren und Sie beide den Behörden übergeben. Denen können Sie dann beide ihren Fall vortragen.«

»Es tut mir leid, Captain, aber das ist für mich unannehmbar. Ganz und gar!«

»Als Würdenträger eines anderen Planeten«, sagte Kirk mühsam beherrscht, »biete ich Ihnen während Ihres Aufenthalts an Bord unsere Gastfreundschaft. Falls Sie irgend etwas unternehmen sollten, das nur im geringsten gegen die Gesetze der Gastfreundschaft verstößt, werde ich Sie...«

»Sie sind der Captain«, sagte Bele mit plötzlicher Friedfertigkeit.

»Und Ihnen, Lokai, schlage ich vor, daß Sie sich gründlich Ruhe gönnen. Vor allem Ihren Stimmbändern. Sie werden noch genügend Gelegenheit zur Demonstration Ihres rednerischen Talents finden, wenn wir wieder auf der Sternbasis...«

»Chekov an Captain Kirk! Dringend!« ertönte es aus dem Lautsprecher des Intercom. »Bitte kommen Sie sofort auf die Brücke, Sir.«

Es war tatsächlich dringend. Die *Enterprise* war von ihrem Kurs abgewichen. Anscheinend hatte sie ohne jede äußere Einwirkung die Richtung gewechselt. Sie entfernte sich jetzt von Ariannus auf einem Kurs, der zum Kohlensack führen würde, wenn keine Änderung erfolgte. Eine Anfrage an alle Abteilungen führte zu keiner Feststellung irgendwelcher Schäden, die diesen Kurswechsel verursacht haben könnten.

»Mr. Spock, geben Sie mir die Koordinaten von Cheron.«

»Der Planet liegt etwa zwischen 403 Mark 7 und Mark 9, Sir.«

»Also genau auf unserem neuen Kurs. Bringen Sie Bele auf die Brücke. Ich habe ihm die Gastkabine auf Deck 6 zugewiesen.«

Als Bele erschien, wartete er nicht ab, bis man ihm Fragen stellte.

»Ja«, sagte er, »wir haben Kurs auf Cheron genommen. Ich hätte Ihnen vielleicht sagen sollen, daß wir nicht nur eine sehr alte Rasse sind, sondern auch eine äußerst langlebige, und wir haben Kräfte und Fähigkeiten entwickelt, die Sie nicht verstehen würden. Für Sie sollte die Erklärung reichen, daß dieses Schiff jetzt unter meiner Kontrolle steht. Tausend Jahre Ihrer irdischen Zeitrechnung lang bin ich Lokai durch die ganze Galaxis nachgejagt. Ich denke nicht daran, ihn jetzt entwischen zu lassen.«

Die Lifttüren öffneten sich und Lokai stürzte auf die Brücke, gefolgt von zwei Wachen.

»Ich werde nicht nach Cheron zurückkehren«, schrie er verzweifelt. »Sie haben mir Asyl gewährt! Captain Kirk...«

»Er kann dir nicht helfen«, lachte Bele. »Du hast verloren, Lokai. Wir werden dich jetzt unschädlich machen, für immer.«

»Das dürfen Sie nicht zulassen!« schrie Lokai verzweifelt.

»Diesmal gibt es keine Rettung mehr, du Dreckstück! Es ist aus!«

»Meine Sache ist gerecht. Sie müssen mir helfen. Sie alle!«

»Immer wieder dasselbe. Der Appell an das Mitleid. Überall, wo er war, hat er Dumme gefunden, die ihn bei seiner Flucht unterstützt und ihm Unterschlupf gewährt haben. Auf jedem Planeten hat er nach Narren gesucht, die für ihn geblutet und Tränen für die Unterdrückten vergossen haben. Aber von diesem Schiff gibt es kein Entkommen. Dies ist deine letzte Station, Lokai.«

Mit einem Wutschrei stürzte sich Lokai auf ihn. Kirk riß ihn zurück.

»Wache«, sagte er, »bringen Sie die beiden Hitzköpfe in die Arrestzellen.«

Die Wachen traten vor. Im gleichen Augenblick bildete sich jedoch ein klar erkennbarer Schutzschild aus Energie um die beiden Fremden.

Bele lachte höhnisch. »Sie sind hilflos, Captain.«

»Ich war ein Narr«, sagte Lokai bitter, »von Leuten wie Ihnen Hilfe zu erwarten.«

»Dieses Schiff geht nach Ariannus«, sagte Kirk, »das Leben von Millionen von Menschen steht auf dem Spiel. Ich habe keine andere Wahl.«

»Jetzt machen Sie sich lächerlich, Captain. Es gibt keine Wahl. Das Schiff steht unter meiner Kontrolle, und Sie können nichts dagegen unternehmen. Es liegt auf Kurs nach Cheron.«

»Bele, ich bin der Kommandant dieses Schiffs. Es folgt dem Kurs, den ich gesetzt habe – oder ich befehle seine Vernichtung.«

Bele starrte ihn an. »Sie bluffen. Sie können das Schiff genausowenig zerstören, wie ich die Farben wechseln kann.«

Kirk wandte sich an Leutnant Uhura. »Leutnant, schalten Sie mein Mikrophon auf den Hauptcomputer.«

»Zu Befehl, Sir.«

Kirk setzte sich und drückte auf den Knopf. »Vernichtungs-Sequenz. – Bereit, Computer?«

»Bereit«, sagte die Stimme des Computers.

»Fertigmachen zur Verifizierung.«

»Vernichtungs-Sequenz Code Nr. 1.«

»Aufnahmebereit.«

»Hier spricht Captain James T. Kirk, Kommandant des Sternenschiffs *Enterprise*. Vernichtungs-Sequenz Eins – Code Eins Eins A.«

Auf der Anzeigetafel des Computers flammten in hektischer Folge Lichter auf. Dann erschien in der linken oberen Ecke ein gelbes Quadrat mit einer schwarzen Ziffer 1 in der Mitte.

»Stimme und Code Eins Eins A verifiziert und korrekt. Sequenz Eins abgeschlossen.«

»Mr. Spock, bitte fahren Sie fort.«

»Hier spricht Commander Spock, Erster Offizier. Vernichtungs-Sequenz Zwei – Code Eins Eins B.«

»Stimme und Code verifiziert und korrekt. Sequenz Zwei abgeschlossen.«

»Mr. Scott.«

Auf Scotts Stirn standen winzige Schweißtropfen. Niemand an Bord liebte die *Enterprise* so sehr wie er. Er blickte in Kirks Augen und sagte mechanisch: »Hier sprich Scott, Chefingenieur. Vernichtungssequenz Drei – Code Eins Eins B – Zwei B.«

»Stimme und Code verifiziert und korrekt. Vernichtungs-Sequenz eingeschaltet. Erwarte End-Code für Dreißig-Sekunden-Countdown.«

»Mr. Spock, ist das Schiff auf den von mir befohlenen Kurs zurückgekehrt?«

»Nein, Captain, wir haben immer noch Kurs auf Cheron.«

Bele sagte nichts.

Kirk wandte sich wieder dem Computermikrophon zu. »Dreißig-Sekunden-Countdown. Code Null-Null-Vernichtung – Null.«

»Countdown beginnt: dreißig – neunundzwanzig...«

»Und jetzt«, sagte Kirk, »wollen wir sehen, ob Sie den Computer daran hindern können, meinen Befehl auszuführen.«

»...fünfundzwanzig, vierundzwanzig...«

»Ihr Wille mag ausreichen, um das Schiff nach Cheron zu verschleppen. Aber diesen Computer kontrolliere ich. Und ich gebe den letzten Befehl.«

»...fünfzehn, vierzehn...«

»Wenn der Countdown bei den letzten fünf Sekunden angelangt ist«, sagte Kirk, »kann keine Macht der Welt den Vernichtungsbefehl rückgängig machen.«

»...acht – sieben – sechs...«

»Ich warte«, sagte Kirk kühl.

»...fünf...«

Die Lichter hörten auf zu blinken und flammten hell auf, die leisen Summgeräusche wurden zu einem grellen Pfeifen. Chekov beugte sich tief über seine Kontrollgeräte. Sulus Hand am Steuergerät packte den Griff so hart, als ob er allein durch Muskelkraft das Schiff auf seinen alten Kurs zurückzwingen wollte. Uhura blickte einen Moment zu Kirk hinüber, und dann schloß sie die Augen. Spock und Scott saßen reglos wie Statuen.

»Erwarte Code – für die abschließenden fünf Sekunden«, sagte die Stimme des Computers.

Kirk und Bele starrten einander an. Dann wandte sich Kirk wieder dem Computer zu, um den endgültigen Vernichtungsbefehl zu geben.

»Warten Sie«, sagte Bele. Es war ein Schrei der Verzweiflung. »Ich bin einverstanden! Ich gebe nach!«

Kirks Gesichtsausdruck veränderte sich nicht. Er sagte: »Hier Captain James Kirk. Code Eins Zwei Drei Fortbestand. Vernichtungsbefehl aufgehoben.«

»Vernichtungsbefehl aufgehoben«, wiederholte der Computer, und dann erloschen die Kontrollichter.

»Mr. Spock, haben wir wieder Kurs auf Ariannus?«

»Nein, Sir. Die *Enterprise* befindet sich jetzt auf einer Kreisbahn.«

»Und mit einer Geschwindigkeit von Sol Sieben, Captain«, fügte Scott hinzu. »Wir fliegen mächtig schnell, ohne von der Stelle zu kommen.«

»Ich habe Sie gewarnt«, schrie Lokai. »Er wird Sie immer wieder betrügen. Sie haben doch Waffen. Töten Sie ihn!«

»Wir warten auf die Einlösung Ihres Versprechens«, sagte Kirk zu Bele.

»Ich möchte Ihnen eine Alternativlösung anbieten, Captain; einfach, wirkungsvoll und akzeptabel, wie ich hoffe. Ich sehe ein, daß Sie Ihre Hilfsmission für die Menschen von Ariannus durchführen müssen. Es war wirklich unverantwortlich von mir, Sie daran hindern zu wollen.«

Kirk hörte ihm mit ausdruckslosem Gesicht zu.

»Also bitte, Captain. Sie können jetzt wieder Kurs auf Ariannus nehmen. Ich verlange lediglich Ihr Versprechen, daß Sie nach Durchführung des Unternehmens mich und meinen Gefangen nach Cheron bringen.«

»Mr. Bele«, sagte Kirk. »Ich wiederhole noch einmal: Er ist nicht

Ihr Gefangener. Und über die Kontrolle dieses Schiffes gibt es keine Diskussion.«

Beles Schultern sanken herab. Er schloß ein paar Sekunden lang die Augen, und sein Gesicht verzog sich zu einer wütenden Grimasse. Dann sagte er: »Die Steuerung des Schiffes steht wieder unter Ihrer Kontrolle.«

»Mr. Sulu.«

»Sie gehorcht dem Ruder, Sir. Ich bringe sie wieder auf Kurs nach Ariannus.«

»Gut.« Captain Kirk wandte sich wieder den beiden Fremden zu. »Ich möchte meinen Standpunkt noch einmal ganz klar darstellen. Eigentlich sollte ich Sie beide für Ihr Betragen einsperren lassen. Wie Lokai sehr richtig bemerkt hat, besitzen wir Waffen, vor denen Sie kein Energieschild schützen kann. Ich werde aber noch einmal davon absehen, da Sie sich zum ersten Mal in diesem Teil der Galaxis befinden, der den Gesetzen der Föderation untersteht. Unsere Hauptanliegen sind die Aufrechterhaltung von Frieden und individueller Freiheit. Wir scheuen jede Gewaltanwendung und suchen sie zu vermeiden. Ich werde sie auch an Bord nicht dulden.

Sie können sich beide auf dem Schiff frei bewegen, allerdings wird jeder von Ihnen von einem bewaffneten Posten begleitet werden. Ich hoffe, Sie werden die Gelegenheit wahrnehmen, die Lebensart der Föderation durch einige Ihrer besten Repräsentanten, die Mitglieder meiner Besatzung, kennenzulernen. Vor einem aber möchte ich Sie warnen: Jede weitere Einmischung in die Funktion des Schiffes wird rücksichtslos geahndet. Das ist alles.«

Beles Gesicht war undurchdringlich, als er nickte und die Brücke verließ, gefolgt von seinem Bewacher.

Lokai sagte: »Das klingt alles sehr schön, Captain Kirk. Ihre Worte versprechen Gerechtigkeit für alle.«

»Wir *versuchen* zumindest, gegenüber jedem gerecht zu sein.«

»Ich habe gelernt, auf die Einlösung von Versprechen zu warten. Nach Ariannus – wie sieht Ihre Rechtsprechung aus? Ich bin schon gespannt darauf.«

Er ging hinaus, gefolgt von seinem Bewacher. Spock blickte ihm nach. »Faszinierend«, murmelte er, »zwei fast völlig identische Humanoiden, die einander abgrundtief hassen.«

»Ich finde es eher widerlich«, sagte Scott.

»Das wäre keine wissenschaftlich genaue Beschreibung«, widersprach Spock.

»Das ist ›faszinierend‹ auch nicht. Und ›widerlich‹ beschreibt genau meine Gefühle gegenüber den beiden.«

»Ihre Gefühle tragen aber, wie immer, nicht gerade dazu bei, die Situation zu erhellen.«

»Das reicht jetzt«, schnaubte Kirk. »Die beiden scheinen schon auf euch abzufärben.«

Lokai wandte sich Uhura zu, vielleicht in der Hoffnung, daß ein schwarzes Mitglied der Besatzung mehr Verständnis für ihn aufbringen würde als die weißen Offiziere. Eifrig sprach er auf sie ein, als sie zusammen mit Chekov und Spock in der Offiziersmesse saßen. Rassisch gesehen bildeten die vier eine recht farbige Mischung, aber keiner von ihnen schien sich dessen bewußt zu sein.

»... und ich weiß, daß Sie mich auf Grund meines Verhaltens für einen unüberlegten Hitzkopf halten müssen, der schon Lava spuckt, wenn er irgendwo Gefahrensignale sieht, die nur in seiner Einbildung existieren. Aber glauben Sie mir, meine Freunde, daß ich mir nicht eine Sekunde der Unachtsamkeit erlauben darf, solange Menschen wie Bele in der Nähe sind. Und was passiert? Vor Wut und Frustration, die er provoziert, führe ich mich auf wie ein Wahnsinniger und beweise durch mein Benehmen seine Behauptung, daß ich wirklich ein Wahnsinniger *bin*.«

»Wir handeln alle unbeherrscht, wenn wir wütend sind«, sagte Uhura begütigend.

»Schließlich sind wir doch alle nur Menschen«, fügte Chekov hinzu.

»Sehen Sie, Mr. Chekov, Sie haben genau den Ausdruck gebraucht, der meiner Ungeduld Perspektive verleiht – und der meine Unfähigkeit demonstriert, Ihrem Captain und Ihnen auf verständliche Weise klarzumachen, was für eine Gefahr jemand wie Bele wirklich darstellt. Auf Ihren Planeten gibt es ja keine Verfolgung mehr. Wie können Sie da meine Furcht, meine Angst, meine Erniedrigung, mein Leiden verstehen?«

»Früher hat es auf der Erde auch Verfolgungen gegeben«, sagte Chekov.

»Das stimmt, Chekov«, sagte Uhura, »aber für uns ist das nur etwas, was man im Geschichtsunterricht lernt.«

»Richtig. Das liegt schon lange zurück.«

»Wie können Sie mir dann nachfühlen, wie es ist, wenn alle, die so sind wie Sie – und nur deshalb, weil sie so sind –, verachtet, ermordet, und, noch schlimmer, selbst ihrer primitivsten Freiheiten und Rechte beraubt werden? Wissen Sie, wie es ist, wenn man Sie gewaltsam aus Ihrem Heim zerrt und als Soldaten auf einen anderen Planeten schickt, in eine Schlacht, die nur Ihrem Unterdrücker nützt und Ihnen und Ihren Brüdern den Tod bringt?«

Auf diese Fragen schien es keine Antworten zu geben.

Bele hielt sich aus Gründen, die niemand erraten konnte, weiterhin an Kirk. Vielleicht nur deshalb, weil er einen widerwilligen Respekt für den Mann empfand, der ihn bezwungen hatte. Kirk sorgte jedoch dafür, daß bei allen Unterhaltungen auch Spock anwesend war.

»Es war natürlich Ihre Pflicht und völlig korrekt, den Vorfall an das Oberkommando Ihrer Sternenflotte zu melden«, sagte Bele bei einer solchen Gelegenheit. »Wird es lang dauern, bevor wir eine Antwort erhalten, Captain?«

»Ich denke, daß die Antwort schon auf dem Weg zu uns ist«, erwiderte Kirk.

»Aber vielleicht fällt sie doch nicht so aus, wie Sie erwarten«, fügte Spock hinzu. »Da ist schließlich noch die Geschichte mit dem Raumgleiter, den sich Lokai angeeignet hat.«

»Aber meine Herren«, sagte Bele wegwerfend, »das ist doch eine Frage des Maßstabs. Der Diebstahl des Raumgleiters kann doch sicherlich nicht mit dem Mord an Tausenden von Menschen gleichgesetzt werden.«

»Wir wissen nicht, ob Ihre Anschuldigung zutreffend und Lokai dafür verantwortlich ist«, sagte Spock.

»Nun, zumindest sind wir uns über einen Punkt einig: daß Lokai ein Verbrecher ist.«

»Wir sind uns darüber einig«, sagte Kirk, »daß er sich einen Raumgleiter angeeignet hat. – Entschuldigen Sie mich bitte. Hier Kirk!«

»Captain«, meldete Uhuras Stimme aus dem Intercom, »ich habe eine Nachricht vom Sternenflotten-Kommando.«

»Ausgezeichnet. Lesen Sie vor, Leutnant.«

»Das Sternenflotten-Kommando entbietet Kommissar Bele vom Planeten Cheron die besten Grüße. Seine dringende Bitte, zusammen mit dem Mann, den er als seinen Gefangenen betrachtet, zu seinem Planeten transportiert zu werden, ist von uns gründlich überdacht worden. Zu unserem Bedauern ist es uns aber unmöglich, ihr nachzukommen. Der Intergalaktische Vertrag sagt klar und deutlich, daß niemand ohne einen vorhergehenden Prozeß ausgeliefert werden darf. Angesichts der Umstände haben wir jedoch keinerlei Zweifel, daß Kommissar Bele nach seiner Anhörung auf Sternenbasis 4 die Rückreise ermöglicht werden wird, aber ob mit seinem Gefangenen oder ohne ihn, hängt vom Ausgang der Verhandlung ab. Ende der Nachricht.«

Bele bemühte sich krampfhaft, seine Wut zu verbergen. »Wie immer«, sagte er, »ist es Lokai gelungen, Verbündete zu gewinnen. Er wird wieder Ausflüchte, Verzögerungstaktiken und ähnliche hinterhältige Mittel anwenden, um noch einmal zu entkommen für eine Sache, bei der sie nichts gewinnen können.«

»Ich versichere Ihnen«, sagte Kirk, »daß wir uns nicht von Lokai verleiten lassen werden, seine Partei zu ergreifen – aber auch nicht von Ihnen.«

»Und Sie wollen ein Führer sein, ein Menschenkenner?« sagte Bele verächtlich. »Es muß doch selbst den Dümmsten klar sein, daß Lokai einer niederen Rasse angehört.«

»Unsere eigenen Augen beweisen uns doch, Kommissar«, sagte Spock, »daß er der gleichen Rasse wie Sie angehört.«

»Sind Sie denn völlig blind, Commander Spock?«

»Ganz und gar nicht. Aber ich sehe keinerlei Bedeutung darin, welche Seite Ihrer Körper schwarz oder weiß ist. Vielleicht kann ich Ihnen die Gründe dafür an Hand der Erfahrung meines eigenen Planeten klarmachen: Vulkan ist einmal durch die gleichen Zustände und Situationen an den Rand der Zerstörung gebracht worden, die heute Cheron zu vernichten drohen. Wir waren eine Rasse wie Sie, sehr emotionell und zu irrationalen Schlüssen neigend. Nur die Disziplin der Logik hat unser Volk vor der Selbstvernichtung bewahrt.«

»Es freut mich, daß der Planet Vulkan gerettet wurde, aber von Leuten wie Lokai und seinen Gesinnungsgenossen können Sie keine Selbstdisziplin erwarten. Es wäre eher möglich, einen Planeten auf seiner Kreisbahn um die Sonne anzuhalten.«

»Vielleicht sind Sie keine Sonne und Lokai kein Planet«, sagte Kirk. »Geben Sie ihm doch Gelegenheit, seine Beschwerden vorzubringen. Hören Sie ihn an. Vielleicht kann er sich ändern. Vielleicht *will* er sich ändern.«

»Das ist unmöglich.«

»Veränderung ist der essentielle Fortschritt aller Existenz«, sagte Spock. »Zum Bespiel: Die Menschen Cherons müssen einmal einfarbig gewesen sein.«

»Was? – Sie meinen, so wie Sie beide?«

»Ja«, sagte Kirk. »Es muß eine Zeit gegeben haben – die natürlich lange, lange zurückliegt –, als das so war.«

Bele starrte ihn sekundenlang ungläubig an, dann brach er in schallendes Lachen aus.

Er hatte sich noch nicht beruhigt, als eine Stimme aus dem Intercom sagte: »Hier Scott, Captain, wir sind in die Umlaufbahn um Ariannus eingetreten. Sind zu Kontaminierung bereit, und Ariannus meldet, daß unten alles klar ist.«

»Also gut, Scotty. Dann los! Kirk Ende.«

»Ich habe einmal gehört«, sagte Bele, immer noch lächelnd, »daß auf einigen Ihrer Planeten die Menschen ernsthaft glauben, von Affen abzustammen.«

»Das stimmt nicht ganz«, sagte Spock. »Die Affen sind die Vettern des Menschen, nicht seine Vorfahren. Sie haben sich aus einer gemeinsamen Wurzel entwickelt, einem gemeinsamen Vorfahren, aber in verschiedene Richtungen. Im Grund genommen aber stammen alle höheren Lebensformen von primitiven Lebewesen ab. Mutation führt zu Veränderungen, und nur die stärksten dieser veränderten Formen überleben. Wir haben keinerlei Grund für die Annahme, daß wir die Endstufe der Entwicklung darstellen, obwohl zweifellos die Entwicklung unserer Intelligenz, die uns in die Lage versetzt, unsere Umwelt nach unserem Willen zu gestalten, den Prozeß der Selektion erheblich verlangsamt hat.«

»Dieser Prozeß ist mir bekannt«, sagte Bele ironisch. »Aber, wie ich Ihnen gesagt habe, sind wir eine sehr alte und äußerst langlebige Rasse. Wir haben allen Grund zu der Annahme, daß wir wirklich das Endprodukt eines solchen Entwicklungsprozesses darstellen. Die Veränderungen sind schon seit langem vorüber, aber es scheint doch vernünftig, anzunehmen, daß Kreaturen wie Lokai, die von Geburt an auf einer niederen Intelligenzstufe stehen und so gut wie gar kein moralisches Rückgrat besitzen, eine frühere Entwicklungsstufe darstellen.«

»Lokai hatte jedenfalls genügend Intelligenz, um sich Ihrem Zugriff tausend Jahre lang zu entziehen«, sagte Kirk. »Und das kann bei Ihren hier demonstrierten Fähigkeiten nicht eben leicht gewesen sein.«

»Es gibt natürlich gelegentlich intelligente Individuen, wie wir gerne zugeben, aber generell sind die Leute seiner Rasse so, wie ich sie beschrieben habe. Der Gedanke, daß wir beide von einem gemeinsamen, einfarbigen Vorfahren abstammen sollten, ist mir unvorstellbar.«

Wieder summte das Intercom. »Captain, hier ist noch einmal Scott. Wir haben den Dekontaminations-Orbit beendet. Wie lauten Ihre Befehle?«

»Nehmen Sie Kurs auf Sternbasis 4. Wir kommen gleich zu Ihnen.«

Kirk wandte sich an Bele und sagte in einem Ton, der keinen Widerspruch duldete: »Kommen Sie mit uns auf die Brücke, Kommissar.«

»Mit Vergnügen.«

Als sie dort ankamen, fanden sie alle Offiziere der Wache um den Navigations-Computer versammelt.

»Was ist los?« fragte Spock. »Das möchte ich auch wissen«, sagte Scott. »Ich wollte eben den Kurs für Sternbasis 4 programmieren, wie es der Captain befohlen hat, aber der Computer reagiert nicht auf die Programm-Eingabe.«

Spock untersuchte das Gerät flüchtig. »Captain, einige der Datenspeicher sind offenbar gelöscht.«

»Können Sie feststellen, um welche es sich handelt?«

»Die Mühe kann ich Ihnen sparen, Mr. Spock«, sagte Bele. »Es sind die Speicher der Kurskontrolle und der Selbstvernichtung. Ein zweitesmal legen Sie mich nicht herein.«

Während er sprach, begann sich wieder ein Feuerschild um ihn zu bilden. »Und jetzt nehmen wir Kurs auf Cheron.«

»Zurücktreten«, sagte Kirk. »Wache, schalten Sie Ihre Phaser auf Betäubung und feuern Sie.«

Sofort erhöhte sich die Hitze. »Ich warne Sie«, sagte er. »Wenn ich bewußtlos werde, gerät mein Hitzeschild außer Kontrolle, und dadurch würden nicht nur Sie alle im Raum hier getötet, sondern auch die Brücke zerstört werden.«

Der Cheronianer war wirklich ein Virtuose, wenn es um die Herbeiführung einer Patt-Situation ging. Schweigend standen er und Kirk einander gegenüber und starrten sich an. Plötzlich stürmte Lokai auf die Brücke.

»Das also ist die Gerechtigtkeit, die Sie mir versprochen haben! Wissen Sie eigentlich, daß Sie eben mein Todesurteil unterschrieben haben? Besteht Ihre Gerechtigkeit eigentlich nur aus großen Worten, oder sind Sie bereit, für sie zu kämpfen und für sie zu sterben?«

»Nach so vielen Jahren des Kämpfens«, sagte Kirk trocken, »wirken Sie aber noch immer sehr lebendig.«

»Wahrscheinlich kann man das aber nicht mehr von vielen seiner Gefolgsleute behaupten«, sagte Spock.

Bele lachte verächtlich. Im gleichen Moment wurde auch Lokai von einem feurigen Schild eingeschlossen.

»Sie sind erledigt, Lokai. Wir haben Ihre Leute in ihren Distrikten auf Cheron eingepfercht, und so wird es auch bleiben. Sie sind vor mir durch die ganze Galaxis geflohen und haben als Bundesgenossen nur einfarbige Primitive gewinnen können, die ihre Feigheit mit der Ausrede bemänteln, daß sie ihr Entwicklungsstadium der Gewaltanwendung längst überwunden hätten.«

»Diese Einfarbigen sind für mich längst erledigt«, schrie Lokai wütend. »Was aber dich angeht, du Zwerg von einem Tyrannen...«

»Du billiges Spiegelbild...«

Sie stürzten aufeinander zu. Ihre Schutzschilder verschmolzen zu einer einzigen, flammenden Masse, als sie miteinander rangen. Die Offiziere wichen zurück, und die flirrende Hitze bewegte sich gefährlich in die Nähe der Kontrollpulte.

»Bele«, schrie Kirk. »Wenn Sie so weitermachen, werden Sie niemals nach Cheron zurückkehren! Sie werden die Brücke zerstören! Das wird Ihr letztes Schlachtfeld sein! Und dann sind tausend Jahre der Verfolgung sinnlos gewesen!«

Bele stieß Lokai hart von sich. Lokai ging sofort wieder auf ihn los.

»Und Sie, Lokai, werden hier im Raum sterben«, fuhr Kirk fort. »Sie werden nie wieder Gefolgsleute für Ihre Sache finden. Ihr Aufstand wird ersticken.«

Lokai blieb reglos stehen. Dann löste sich sein Hitzeschild langsam auf und kurz darauf auch Beles.

»Captain«, sagte Spock, »ich glaube, ich habe die Lösung gefunden. Ich könnte mir selbst die notwendigen Daten eingeben. Allerdings geht es nicht ganz so schnell wie bei einem Computer, aber...«

»Aber immerhin schnell genug, um selbst einen Computer beim Schachspiel zu schlagen. Reden Sie weiter.«

»Durch unsere erste unfreiwillige Kursänderung auf den Planeten Cheron zu verlief unsere Flugbahn nach Ariannus anders als ursprünglich geplant. Ich glaube, wir könnten auf dem Weg zur Sternbasis 4 einer Bahn folgen, die uns in Sensoren-Reichweite an Cheron vorbeiführt. Ich kann Sulu die Koordinaten angeben. Er braucht dann nur noch Kurs zu halten. Aber so wie ich ihn kenne, könnte er uns sogar aus dem kretischen Labyrinth herausfliegen, wenn es notwendig werden sollte.«

»Das glaube ich zwar auch«, sagte Kirk. »Ich sehe nur den Sinn dieses Manövers nicht ganz ein.«

»Die Beobachtung dieser beiden Männer und ihrer mir unverständlichen Haßgefühle gegeneinander hat mir das Material zu gewissen logischen Schlußfolgerungen gegeben. Im Augenblick ist es zwar nur eine Hypothese, aber ich glaube trotzdem, daß man versuchen sollte, sie anzuwenden.«

Alles, was Spock eine möglicherweise richtige Hypothese nannte, wäre von jedem anderen Mann zweifellos als ein Naturgesetz bezeichnet worden.

Kirk sagte: »In Ordnung, Spock. Versuchen wir's!«

Das erste Bild des Planeten Cheron, das auf dem Hauptbildschirm erschien, war unscharf. Aber es wurde bald klarer. Sulu hatte Spocks etwas vage Kursangaben so weit korrigiert, daß die *Enterprise* am Scheitelpunkt ihrer Bahnkurve, dem Punkt der größten Annäherung an den Planeten, kaum mehr als 25 000 Kilometer von ihm entfernt sein würde.

Cheron war ein erdähnlicher Planet, jedoch ein wenig größer. Sowohl Bele als auch Lokai waren sichtlich gerührt, ihre Heimat wiederzusehen.

Nun, tausend Jahre sind eben doch eine lange Zeitspanne, dachte Kirk, selbst für eine sehr langlebige Rasse.

»Da ist Ihr Zuhause, meine Herren«, sagte er, »noch kann man keine Einzelheiten erkennen, aber wenn Sie als Vertreter der beiden gegnerischen Parteien typisch sind, dann werden wir bald eine blutige Schlacht zu sehen bekommen.«

»Nein, Sir«, sagte Spock von seiner Konsole. Es war nur ein einziges, einfaches, einsilbiges Wort; aber irgend etwas lag in seinem Tonfall – vielleicht eine gewisse Traurigkeit? –, was sofort Kirks Aufmerksamkeit auf sich zog und auch die der beiden Cheronianer. »Da unten gibt es keinen Kampf mehr«, sagte Spock nach längerer Pause.

»Was zeigen die Instrumente an?« fragte Kirk.

»Mehrere sehr große Städte. Aber alle unbewohnt. Ausgedehnte Verkehrssyteme, aber keinerlei Verkehr. Die Städte werden von der Vegetation überwuchert. Kein Anzeichen für die Anwesenheit irgendwelcher intelligenter Lebensformen.«

»Wollen Sie damit sagen, daß die Bewohner *alle* tot sind?«

»Ja, Captain – sie sind alle tot. Das war auch meine Schlußfolgerung, als ich diesen Kurs vorschlug. Sie haben einander ausgelöscht – bis auf den letzten Mann.«

»Mein Volk«, flüsterte Bele ungläubig, »alle tot...«

»Ja, Kommissar«, sagte Spock ernst, »alle.«

»Und das meine?« fragte Lokai entsetzt.

»Es ist keiner mehr übrig. Nicht ein einziger.«

Die beiden einzigen Überlebenden starrten einander wütend an. »Ihre Bande von Mördern...«

»Ihre Wahnsinnigen...«

»Meine Herren!« sagte Kirk im Kommandoton, und dann leiser: »Die Sache, für die Sie gekämpft haben, existiert längst nicht mehr. Also geben Sie Ihren Haß auf, dann sind Sie willkommen, bei uns zu leben.«

Aber keiner der beiden schien ihn zu hören.

»Ihr habt verloren, Bele. Ich habe gewonnen.«

»Du glaubst immer, gewonnen zu haben, wenn du etwas zerstörst.«

»Was ist denn los mit euch?« fragte Kirk, und jetzt war auch seine Geduld am Ende. »Habt ihr nicht gehört, was mein Erster Offizier gesagt hat? Euer Planet ist tot. Der Haß hat dafür gesorgt, daß niemand auf Cheron mehr lebt. Also hört endlich auf, um Himmels willen!«

»Sie haben den Planeten verloren«, sagte Lokai, »ich habe gewonnen. Ich habe gewonnen, weil ich frei bin.« Er warf sich herum und stürzte von der Brücke. Sie hörten ihn wild auflachen, und dann war er fort. Bele wollte ihm nachsetzen; aber Kirk hielt ihn auf.

»Bele! Nehmen Sie doch Vernunft an! Die Jagd ist vorbei.«

»Nein, nein! Er darf mir nicht entkommen!«

»Wohin kann er denn gehen?« fragte Spock.

»Ich glaube, die Frage kann ich Ihnen beantworten«, sagte Uhura. »Jemand hat eben den Transporter aktiviert.«

»So?« Kirk wandte sich ihr zu. »Sind wir denn in Transporter-Reichweite von Cheron?«

»Eben für kurze Zeit eingetreten«, sagte Spock. »Und ich sehe, daß es wieder eine intelligente Lebensform auf dem Planeten gibt.«

»Das ist er!« schrie Bele. »Jetzt kann er mir nicht mehr entwischen!«

Jetzt stürzte auch er von der Brücke. Die beiden Posten wollten ihn aufhalten, aber Kirk hob die Hand.

»Laßt ihn gehen. Bele, es gibt niemanden mehr, der ihn verurteilen kann. Seine Richter sind tot.«

»Ich bin sein Richter«, schrie Bele triumphierend, und dann war auch er fort.

Kurz darauf sagte Uhura: »Captain, der Transporter ist wieder aktiviert worden.«

»Natürlich«, sagte Kirk müde. Er fühlte sich völlig zerschlagen. »Haben Sie ihn schon mit Ihren Sensoren aufgefaßt, Mr. Spock?«

»Eine zweite intelligente Lebensform wird angezeigt. Das muß er sein.«

»Ich verstehe überhaupt nichts«, sagte Uhura.

»Es wäre auch völlig unlogisch, die Handlungsweise von zwei so völlig gegensätzlichen Mentalitäten verstehen zu wollen«, sagte Spock. »Sie müssen das Drama, dessen Akteure sie sind, zu Ende spielen. Genau wie ihre Landsleute.«

»Aber ihre Landsleute sind doch tot«, sagte Sulu. »Was kann es sie jetzt noch interessieren, welche der beiden Seiten im Recht war?«

»Darauf kommt es ihnen sowohl an, wie auch in gewisser Weise überhaupt nicht mehr an«, sagte Spock. »Tausend Jahre Haß, Flucht und Verfolgung sind ihnen zum Lebensinhalt geworden.«

»Spock«, sagte McCoys Stimme hinter ihnen, »darf ich Sie daran erinnern, daß eigentlich ich der Psychologe an Bord dieses Schiffes bin?«

»Spocks menschliche Hälfte«, sagte Kirk und wandte sich nach ihm um, »gibt ihm vielleicht die bessere Voraussetzung dafür, alle halbbewußten Motive, die den ganzen Menschen beherrschen, zu beurteilen, als wir sie besitzen, Pille. Und seine vulkanische Seite hat das Ergebnis genau vorausgesagt. Bele und Lokai waren sicher nicht von Anfang an nur vom Haß beherrscht; aber als sie zuließen, daß er von ihnen Besitz ergriff, wurden sie schließlich völlig von ihm beherrscht. Dort unten, dieser tote Planet, ist ihr letztes Schlachtfeld – und wir wollen hoffen, daß wir so etwas nie wieder sehen müssen – Mr. Sulu, Geschwindigkeit Sol 2, Kurs auf Sternbasis 4!«

Diesseits vom Paradies

Die Sandoval-Kolonie auf Omicron Ceti III gab keine Antwort auf die Funksignale der *Enterprise;* aber das war kaum überraschend. Die Kolonisten, einhundertfünfzig an der Zahl, waren höchstwahrscheinlich schon seit drei Jahren tot, genauso wie die zwei vorherigen Kolonien ausgestorben waren, aus unerklärlichen Gründen. Elias Sandoval war diese Vorgeschichte bekannt gewesen. Trotzdem hatte er sich entschlossen, auf diesem Planeten zu siedeln, weil er in jeder anderen Beziehung sehr anziehend war.

Erst nachdem diese Gruppe sich dort niedergelassen hatte – und dann die Verbindung mit ihr plötzlich abriß –, war die starke Emission von Berthold-Strahlen entdeckt worden, die von der Sonne dieses Planeten ausging. Man wußte wenig über die Berthold-Strahlung, es war jedoch im Laborversuch nachgewiesen worden, daß eine direkte Bestrahlung lebendes Gewebe innerhalb von 72 Stunden völlig zersetzte. Die Atmosphäre eines Planeten minderte diese Wirkung natürlich so weit, daß man sich bis zu einer Woche dieser Strahlung aussetzen konnte, bestimmt aber nicht drei Jahre lang. Und es gab bis heute noch keine Vorbeugung und auch kein Heilmittel dagegen.

Die Siedlung war jedoch immer noch vorhanden und ohne Schwierigkeiten auszumachen. Captain Kirk stellte ein Landungskommando zusammen, zu dem außer ihm der Erste Offizier Spock, Dr. McCoy, Leutnant Timothy Fletcher (ein Biologe), Sulu und ein Mann namens Dimont aus der Mannschaft gehörten. Die Siedlung bestand aus einer erstaunlich geringen Anzahl von Häusern, die inmitten von Feldern standen. Kirk blickte sich um.

»Diese Menschen haben ein ganzes Jahr für die Reise von der Erde hierher gebraucht«, sagte er. »Und sie haben diese Reise nur gemacht, um hier zu sterben.«

»Ich fühle mich aber ganz und gar nicht tot«, sagte eine tiefe Männerstimme.

Kirk und seine Leute fuhren überrascht herum.

Ein großer, freundlicher Mann in solider Arbeitskleidung kam auf sie zu, und zwei weitere, ähnlich gekleidet, folgten ihm mit Werkzeugen in den Händen. Der Mann, der sie angesprochen hatte, trat auf sie zu und streckte ihnen seine Hand entgegen.

»Willkommen auf Omicron Ceti III«, sagte er. »Ich heiße Elias Sandoval.« Kirk drückte ihm die Hand. »Sie sind die ersten Menschen, die sich hier sehen lassen, seit wir vor vier Jahren die Erde verlassen haben«, fuhr der Mann fort. »Aber wir haben mit einem Besuch mehr oder weniger gerechnet. Unser Hyperraum-Funk hat nie richtig funktioniert, und ich fürchte, es ist ein zu kompliziertes Gerät für uns. Aber wir waren sicher, daß jemand nach uns sehen würde, wenn man einige Zeit nichts von uns hörte.«

»Eigentlich sind wir nicht hergekommen, nur weil Sie sich lange nicht gemeldet haben, Mr. Sandoval.«

»Das macht nichts, Captain. Sie sind hier, und wir freuen uns, daß Sie gekommen sind. Und jetzt möchte ich Ihnen unsere Siedlung zeigen.«

Er setzte sich in Bewegung, ohne sich die Mühe zu machen, zurückzublicken; als wenn er völlig sicher wäre, daß sie ihm folgten. Die anderen beiden Kolonisten waren bereits vorausgegangen.

»Es ist natürlich reine Spekulation«, sagte McCoy trocken, »aber ich würde sagen, daß dieser Mann nicht tot ist.«

Spock blickte auf seinen Tricorder. »Die Intensität der Berthold-Strahlen entspricht genau den Berechnungen. Eine Woche lang wären wir also verhältnismäßig sicher. Doch dann…«

»Aber diese Leute müßten eigentlich tot sein«, sagte Kirk. Er machte eine Geste mit der Hand. »Es hat keinen Sinn, in einem Vakuum zu debattieren. Holen wir uns also vorerst ein paar Antworten.«

Er blickte Sandoval nach. Aus der Nähe betrachtet konnte man natürlich deutlich erkennen, daß die Häuser nicht verlassen waren. Er entdeckte eine Frau, die Wäsche aufhängte, in einem anderen Haus stellte ein Mädchen eine frisch gebackene Pastete ins Fenster, um sie abkühlen zu lassen. Der Gesamteindruck war der eines kleinen Dorfes auf der Erde. Nur eine Anzahl seltsamer Pflanzen, mit besonders großen Samenkapseln, wiesen darauf hin, daß man sich auf einem anderen Planeten befand.

Sandoval führte die Männer der *Enterprise* zu seinem Haus. »Es gibt noch zwei andere Siedlungen«, sagte er. »Hier sind wir 45 Kolonisten.«

»Warum haben Sie sich denn von den anderen getrennt?« fragte Kirk.

»Wir hatten das Gefühl, daß drei getrennte Gruppen mehr Gelegenheit zur Ausdehnung haben würden. Außerdem würde eine etwa ausbrechende Epidemie nur eine Gruppe befallen, ohne die anderen beiden sofort zu gefährden. Omicron ist ein idealer Planet für die Landwirtschaft, Captain, und wir waren entschlossen, alles zu tun, um nicht das gleiche Schicksal zu erleiden wie die beiden anderen Gruppen von Kolonisten, die vor uns hier gesiedelt haben.«

Eine Frau trat aus einer Tür und blieb beim Anblick der Fremden überrascht stehen. Sie sah aus wie eine Eurasierin und war von atemberaubender Schönheit.

»Leila«, rief Sandoval und wandte sich ihr zu. »Komm her, ich möchte dich unseren Gästen vorstellen. Dies ist Leila Kalomi, unsere Botanikerin – Captain Kirk, Dr. McCoy, Mr. Spock...«

»Mr. Spock kenne ich bereits«, sagte sie und streckte ihm ihre Hand entgegen. »Es ist schon lange her.«

Er drückte ihre Hand und sagte: »Mir sind die Jahre doppelt so lang vorgekommen.«

Sie neigte den Kopf, um sich für das Kompliment zu bedanken. Dann blickte sie wieder auf, als ob sie in seinem Gesicht nach etwas suchte; aber dort war nichts zu entdecken als der übliche, ruhige und gelassene Ausdruck. Langsam ließ er ihre Hand los.

»Mr. Sandoval«, sagte Kirk, »wir haben hier einen Auftrag zu erledigen. Wir müssen eine Anzahl von Untersuchungen und Tests durchführen.«

»Um Himmels willen, lassen Sie sich bloß nicht stören, Captain. Ich bin sicher, daß Sie unsere Siedlung hier recht interessant finden werden. Unsere Philosophie hier ist sehr einfach: Wir sind der Meinung, daß der Mensch zu einem einfacheren, weniger komplizierten Leben zurückkehren sollte. Wir haben nur sehr wenige mechanische Geräte hier, keine Fahrzeuge, keinerlei Waffen.« Er lächelte. »Wie ich schon sagte, selbst das Funkgerät hat niemals richtig funktioniert. Dafür aber herrscht hier Harmonie – und Frieden.«

»Wir werden versuchen, Sie so wenig wie möglich zu stören«, sagte Kirk und trat hinaus.

Auf der Veranda des Hauses schaltete er seinen Kommunikator ein. »Kirk an *Enterprise*.«

»Hier *Enterprise*, Leutnant Uhura.«

»Leutnant, wir haben die Kolonisten in einem offensichtlich guten Gesundheitszustand angetroffen. Wir beginnen jetzt mit unseren Untersuchungen. Geben Sie das Kommando der Sternenflotte weiter, und dann möchte ich alle Informationen haben, die wir über diese letzte Omicron-Expedition besitzen.«

»Zu Befehl, Sir. – *Enterprise* Ende.«

Kirk wandte sich an seine Begleiter. »Meine Herren, Sie wissen, was Sie zu tun haben. Falls Sie irgend etwas Außergewöhnliches entdecken sollten, erwarte ich sofortigen Bericht.«

Die Männer machten sich an ihre Arbeit.

Dimont war der erste, der etwas Abnormes entdeckte. Er war im Farmgebiet des Mittelwestens aufgewachsen, hatte schon im Alter von sechs Jahren Kühe geweidet und später den ganzen Tag auf den Feldern gearbeitet. Nach seiner Meinung könnten die Leute hier etwas von dem »Geist des Mittelwestens«, wie er es nannte, gebrauchen.

Aber hier gab es nichts, was ihn an sein Zuhause erinnerte, nicht einmal Kühe. Das einzige landwirtschaftliche Gebäude der Siedlung war nicht zur Unterbringung von Vieh gebaut worden, sondern diente lediglich als Maschinenschuppen. Eine weitere Untersuchung zeigte, daß es überhaupt kein tierisches Leben auf dem Planeten gab. Es gab nur die Menschen, und eine üppige Vegetation. Aus den Unterlagen erfuhren sie, daß die Kolonisten einige Zuchttiere mitgebracht hatten, um sie hier heimisch werden zu lassen; aber nicht eins von ihnen hatte überlebt. Aber das war keine Abnormalität im eigentlichen Sinn; abnormal wäre gewesen, wenn sie noch gelebt hätten. Theoretisch konnte kein Organismus diese Strahlung auf Dauer aushalten – auch der menschliche nicht.

Aber diese Menschen hatten offenbar doch überlebt.

»Ich habe bis jetzt neun Männer untersucht«, berichtete McCoy. »Ihr Alter liegt zwischen dreiundzwanzig und neunundfünfzig Jahren. Jeder einzelne von ihnen ist kerngesund. Wenn alle Menschen so wären wie diese, könnte ich meinen Beruf an den Nagel hängen. Aber ich habe noch etwas viel Seltsameres entdeckt.«

»Und was?« fragte Kirk.

»Ich habe jetzt einen Bericht über Sandovals Gesundheitszustand, der vor vier Jahren ausgefertigt wurde, bevor er die Erde verließ. An seinen Lungen waren Narben von einer Tuberkulose, die er als Kind gehabt hatte. Außerdem hatte man ihm vor Jahren den Blinddarm herausgenommen. Aber als ich den Mann vor einer knappen Stunde untersuchte, konnte ich weder an den Lungen noch am Bauch eine Narbe erkennen; er war genauso perfekt wie alle anderen.«

»Kein Irrtum möglich?«

»Nein. Das habe ich anfangs auch angenommen und alle meine Instrumente gründlich überprüft. Sie zeigen einwandfrei an, daß ich zum Beispiel keine Mandeln mehr habe und zwei meiner Rippen gebrochen gewesen sind. Aber sie registrieren *nicht*, daß Sandoval Narben an der Lunge hat, und sie zeigen einen gesunden Blinddarm an, während seiner ihm doch herausoperiert worden ist.«

Auch Fletchers Bericht zeigte eine Abnormität auf. »Der Boden hier ist sehr fruchtbar, es gibt ausreichend Regen, und das Klima ist das ganze Jahre über milde und gemäßigt. Man könnte hier alles anbauen, was es nur gibt, und sie haben hier auch eine ganze Anzahl von Feldern bestellt – mit Korn, Kartoffeln, Bohnen usw. Aber für eine reine Landgemeinde ist die bestellte Fläche erstaunlich klein. Sie reicht gerade aus, um die Menschen hier zu ernähren. Überschüsse gibt es nicht. Und noch etwas: Sie führen offenbar keinen Fruchtwechsel durch. Und das ist natürlich sehr bedenklich, selbst wenn der Boden so gut ist wie dieser.«

Ein mysteriöses Mosaik: eine Anzahl von Informationen, aber kein Schlüssel, der ihren Zusammenhang erkennbar machte.

Und dann kam der Befehl von Flotten-Admiral Komack, den Planeten umgehend zu evakuieren. Trotz des anscheinend ausgezeichneten Gesundheitszustands der Kolonisten sollten sie sofort zur Sternbasis 27 gebracht werden, wo sie gründlich untersucht werden sollten. Und auch die Mitglieder des Landungskommandos sollten eingehend untersucht und vorläufig in Quarantäne gehalten werden. Anscheinend war irgend jemand im Oberkommando der Sternflotte der Ansicht, daß auch durch Strahlung hervorgerufene Krankheiten anstekkend sein könnten.

»Sie müssen Ihre Leute von der Entscheidung des Admirals in Kenntnis setzen«, sagte Kirk zu Sandoval.

»Nein«, erwiderte Sandoval freundlich.

»Mr. Sandoval, dieser Befehl geht nicht von mir aus, sondern kommt direkt von der Kommandozentrale.«

»Aber er ist völlig unberechtigt. Wir sind hier nicht in Gefahr.«

»Wir haben Ihnen die Wirkungen der Berthold-Strahlung auf den menschlichen Organismus beschrieben«, sagte McCoy, »können Sie denn nicht verstehen...«

»*Sie* verstehen nicht, Doktor. Ihre eigenen Instrumente haben bewiesen, daß wir völlig gesund sind, und wie Sie anhand unserer Unterlagen sehen können, ist bisher nicht ein einziger von uns gestorben.«

»Und was ist mit den Tieren?« fragte Kirk.

»Wir sind Vegetarier.«

»Das ist keine Antwort auf meine Frage. Warum sind alle Ihre Tiere gestorben?«

»Captain, das hat doch überhaupt nichts mit uns zu tun«, sagte Sandoval, ruhig und gelassen wie immer. »Wir weigern uns, von hier fortzugehen. Ihre Argumente mögen richtig sein, aber auf uns treffen sie einfach nicht zu.«

»Sandoval, ich habe Befehl, diesen Planeten zu evakuieren, und genau das werde ich auch tun, mit oder ohne Ihr Einverständnis.«

»Und wie wollen Sie das tun, wenn ich fragen darf?« sagte Sandoval. »Wollen Sie uns mit einem Schmetterlingsnetz einfangen?«

Es war Spock, der schließlich den Schlüssel fand. Zusammen mit Leila stand er in einem kleinen Garten und blickte auf die Skalen seines Tricorders.

»Nichts«, sagte er, »nicht einmal Insekten. Aber eure Pflanzen wachsen, und ihr habt die Berthold-Strahlung jahrelang überlebt.«

»Dafür gibt es eine Erklärung«, sagte Leila.

»Ich bitte darum.«

»Später.«

»Ich habe noch nie die weibliche Angewohnheit verstanden, einer direkten Antwort grundsätzlich aus dem Wege zu gehen.«

Sie legte ihre Hand auf seinen Arm. »Und ich habe dich nie verstehen können, bis jetzt.« Sie tippte mit dem Zeigefinger auf seine Brust. »Da war immer eine Stelle, die allen Menschen gegenüber verschlossen war. Du hast die Menschen immer nur deine Außenseite sehen lassen.«

»Ich würde gern wissen, wie ihr hier überleben konntet.«

»Du hast mir sehr gefehlt.«

»Eigentlich müßtest du tot sein.«

Sie nahm die Hand von seinem Arm und trat einen Schritt zurück. »Wenn ich dir zeige, warum wir hier überleben konnten, wirst du dann auch zu verstehen versuchen, was uns unser Leben hier bedeutet? Und was ich für dich fühle?«

»Emotionen sind mir fremd...«

»Das glaube ich dir nicht. Das kannst du jemand anderem erzählen, deinen Kameraden, deinem Kapitän. Aber nicht mir. Komm!«

Sie führte ihn zu einem großen unbestellten Feld. Die seltsamen Pflanzen mit den großen Samenkapseln wuchsen hier wild, zwischen

Gras und niedrigem Gebüsch. Eine leichte Brise wehte, die Kapseln bewegten sich.

»Das ist die Erklärung«, sagte sie.

Spock beugte sich über eine der seltsamen Pflanzen. »Und was ist das für eine Pflanze?«

»Es ist unwichtig, was es für eine Pflanze ist. Wesentlich ist allein, daß sie den Menschen Leben gibt – und Frieden – Liebe.«

»Was du da beschreibst, ist die Wirkung einer Droge. Als Wissenschaftlerin solltest du dir darüber im klaren sein, daß ein dauernder Glückszustand so nicht erreichbar ist.«

»Doch! Ich habe sie ja selbst erfunden.«

»Sie?«

»Ja, die Sporen.« Sie deutete auf die großen Samenkapseln der Pflanzen.

Spock beugte sich darüber, um sie näher zu betrachten. Im gleichen Augenblick platzte eine der Samenkapseln. Spock ließ seinen Tricorder fallen und schützte sein Gesicht mit den Händen, als eine Wolke feiner, puderartiger Samen aus der Kapsel stäubte. Und dann schrie er auf.

»Was ist?« fragte Leila angstvoll, trat auf ihn zu und legte ihm die Hand auf die Schulter.

»Ich...«, er stöhnte leise, »bitte... nicht... nicht...«

»Ich verstehe nicht. Es dürfte doch nicht weh tun. Uns hat es nie weh getan.«

»Ich bin auch nicht – wie du...«

Langsam, ganz allmählich veränderte sich sein Gesichtsausdruck, wurde gelöst und friedlich. Leila bemerkte diese Veränderung und streichelte seine Wange. Er griff nach ihr und zog sie in seine Arme, ganz behutsam und vorsichtig, als ob das Mädchen und seine Gefühle so zerbrechlich wären, daß er Angst hatte, sie zu zerdrücken.

Sie küßten sich, dann setzte sie sich ins Gras, und Spock legte sich neben sie, den Kopf in ihren Schoß gebettet.

»Sieh nur die Wolken«, sagte er nach einer langen Pause, »die dort drüben sieht aus wie ein Drache.«

»Ich habe noch nie einen Drachen gesehen.«

»Ich schon. Auf Berengaria VII. Aber ich habe noch nie eine Wolke gesehen, die wie ein Drache aussieht.« Sein Kommunikator summte kurz. Er achtete nicht darauf. »Oder Regenbogen. Weißt du, ich habe immer genau erklären können, warum ein Regenbogen am Himmel erscheint – aber noch nie habe ich bemerkt, wie schön er ist.«

Der Kommunikator summte wieder. Diesmal war es ein langer Dauerton.

»Solltest du dich nicht melden?« fragte Leila.

»Wozu? Sicher ist es nur der Captain.«

Schließlich aber schaltete er den Kommunikator doch ein. Sofort hörte er Kirks Stimme: »Mr. Spock!«

»Was wollen Sie denn?« fragte Spock.

»Spock, sind Sie es wirklich?«

»Natürlich, Captain, was wollen Sie?«

»Wo sind Sie?«

Spock überlegte eine Weile, dann antwortete er: »Was geht Sie das eigentlich an?«

»Spock, ich weiß nicht, was mit Ihnen los ist. Ich gebe Ihnen den dienstlichen Befehl, sich in zehn Minuten bei mir in der Siedlung zu melden. Wir evakuieren die Kolonie zur Sternbasis 27, und...«

»Nein, wir evakuieren nicht!« unterbrach ihn Spock.

»Was sagen Sie da?«

»Ich habe gesagt, daß wir nicht evakuieren.«

»Spock! Sie melden sich sofort bei mir. Bestätigung, Spock!«

Der Erste Offizier warf den Kommunikator in weitem Bogen von sich in die Pflanzen und ließ seinen Kopf wieder in Leilas Schoß sinken.

Es schien ihre Reifezeit zu sein. Überall platzten die großen Samenkapseln der Pflanzen auf. Fletcher war der nächste, der die Sporen einatmete, dann McCoy, dann Sulu, dann Dimont – und zuletzt Kirk selbst.

Aber Kirk war der einzige, bei dem sich keine Wirkung zeigte.

Während sich über alle anderen ein Gefühl von Frieden, Liebe und Wohlbehagen senkte wie eine wärmende Decke, schäumte er vor Zorn. Und seine Laune verschlechterte sich noch mehr, als er entdekken mußte, daß McCoy keineswegs die Evakuierung der Kolonisten und ihrer Habe vorbereitete, wie er befohlen hatte, sondern statt dessen große Mengen der Samenkapseln für den Transport an Bord des Schiffes sammelte. Offenbar waren bereits etliche hundert an Bord. Kochend vor Wut ließ sich Kirk an Bord der *Enterprise* beamen.

Er fand die Brücke verlassen vor, nur Uhura saß vor ihren Nachrichtengeräten. Alle anderen Instrumente waren auf Automatik geschaltet.

»Leutnant, verbinden Sie mich sofort mit Admiral Komack.«

Sie wandte sich nach ihm um, und Kirk bemerkte entsetzt, daß sie den gleichen friedlichen, abgeklärten Gesichtsausdruck hatte wie alle anderen.

Sie sagte: »Oh, Captain – ich fürchte, das geht nicht.«

»Es nützt wohl auch nichts«, sagte Kirk hart, »wenn ich Ihnen sage, daß dies ein dienstlicher Befehl ist.«

»Das weiß ich doch, Captain. Aber alle Funkverbindungen sind unterbrochen.«

»Alle?«

»Mit Ausnahme der Verbindung zum Planeten. Die brauchen wir noch eine Weile. Alle anderen habe ich kurzgeschlossen.« Sie tätschelte seinen Arm. »Es ist wirklich am besten so.«

Sie stand auf und verließ langsam, mit schwingenden Hüften, die Brücke. Kirk setzte sich auf ihren Platz und versuchte, die Funkkanäle wieder zu öffnen. Aber sie waren und blieben tot. In hilfloser Wut schlug er mit der Faust auf das Kontrollpult. Dabei bemerkte er, daß an Spocks Computer ein Licht flackerte. Er trat an das Gerät und drückte einen Knopf. »Transporterraum!«

Niemand antwortete ihm, obwohl er deutlich erkannte, daß der Transporter benutzt wurde. Im Laufschritt verließ er die Brücke.

Im Korridor vor dem Transporterraum fand er eine lange Schlange von Besatzungsmitgliedern, die dort anstanden. Sie warteten ruhig und geduldig. Alle paar Sekunden schob sich die Reihe ein paar Schritte vorwärts.

»Melden Sie sich sofort auf Ihren Stationen!«

Die Männer musterten ihn ruhig und freundlich – ja beinahe mitleidig.

»Das geht nicht, Sir«, sagte einer von ihnen. »Wir müssen hinunter zu den Kolonisten.«

»Ich gebe Ihnen den Befehl, auf Ihre Stationen zurückzugehen.«

»Nein, Sir.«

»Wissen Sie eigentlich, was Sie da sagen?«

»Sie waren doch selbst unten«, sagte der Mann ernst. »Sie wissen, wie schön es dort ist. Wir gehen.«

»Das ist Meuterei!«

»Stimmt, Sir«, sagte der Mann ruhig, »da haben Sie völlig recht.«

Kirk eilte zur Brücke zurück. Wie Uhura gesagt hatte, war die Funkverbindung vom Schiff zum Planeten noch offen. Er rief McCoy, und zu seiner Überraschung meldete sich dieser sofort.

»Pille, die Sporen dieser verdammten Pflanze sind anscheinend durch das Ventilationssystem über das ganze Schiff verteilt worden. Die Mannschaft desertiert auf den Planeten, und ich sehe keine Möglichkeit, sie daran zu hindern.«

»Aber das ist ja prächtig«, rief McCoy begeistert. »Kommt doch alle herunter.«

»Laß doch um Himmels willen den Unsinn! Ich möchte von dir eine Auskunft. Bei mir haben diese Sporen keinerlei Wirkung hervorgerufen. Warum nicht?«

»Du warst schon immer ein starrer Dickschädel, Jimmy. Aber einmal wird es auch dir dämmern.«

Kirk brauchte ein paar Sekunden, bis er wieder ruhig sprechen konnte. »Kannst du mir denn gar nichts über die psycho-physiologische Wirkung dieser Droge sagen?«

»Mich interessiert die psycho-physiologische Wirkung nicht im geringsten, Jimmy-Boy. Wir sind alle vollkommen gesund und glücklich.«

»Das Wort habe ich hier ziemlich häufig gehört. Vollkommen. Alles ist vollkommen.«

»Ja, das ist es auch.«

»Ich wette, bei dir sind sogar die Mandeln wieder nachgewachsen.«

»Schon möglich«, sagte McCoy verträumt.

»Pille! Pille! Ich brauche deine Hilfe! Kannst du nicht ein paar Tests durchführen, Blutproben nehmen, irgend etwas, um uns wenigstens einen Hinweis darauf zu geben, wodurch diese Wirkung zustande kommt und wie man sie beseitigen kann?«

»Und warum sollten wir das Paradies beseitigen, Jim?«

»Pille...« Die Verbindung war abgebrochen.

Er lief zurück zum Transporterraum. Er würde McCoy zeigen, was seine Pflicht war. Und wenn er ihn an den Ohren an Bord zurückschleppen müßte.

Er fand Spock in Sandovals Haus, und beide Männer wirkten ungemein ruhig und zufrieden.

»Wo ist McCoy?«

»Irgendwo hier in der Gegend«, sagte Spock gelassen.

»Captain«, sagte Sandoval. »Warum bleiben Sie nicht bei uns?«

»In Ihrem privaten Paradies?«

Sandoval nickte. »Die Sporen haben diesen Planeten zu einem Paradies gemacht. Sehen Sie, Captain, vor drei Jahren wären wir fast elend krepiert. Wir hatten keine Ahnung von diesen Berthold-Strahlen; aber zwei oder drei Wochen nach unserer Landung waren wir todkrank, einige von uns lagen schon im Sterben. Und dann entdeckte Leila diese Pflanzen.«

»Sie ist auch fremd auf diesem Planeten, Captain«, setzte Spock hinzu. »Als die beiden früheren Expeditionen hier waren, gab es sie noch nicht. Deshalb sind die Menschen damals gestorben.«

»Woher wissen Sie das alles?«

»Die Sporen – haben es uns erzählt. Sie sind nämlich gar keine richtigen Sporen, sondern eine Art Gruppen-Organismus, der aus Milliarden mikroskopisch kleiner Zellen besteht. Sie wirken direkt auf das Zentralnervensystem.«

»Und woher sind sie gekommen?«

»Das weiß niemand. Es ist so unendlich lange her... Vielleicht existiert der Planet, von dem sie stammen, längst nicht mehr. Jahrtausende lang sind sie im endlosen Raum umhergeschwebt, bis sie endlich von den Berthold-Strahlen in dieses System gelockt wurden. Sie brauchen die Berthold-Strahlen, um überhaupt existieren zu können. Die Pflanzen, auf denen sie wachsen, sind hier heimisch. Aber sie sind nur eine Art Wirtspflanze für die Sporen, bis sie einen tierischen oder menschlichen Körper finden, in dem sie sich einnisten können.«

»Und wozu brauchen sie unseren Körper?«

»Das weiß ich nicht. Aber sie schädigen ihn nicht. Im Gegenteil, sie geben dem Menschen vollkommene Gesundheit, Ruhe und Glück.«

»Mit anderen Worten, das Paradies.«

»Und warum nicht?« sagte Spock, »es gibt hier weder Armut noch Bedürfnisse. Dieser Planet ist ein wahres Eden. Es gibt ein Zugehörigkeitsgefühl – und Liebe.«

»Keine Armut oder Bedürfnisse! Das ist doch nichts für uns, für keinen von uns! Ein Mensch stagniert, degeneriert, wenn er keinen Ehrgeiz mehr hat, wenn er nicht weiter- und vorwärtskommen will.«

»Wir haben alles, was wir brauchen«, sagte Sandoval ruhig.

»Aber nichts, von dem Sie sich angespornt und herausgefordert fühlen! Seit Ihrer Ankunft haben Sie hier keinerlei Fortschritt erzielt. Sie haben weder etwas geschaffen noch etwas gelernt. Im Gegenteil, Sie haben sich zurückentwickelt – Sie verfaulen langsam in Ihrem Paradies«, schrie Kirk wütend.

Spock schüttelte traurig und verständnislos den Kopf. »Sie verstehen mich nicht. Sie verstehen gar nichts. Aber früher oder später werden auch Sie darauf kommen.«

»Ich pfeife darauf! Ich gehe an Bord zurück.«

Er konnte sich nicht erinnern, jemals in seinem Leben so wütend gewesen zu sein.

Die *Enterprise* zog nun völlig verlassen ihre Bahn. Es war für Kirk ein eigenartiges Gefühl zu wissen, der einzige Mensch an Bord zu sein, und erst jetzt merkte er, wie groß dieses Raumschiff war. Und trotz aller Hilfsmittel, die er hier vorfand, war er absolut hilflos. Es war fast unglaublich, wie rasch die gesamte Besatzung sich dem Vergessen durch die Sporen ergeben und ihn mit seiner sinnlosen Wut allein gelassen hatte.

Wut?

Sinnlos?

Moment mal!

Überall auf dem Schiff gab es diese Samenkapseln. Er hatte also keinerlei Schwierigkeiten, Proben dieser seltsamen Sporen einzusammeln. Er nahm eine ausreichende Menge mit in Dr. McCoys Laboratorium und betrachtete sie unter dem Mikroskop. Langsam adjustierte er das Okular, bis er die winzigen Sporen deutlich erkennen konnte.

Dann stand er auf und suchte in McCoys Medizinschrank, bis er eine große Flasche mit dem Etikett *Adrenalin* fand. Er zog einen Spray-Injektor mit ein paar Kubikzentimetern auf, besprühte den Objektträger damit und blickte wieder durch das Mikroskop.

Die kleine Glasplatte war wie leergefegt. Ein neuer Versuch. Dasselbe Resultat.

»Dachte ich mir's doch«, murmelte er.

Die Sporen waren adrenalinlöslich. Er hatte die Antwort gefunden! Es war eine äußerst gefährliche Methode, aber es gab keine andere Möglichkeit. Er ging auf die Brücke zurück und rief Spock. Wenn der nicht antworten würde…

»Hier Spock! Was gibt es jetzt schon wieder?«

»Ich gehöre zu euch«, sagte Kirk ruhig. »Jetzt endlich verstehe ich Sie.«

»Wundervoll, Captain. Wann kommen Sie herunter?«

»Ich bin gerade dabei, ein paar Sachen zusammenzupacken, und eben fiel mir ein, daß wir ja einiges an Bord haben, was wir unten in der Siedlung sehr gut gebrauchen könnten. Sie wissen doch so gut wie ich, daß wir nicht wieder an Bord zurück können, sobald der letzte von uns das Schiff verlassen hat.«

»Soll ich Ihnen ein paar Leute an Bord schicken?«

»Nein, danke. Ich glaube, Sie und ich können das auch alleine schaffen.«

»Gut, ich bin sofort bei Ihnen.«

Kirk erwartete ihn im Transporterraum, und als der Erste Offizier auf der Plattform des Geräts materialisierte, stand er ihm gegenüber und hielt eine dicke Eisenstange in beiden Händen. Spock trat lächelnd auf ihn zu. Kirk lächelte nicht.

»So«, sagte er hart, »Sie meuternder, illoyaler computerisierter Halbmensch. Jetzt zahle ich Ihnen heim, daß Sie von meinem Schiff desertiert sind.«

Spock musterte ihn milde überrascht. »Die Bezeichnung Halbmensch ist völlig zutreffend, Captain«, sagte er friedfertig, »aber computerisiert ist nicht richtig. Man kann eine Maschine computerisieren, aber keinen Menschen.«

»Und wie kommen Sie zu der Annahme, daß Sie ein Mensch sind? Sie sind doch nur ein zu groß geratenes Kaninchen, ein Elf mit einer überaktiven Schilddrüse.«

»Captain, ich verstehe nicht...«

»Natürlich tun Sie das nicht! Sie haben nicht genug Grütze dazu! Alles, was Sie haben, sind gedruckte Schaltkreise!«

»Captain, wenn Sie...«

»Was kann man auch von einer solchen Mißgeburt erwarten, deren Vater Computer und deren Mutter ein Lexikon war.«

»Meine Mutter«, sagte Spock, jetzt doch etwas erregt, »war Lehrerin und mein Vater Botschafter.«

»Er war genauso eine Mißgeburt wie sein Sohn! Botschafter eines Planeten, der nur von Mißgeburten bewohnt wird! Es hat noch nie einen Vulkanier gegeben, der auch nur eine Spur von Charakter besitzt!«

»Captain! – Bitte, sagen Sie nicht...«

»Sie sind ein Verräter und stammen aus einer Rasse von Verrätern! Illoyal bis in den tiefsten Kern! Verdorben und verkommen wie alle anderen Mitglieder dieser Rasse von Untermenschen! Und so was wie Sie wagt es, ein Mädchen zu lieben! Eine menschliche Frau!«

»Hören Sie auf«, sagte Spock mit starrem Gesicht.

»Aufhören? Ich habe noch nicht einmal angefangen. Weiß sie eigentlich, auf was sie sich da einläßt, Spock? Sie sind doch nur ein Zwerg voll gespeicherter Informationen, der auf einem Pilz sitzen sollte, anstatt so zu tun, als ob er ein Mann wäre. Sie gehören in den Zirkus, Spock, und nicht auf ein Sternenschiff! Ihr Platz ist gleich rechts neben dem Jungen mit dem Hundegesicht!«

Mit diesen Worten ging Kirk auf Spock los und schlug ihm zweimal mit der Faust hart ins Gesicht. Spock schlug zurück. Kirk sprang beiseite und hielt die Eisenstange mit beiden Händen vor sich, um den Schlag zu parieren.

Es war eigentlich kein Kampf. Kirk beschränkte sich darauf, den harten, wütenden Schlägen Spocks auszuweichen und sie abzuwehren. Das Ende war vorauszusehen. Bei Spocks drittem Angriff wurde Kirk die Eisenstange aus den Händen geschlagen, und eine harte Gerade schleuderte ihn gegen die Wand. Als er zu Boden fiel, packte Spock einen Stuhl und schwang ihn über den Kopf. Mit wutverzerrtem Gesicht starrte er auf Kirk herunter.

Kirk blickte zu ihm auf und grinste befriedigt. »Nun, Mr. Spock«, sagte er, »reicht Ihnen das?«

Spock starrte ihn plötzlich verwirrt an. Dann ließ er den Stuhl langsam sinken.

»Entschuldigen Sie, Spock, aber es ist verdammt schwierig, unter Ihre dicke Haut zu kommen. Aber ich verstehe nicht, worüber Sie eigentlich so wütend sind. Schließlich hat nicht jeder Erste Offizier die Gelegenheit, seinen Kapitän zu schlagen – und das sogar mehrmals.« Er fuhr behutsam mit der Hand über sein Kinn.

»Sie – Sie haben mich absichtlich wütend gemacht.«

»Ja. Diese Sporen, Mr. Spock. Erzählen Sie mir von den Sporen.«

Spock stand reglos und schien in sich hineinzuhorchen.

»Sie sind... ja tatsächlich! Die Wirkung der Droge ist verschwunden«, sagte Spock verblüfft.

»Genau das habe ich auch beabsichtigt. Sie sagten mir vor einiger Zeit, daß diese Sporen einen Menschen glücklich und friedfertig stimmen. Von jeder starken Gefühlsaufwallung aber werden sie vernichtet. Ich mußte Sie einfach in Weißglut versetzen, damit sie dieses Zeug los wurden. Das ist die Antwort, Spock.«

»Da mögen Sie recht haben, Captain; aber wir können doch nicht unter unseren fünfhundert Besatzungsmitgliedern und Kolonisten eine Massenschlägerei anzetteln. Das ist doch unmöglich!«

Kirk lächelte verschmitzt. »Ich habe eher an etwas gedacht, das Sie mir vor einiger Zeit über die Einwirkung gewisser subsonischer Tonfrequenzen auf die menschliche Emotion erzählt haben.«

»Das stimmt, Captain. Ein bestimmter, tiefer Orgelton ruft ein Gefühl von Ehrfurcht hervor. Eine andere Frequenz wiederum wirkt sich auf die Verdauung aus.«

»Die nützen uns nichts. Ich brauche eine Frequenz, die Menschen in Erregung versetzt – in Zorn, in Wut, einen Ton, den wir über die Lautsprecher der Funkgeräte und der Kommunikatoren der Mannschaftsmitglieder aussenden können, damit er alle da unten erreicht.«

Spock überlegte ein paar Sekunden. »Das geht«, sagte er dann.

»An die Arbeit!« befahl Kirk.

»Captain, ein Offizier, der einen Kameraden schlägt, muß eigentlich vor ein Kriegsgericht gestellt werden.«

»Und wenn wir beide in der Arrestzelle sitzen, wer soll dann den subsonischen Sender bauen?« fragte Kirk lächelnd.

»Sehr logisch, Captain. Also, an die Arbeit!«

Das Signal, das von den umgebauten Feinberger-Funkgeräten ausgesandt und von allen Lautsprechern der Funkstation und der Kommunikatoren abgestrahlt wurde, lag auf einer Frequenz, die über der menschlichen Gehörgrenze lag. Es wurde also von niemandem in der Siedlung bewußt gehört, aber alle hatten von der ersten Sekunde an ein lästiges Gefühl, als ob man ihnen Juckpulver unter die Haut gestreut hätte. Innerhalb weniger Minuten breitete sich eine überaus starke Erregung unter den Menschen aus, und kurz darauf brachen überall Streitereien aus, und es kam zu Handgreiflichkeiten. Die Schlägereien dauerten nicht lange. Die Sporen lösten sich in Sekundenschnelle auf, als ein durch die Erregung ausgelöster Adrenalinstoß in die Blutbahn gelangte, und der Tumult wich bald einer erschreckten Stille.

Wenig später kamen die ersten kleinlauten, reuevollen Bitten, wieder an Bord der *Enterprise* kommen zu dürfen.

Der Rest war ein Kinderspiel. Als die Mannschaft an Bord zurückgeholt war, folgten die Kolonisten und ihre Habe. Die Sporenpflanzen wurden von Bord geschafft, mit Ausnahme eines einzigen Exemplars, das für Versuchzwecke in Leutnant Fletchers Labor kam. Schließlich verließ das Schiff die Umlaufbahn, und der Planet Omicron Ceti III wurde auf dem Hauptbildschirm der Brücke kleiner und kleiner, bis er schließlich zu einem winzigen Punkt zusammenschrumpfte.

Kirk, Spock und McCoy starrten auf den Bildschirm, bis der Lichtpunkt unsichtbar geworden war.

»Das war nun das zweite Mal«, sagte McCoy leise, »daß man den Menschen aus dem Paradies vertrieben hat.«

»Nein, dieses Mal hat er es freiwillig verlassen. Wir sind wahrscheinlich nicht für das Paradies geschaffen, Pille«, sagte Kirk nachdenklich. »Wir sind unserer Natur nach dazu bestimmt, unseren Weg Tag für Tag neu zu erkämpfen und uns jeden Fortschritt mühsam zu erarbeiten. Wir sind nicht geschaffen, zu Lautenklängen zu flanieren oder müßig auf dem Rücken zu liegen, Pille – wir müssen zum Trommelklang marschieren.«

»Sehr poetisch gesagt, Captain«, meinte Spock trocken.

»Sie haben uns noch nicht viel über Ihr Abenteuer auf Omicron Ceti III erzählt, Mr. Spock«, sagte Kirk. »Wie war's?«

»Da gibt es nicht viel zu erzählen, Captain«, sagte Spock langsam und ein wenig traurig. »Außer, daß ich zum erstenmal in meinem Leben glücklich war – wirklich vollkommen glücklich.«

Die beiden anderen wandten sich überrascht nach ihm um und blickten ihn an. Aber sie sahen nur den Mr. Spock, den sie seit langem kannten: gesammelt, ernst, überlegen und ohne jede Emotion.

Der Eindringling

Die *Enterprise* hatte sich auf dem Weg zu einem sorgfältig zeitlich abgestimmten Treffen mit einem anderen Raumschiff befunden, als der Notruf einer Gruppe von Archäologen aufgefangen wurde, die die Ruinen auf Camos II erforschten. Ihre Situation war anscheinend verzweifelt, und Kirk unterbrach die Mission und ließ sofort Kurs auf den Planeten nehmen und sich, zusammen mit Spock und McCoy, auf seine Oberfläche beamen.

Im Lager der Gruppe fanden sich zwei Überlebende der Forschungsexpedition. Einen davon kannte Kirk: Dr. Janice Lester, die Leiterin des Forscherteams. Sie lag auf einem Feldbett und war bewußtlos. Ihr Kollege, Dr. Howard Coleman, schien dagegen gesund und unverletzt, aber ziemlich verunsichert.

»Was fehlt ihr?« fragte Kirk.

»Strahlungsschäden«, sagte Coleman.

»Ich werde alles tun, um sie zu retten. Können wir sie an Bord der *Enterprise* bringen?«

»Ich glaube nicht, daß sie den Transporter-Schock überleben würde. Die Strahlung hat ihr Nervensystem geschädigt.«

McCoy, der die Frau untersucht hatte, richtete sich auf. »Ich kann keine Anzeichen von Strahlungsschäden entdecken, Dr. Coleman«, sagte er.

»Dr. Lester war von allen am weitesten von der Strahlenquelle entfernt. Ich befand mich glücklicherweise hier in unserem Lager.«

»Dann haben sich die Symptome vielleicht noch nicht vollständig entwickelt. Und was ist mit den Teilnehmern der Expedition geschehen, die der Strahlenquelle näher waren?« fragte Kirk.

»Sie sind vor Schmerzen verrückt geworden und fortgelaufen. Wahrscheinlich sind sie jetzt tot.«

»Und um was für eine Strahlung hat es sich gehandelt?« fragte McCoy.

»Es war eine uns völlig unbekannte Art von Strahlen.«

Janice Lester stöhnte leise und öffnete die Augen. Kirk trat neben sie, nahm ihre Hand und lächelte sie an.

»Du mußt absolut still liegen«, sagte er. »Befehl des Doktors, Janice, nicht von mir.«

Spock hatte die Umgebung mit seinem Tricorder untersucht. »Captain«, sagte er, »ich fange schwache Signale auf, ihre Quelle befindet sich in etwa siebenhundert Metern Entfernung von hier. Wir müssen sofort helfen.«

Kirk wandte sich an McCoy.

Der Arzt sagte: »Ich kann nichts weiter für sie tun, Captain. Bleib bei ihr. Deine Anwesenheit wird sie vielleicht beruhigen.«

Als McCoy und Spock den Raum verließen, gab Janice Kirks Hand frei und sagte mühsam: »Ich hatte gehofft, dich nie wiederzusehen.«

»Das kann ich dir nicht verdenken.«

Sie schloß die Augen. »Warum bringst du mich nicht um? Das wäre doch jetzt ganz einfach. Niemand würde je etwas davon erfahren.«

»Ich habe dir niemals weh tun wollen«, sagte Kirk überrascht.

»Du hast es aber getan.«

»Es gab keine andere Möglichkeit für mich.«

»Ich bin damals gestorben. Als du mich verlassen hast, bin ich gestorben.«

»Du übertreibst«, sagte Kirk. »Ich habe von deinen Arbeiten gehört.«

»Ja, ich schnüffle in den Ruinen längst vergangener Kulturen herum.«

»Du bist eine der führenden Expertinnen auf deinem Gebiet geworden.«

Sie öffnete die Augen und starrte ihn an. »Das eine Jahr, das wir zusammen waren, war die einzige Zeit meines Lebens, in der ich wirklich gelebt habe.«

»Du hättest doch bei der Sternenflotte bleiben können.«

»Wozu? In deinem Leben als Kommandant eines Sternschiffes gibt es doch keinen Platz für eine Frau.«

»Das hast du mir schon damals vorgeworfen.«

»Und zu Recht.«

»Daran kann ich nichts ändern«, sagte er. Er richtete sich auf. »Und du hast mich deswegen gehaßt. Und wie du mich gehaßt hast. Jede Minute unseres Zusammenseins wurde zur Qual.«

»Das ist nicht fair.«

»Nein, da hast du recht. Und du hast mich deswegen auch genügend bestraft und gequält.«

»Ich habe dich geliebt«, sagte sie. »Wir hätten gemeinsam die Sterne durchforschen können.«

»Wir hätten einander umgebracht.«

»Vielleicht wäre das besser gewesen.«

»Warum sagst du das?« fragte er. »Du bist doch noch jung.«

»Eine Frau sollte nicht allein sein.«

»Siehst du jetzt nicht ein, daß wir überhaupt nicht zusammenpaßten? Wir hätten niemals ... Entschuldige. Das hätte ich nicht sagen sollen. Du mußt dich jetzt ausruhen.«

»Ja.« Sie schloß die Augen und ließ den Kopf wieder auf das Feldbett sinken.

»Janice, bitte – ich möchte dir helfen.«

Mit leiser, tödlich ruhiger Stimme sagte sie: »Du hilfst mir doch, James.«

Er blickte sie ein paar Sekunden lang an, plötzlich unendlich traurig geworden, dann wandte er sich ab. Zum erstenmal bemerkte er, daß in diesem Raum die ganze Ausbeute des Forschungsteams gelagert war. Das ganze Zimmer war ein Durcheinander von Gegenständen, die sie aus den Ruinen geborgen hatten. Das größte Stück war eine riesige, mit einer Inschrift versehene Metallplatte. Sie war groß genug, um ein Torflügel oder das Stück einer Wand gewesen zu sein, Kirk trat darauf zu. An beiden Kanten der Metallplatte entdeckte er mehrere Regler und Kontrollknöpfe. Es mußte also eine Art Maschine gewesen sein, und er fragte sich, wozu sie wohl welcher Art von Lebewesen gedient haben mochte.

»Ein sehr bemerkenswertes Objekt«, sagte die Stimme Janices hinter ihm.

»Wirklich? Weißt du, wozu es benutzt worden ist?«

»Durch seine Hilfe war es möglich, daß geistig hochstehende Bewohner dieser Welt, die den Tod vor Augen hatten, ihren altersschwachen Körper mit dem eines jungen, kräftigen tauschen konnten. Damit konnten die, die es verdienten, die Unsterblichkeit erlangen.«

»Und wer hat darüber entschieden, wer es verdiente, unsterblich zu sein?«

»In diesem Fall«, sagte sie, »tue ich es.«

Die Metallwand flammte vor Kirks Augen grell auf, und er fühlte in seinem Inneren ein furchtbares Ziehen, als ob jemand versuchte, sein Innerstes nach außen zu kehren.

Als er wieder sehen konnte... blickte er sich selbst an – durch die Augen Janice Lesters.

Kirk/Janice – Janice in Kirks Körper – trat von der Metallwand fort und stürzte zu dem Feldbett, nahm einen Schal, faltete ihn zusammen und preßte ihn mit aller Kraft auf Mund und Nase der Frau.

»Du hast deine Chance gehabt, Captain Kirk, du hättest mich töten können, und alle Welt wäre überzeugt gewesen, daß Dr. Janice Lester an den Strahlungsschäden gestorben ist. Warum hast du es nicht getan? Du hast es doch immer gewollt!«

Kirk im Körper von Janice schüttelte den Kopf. Der Schal preßte sich ihm härter auf Mund und Nase.

»Und du hattest auch die Kraft dazu. Aber du hattest Angst, immer hattest du Angst. Jetzt wird Janice Lester den Platz von Captain Kirk einnehmen. Deine körperliche Kraft besitze ich schon. Aber *dieser* Captain Kirk hat keine Angst vor dem Töten.« Kirk sah, wie sein Gesicht hämisch lächelte. »Jetzt lernst du die Erniedrigung kennen, eine Frau zu sein. Aber du wirst sie nicht lange erleiden müssen. Es ist bald vorbei...«

Die Frau griff nach seinen Händen, versuchte, sie beiseite zu drükken, doch Kirk fühlte sich elend und schwach.

»Laß das. Du kannst mir glauben, es ist besesr, tot zu sein, als allein im Körper einer Frau zu leben.«

Er gab den Widerstand auf, aber Janice drückte der Frau, die sie selbst gewesen war, weiter den Schal auf Mund und Nase, bis sich Schritte näherten. Dann legte sie den Schal rasch fort und trat wieder vor die Metallwand. Kurz darauf traten Spock und McCoy herein. Ihre Gesichter waren ernst.

»Wie sieht es aus, Dr. McCoy?«

»Wir sind zu spät gekommen. Wir konnten ihnen nicht mehr helfen.«

»Waren es wirklich Strahlen, die diese Menschen getötet haben?«

McCoy nickte. »Ich glaube, es war Celebium. Dr. Coleman teilt meine Meinung nicht. Es ist erforderlich, hier besonders präzise zu sein!«

»Warum das? Radioaktivität ist Radioaktivität, gleichgültig aus welcher Quelle sie stammt.«

»Ja, aber in diesem Fall ist auch eine chemische Vergiftung hinzugetreten. Alle schweren Elemente sind auf chemischer Basis giftig.«

»Anscheinend«, fügte Spock hinzu, »haben die Forscher bei ihren Grabungen ein verborgenes Lager dieses radioaktiven Elements, was immer es sein mag, aufgebrochen. Die Schädigung ist sofort eingetreten. Sie konnten nicht mehr entkommen.«

»Das«, sagte Kirk/Janice zornig, »hat Dr. Lester in mangelnder Sorgfältigkeit verschuldet.«

»Ich glaube nicht, daß man Dr. Lester dafür verantwortlich machen kann«, wandte McCoy ein. »Es war ein Unfall, Captain, ein unglücklicher Zufall.«

»Es war Fahrlässigkeit. Und Dr. Lester wird sich dafür zu verantworten haben. Auch wenn es ungerecht erscheint.«

Dr. Coleman blickte Kirk/Janice fast ängstlich an und trat dann rasch zu Janice/Kirk. Er beugte sich über das Feldbett, um sie zu untersuchen. »Dr. McCoy!«

McCoy trat sofort zu der Patientin und richtete seinen Tricorder auf sie. »Jim, hast du irgend etwas Ungewöhnliches beobachtet, während wir fort waren?«

»Nein, es ist nichts vorgefallen. Sie ist die ganze Zeit bewußtlos gewesen.«

»Dr. Lester liegt im Sterben«, sagte Coleman.

»Vielleicht hat der Tod ihrer Kollegen ihr einen schweren Schock versetzt.«

»Sicher sogar.«

»Es wäre wahrscheinlich das geringere Risiko«, sagte McCoy, »sie an Bord der *Enterprise* zu beamen.«

Kirk/Janice blickte fragend zu Coleman hinüber, der jetzt offene Angst zeigte.

»Ich weiß wirklich nicht, was wir tun sollen«, sagte der Mann unsicher.

»Dann verschwinden wir von hier.«

Kirk/Janice sorgte dafür, daß zwei Sanitäter mit einer Bahre bereitstanden, als sie im Transportraum materialisierten. Coleman begleitete die Patientin zum Bordlazarett.

»Mr. Spock, bringen Sie das Schiff aus der Umlaufbahn und nehmen Sie wieder unseren ursprünglichen Kurs auf. Dr. McCoy, einen Augenblick bitte. Du und Dr. Coleman habt verschiedene Ansichten bezüglich der Diagnose. Bitte versucht, so bald wie möglich zu einer Einigung zu kommen. Die Sache ist für mich äußerst beunruhigend – aus sehr persönlichen Gründen.«

»Ich habe nicht gewußt, daß du sie so gut kennst«, sagte McCoy.

»Ich habe sie viele Jahre nicht gesehen. Ich hatte sie verlassen, als es ernst wurde.«

»Du mußt damals noch sehr jung gewesen sein.«

»Jugend entschuldigt nicht alles. Es ist für mich eine sehr unglückliche Erinnerung.«

»Wir werden alles tun, was in unserer Macht steht, Jim.«

»Gut. Vielen Dank, Pille«.

Kirk/Janice betrat die Brücke. Uhura, Chekov, Scott und Sulu saßen auf ihren Plätzen. Spock saß über seine Computerkonsole gebeugt. Kirk/Janice blickte die neuen, unbekannten Gesichter prüfend an, und Uhura und Sulu lächelten ihm zu.

Langsam trat er zum Kommandantensessel und berührte seine Lehne mit der Hand. Dann setzte er sich und blickte zum Hauptbildschirm hinauf.

»Kurs, Mr. Chekov?«

»Eins siebenundzwanzig, Mark acht.«

»Mr. Sulu, Geschwindigkeit Sol Zwei.«

»Zwei, Sir.«

»Mr. Spock, würden Sie bitte einen Moment herkommen? Wir haben ein Problem mit unserer Patientin. Die beiden Ärzte konnten sich nicht auf eine Diagnose einigen.«

»Das soll bei Medizinern recht häufig vorkommen, Sir.«

»Aber es hilft ihren Patienten nicht«, sagte Kirk/Janice mit einem harten Lächeln.

»Ich glaube, daß man sich auf Dr. McCoys Diagnose verlassen kann.«

»Haben Sie einen präziseren Grund für diese Annahme?«

»Eigentlich nicht, Captain. Das ist schließlich auch nicht meine Aufgabe.«

»Dann sollen Sie nicht zur allgemeinen Verwirrung beitragen, Mr. Spock.« Kirk/Janice stand auf und verließ ärgerlich die Brücke. Als er das Bordlazarett betrat, erwachte Janice/Kirk gerade aus ihrer Bewußtlosigkeit. Immer wieder wurde sie von krampfartigen, heftigen Zuckungen geschüttelt. Zu ihrem eigenen Schutz hatte McCoy sie am Bett festschnallen lassen. Ein verängstigter Dr. Coleman ging nervös im Raum auf und ab.

»Wie lange geht das schon so?« fragte Kirk/Janice.

»Es hat gerade angefangen.«

»Sie müssen irgend etwas dagegen unternehmen. Wenn Dr. Lester wieder völlig zu Bewußtsein kommt, wird sie sich wieder daran erinnern, was geschehen ist.«

»Wahrscheinlich wird es ohnehin niemand glauben.«

»Wahrscheinlich?«

»Hoffentlich«, sagte Coleman leise. »Wie sollten wir den Tod der anderen denn erklären?«

Kirk/Janice trat zum Kopfende des Bettes. Coleman folgte ihm und stellte sich an die andere Seite. »Ich sage Ihnen, so kann es nicht weitergehen!«

»Sie haben alle unsere Mitarbeiter getötet. Sie haben sie mit voller Absicht zu der Stelle geschickt, an der sich das Celebium-Depot befand. Aber warum haben Sie *ihn* nicht auch umgebracht? Sie hatten doch Gelegenheit dazu.«

»Eben nicht. Sie sind zu früh zurückgekommen…«

»Aber es war doch genügend Zeit…«

»Er hat sich zu sehr an sein Leben geklammert. Ich konnte nicht…«

»Sie konnten nicht, weil Sie ihn lieben«, zischte Coleman wütend und seine Stimme hob sich. »Sie wollen, daß *ich* ihn ermorde.«

»Lieben? – *Ihn?*« flüsterte Kirk/Janice, jetzt ebenfalls wütend. »Ich habe das Leben geliebt, das er führte, die Macht eines Sternenschiff-Kommandanten. Und das ist jetzt mein Leben.«

»Ich weigere mich, zum Mörder zu werden.« Coleman wandte sich um und ging rasch auf die Tür zu. Kirk/Janice sprang vor und vertrat ihm den Weg.

»Sie *sind* bereits ein Mörder. Sie wußten, daß es Celebium war. Sie hätten die anderen entsprechend behandeln und retten können. Sie sind ein vielfacher Mörder!«

Die Frau auf dem Bett stöhnte laut auf. Die Tür, die zum Laboratorium führte, öffnete sich, und McCoy und Schwester Chapel traten herein.

»Ich habe geglaubt, Dr. Lester durch meine Anwesenheit beruhigen zu können«, sagte Kirk/Janice rasch. »Aber es scheint eher das Gegenteil eingetroffen zu sein.«

»Das hat nichts mit Ihnen zu tun«, sagte Coleman und versuchte, seine Erregung zu verbergen. »Es ist ein Symptom der fortschreitenden Strahlenschädigung.«

»Unsere Untersuchungen«, sagte McCoy, »haben keinerlei interne Strahlenschäden erkennen lassen.«

»Dr. Coleman«, sagte Kirk/Janice, »sind die anderen Mitglieder des Teams nicht wahnsinnig gewesen, bevor sie starben?«

»Ja, Captain.«

»Aber Jim«, sagte McCoy, »nach den Symptomen, die ich bei Dr. Lester festgestellt habe, könnte sie genausogut an den Nachwirkungen einer Betäubung durch einen Phaser leiden.«

»Dr. Lester und ihre Mitarbeiter haben zwei Jahre lang unter meiner medizinischen Kontrolle gestanden«, sagte Coleman steif. »Wenn Sie meine Empfehlungen für Dr. Lesters Behandlungen nicht befolgen, übernehmen Sie die volle Verantwortung für ihre Gesundheit – und möglicherweise ihren Tod.«

Kirk/Janice blickte zum Bett hinüber. Die krampfartigen Zuckungen von Janice/Kirk wurden heftiger. Dann hörten sie plötzlich auf, und sie öffnete die Augen, blickte um sich, als ob es ihr Mühe machte, zu sehen und die Gesichter der anderen zu erkennen.

»Dr. McCoy«, sagte Kirk/Janice, »es tut mir leid; aber ich werde dir den Fall entziehen und sie Dr. Coleman anvertrauen.«

»Das kannst du nicht! Auf diesem Schiff bin ich allein als Bordarzt im Besitz aller medizinischen Autorität!«

»Dr. Coleman möchte die volle Verantwortung für die Behandlung übernehmen. Also laß es doch.«

»Nein! Das werde ich nicht zulassen.«

»Der Fall ist erledigt.« Kirk/Janice wandte sich an Colman. »Dr. Lester ist Ihre Patientin. Ich glaube, Sie wollten ihr gerade eine Beruhigungsspritze geben, als ich hereinkam, nicht wahr?«

»Nein!« schrie die Frau. »Keine Beruhigungsspritze!«

Aber es war schon zu spät.

Durch ihre jahrelange Tätigkeit bei der Sternenflotte und ihren engen Kontakt mit Captain Kirk hatte sich Janice Lester umfassende Kenntnisse über die Funktion und Führung eines Sternenschiffs aneignen können – ein Wissen, das sie jetzt dringend gebrauchen konnte. Bei einiger Vorsicht und Zurückhaltung würde sie bei den Offizieren sicher keinerlei Verdacht erregen. Einzig und allein die Anwesenheit des wirklichen James Kirk auf der Krankenstation stellte eine ständige Bedrohung ihrer Position dar. Es würde besser sein, Janice/Kirk bei Fremden zu lassen, die sie wahrscheinlich für geisteskrank halten würden.

»Nehmen Sie Kurs auf die Benecia-Kolonie, Mr. Chekov. Wie lange brauchen wir bei der derzeitigen Geschwindigkeit, sie zu erreichen?«

»Achtundvierzig Stunden, Captain.«

»Captain«, sagte Spock stirnrunzelnd, »das wird uns sehr viel Zeit kosten. Wir müßten dazu ja fast auf den Gegenkurs gehen.«

»Das ist leider nicht zu ändern. Wir müssen Dr. Lester irgendwohin bringen, wo man sie richtig behandeln kann.«

»Darf ich Sie darauf hinweisen, Captain, daß Sternbasis 2 direkt auf unserem Kurs liegt?«

»Wie weit ist es bis Sternbasis 2, Mr. Chekov?« fragte Kirk/Janice.

»Zweiundsiebzig Stunden, Sir.«

»Das sind vierundzwanzig Stunden zuviel. Dr. Lesters Zustand ist äußerst ernst und verschlimmert sich von Stunde zu Stunde. Also nehmen Sie Kurs auf die Benecia-Kolonie.«

»Captain, wenn die Diagnose von Dr. Lesters Krankheit der kritische Punkt ist, ist die Benecia-Kolonie der denkbar schlechteste Ort dafür«, wandte Spock ein. »Die medizinischen Einrichtungen sind dort äußerst primitiv.«

»Sie werden ausreichen.«

»Sternbasis 2 hat ein voll ausgerüstetes Lazarett, mit allen notwendigen Geräten und Spezialisten. Sollte das nicht bei Ihrer Entscheidung bedacht werden, Captain?«

»Ich danke Ihnen für den Hinweis, Mr. Spock, aber auch die besten Ärzte und Einrichtungen können nichts mehr tun, wenn Dr. Lester tot ist. Es bleibt uns nicht mehr viel Zeit, das ist das Entscheidende. Behalten Sie den Kurs bei, Mr. Sulu.«

»Captain«, sagte Uhura, »soll ich die Änderung unseres Flugplans an das Oberkommando der Sternenflotte melden?«

»Ich habe keine *Änderung* des Flugplans befohlen, Leutnant. Unsere Ankunft auf Beta Aurigae wird sich nur *verzögern,* und vielleicht können wir mit dieser kleinen Verzögerung ein Menschenleben retten. Das ist doch für die *Enterprise* durchaus nichts Ungewöhnliches.«

Kirk/Janice erhob sich und trat zur Tür des Lifts.

»Ich denke doch, daß das Sternenflotten-Kommando davon in Kenntnis gesetzt werden sollte, daß unser Rendezvous mit dem Sternenschiff *Potemkin* nicht wie geplant stattfinden wird«, warf Spock eigensinnig dazwischen.

»Mr. Spock, wenn Sie sich allein auf Ihre Aufgaben beschränken würden, wäre die Meldung an die Sternenflotte bereits erfolgt.«

»In solchen Fällen setzt sich der Captain direkt mit der Sternenflotte in Verbindung, Sir. Ich nahm an, daß jedwede Aktion meinerseits als Einmischung betrachtet worden wäre.«

»Informieren Sie das Hauptquartier über die Verzögerung, Leutnant Uhura«, sagte er. »Mr. Sulu, halten Sie den befohlenen Kurs. Erhöhen Sie die Geschwindigkeit auf Sol 6.«

Kirk/Janice floh von der Brücke zur Kapitänskabine, aber auch dort fand er keine Ruhe. McCoy wartete bereits auf ihn.

»Dr. McCoy, willst du etwa die sinnlose Diskussion über die Diagnose fortsetzen?«

McCoy schlug wütend mit der Faust auf Kirks Schreibtisch.

»Nein, verdammt noch mal. Meine Untersuchungsprotokolle sprechen für sich selbst.«

»Warum verteidigst du dich eigentlich? Es war doch keine Kritik an deiner Qualifikation, wenn ich dir den Fall aus der Hand genommen habe.«

»Deshalb bin ich auch gar nicht hier. Ich bin zu dir gekommen, weil Dr. Coleman völlig inkompetent ist.«

»Ist das ernstlich deine Meinung?«

»Nein, Sir! Das ist das sorgsam überlegte Urteil des Oberkommandos. Ich habe mich mit ihm in Verbindung gesetzt. Dr. Coleman ist vor Jahren von seinem Posten als Bordarzt eines Sternenschiffs abgelöst worden, und zwar wegen administrativer Inkompetenz...«

»Administrative Aufgaben werden hier überhaupt nicht von ihm verlangt.«

»Und wegen unglaublicher medizinischer Fehldiagnosen, Captain. Mir ist schleierhaft, wie er überhaupt je Bordarzt eines Sternenschiffs werden konnte.«

»Beförderungen und Entlassungen haben sehr häufig politische Motive«, sagte Kirk/Janice, »das weißt du so gut wie ich, Doc.«

»Aber nicht im Hauptquartier der Sternenflotte, *Captain*. Zumindest nicht im Büro des Generalstabsarztes.«

Kirk/Janice ging ein paarmal unruhig auf und ab. »Trotzdem halte ich meinen Befehl aufrecht. Dr. Colemans Wissen von den Geschehnissen auf dem Planeten ist der entscheidende Faktor und der Grund meiner Entschuldigung. Das wirst du doch einsehen.«

»Ich sehe ein, daß die letzte Veranwortung bei dir liegt. Aber auch ich habe meine Verantwortung, Jim. Deshalb muß ich dich ersuchen, dich sofort einer gründlichen Untersuchung zu unterziehen.«

»Und warum? Aus welchem Grund?«

»Wegen fortschreitender geistiger Instabilität und unberechenbaren Verhaltens, seit du von dem Planeten an Bord zurückgekommen bist.«

»Das ist doch lächerlich!« sagte Kirk/Janice wütend. »Warum du das machst, das sieht doch ein Blinder!«

»Das Flottenkommando wird meine Motive prüfen.«

»Ich lasse mich nicht zum Opfer deiner kindischen Rachegelüste machen!«

»Aber du wirst dich der Dienstvorschrift fügen müssen«, sagte McCoy ernst. »Und in dieser steht klar und deutlich, daß der Bordarzt jedes – ich wiederhole: jedes – Mitglied der Besatzung, über dessen körperlichen oder geistigen Gesundheitszustand er auch nur den geringsten Zweifel hegt, jederzeit zu einer Untersuchung beordern kann – einschließlich des Kommandanten. Und ich beordere dich hiermit zu einer Untersuchung.«

Er wurde vom Summen des Intercoms unterbrochen.

»Hier Captain Kirk.«

»Leutnant Uhura, Sir. Das Oberkommando verlangt nähere Angaben über den Grund der Verzögerung. Was soll ich als Grund angeben, Captain?«

»Ich komme sofort auf die Brücke.«

Kirk/Janice wußte genau, daß er die Untersuchung nicht lange hinausschieben konnte. Nicht nur McCoy war das seltsame Benehmen des Kommandanten aufgefallen, die Nachricht davon verbreitete sich rasch auch unter der Besatzung. Zu Dr. McCoys offenkundiger Überraschung meisterte Kirk/Janice jeden Test ohne Schwierigkeiten.

Diesem Glücksfall folgte ein anderer. Als Janice/Kirk aus der durch die Beruhigungsspritze hervorgerufenen Bewußtlosigkeit erwachte, war Dr. Coleman gerade nicht anwesend. Es gelang ihr, Schwester Chapel davon abzubringen, ihr eine weitere Beruhigungsspritze zu geben, indem sie sie davon überzeugte, daß sie jetzt völlig ruhig wäre. Und dann zerschnitt sie die Lederriemen, die sie an das Bett fesselten, mit einem zerbrochenen Medizinfläschchen. Sie lief durch das ganze Schiff, den scharfen Glassplitter wie eine Waffe in der Hand schwingend, schrie um Hilfe und behauptete, der Captain sei nicht Kirk, sondern ein Betrüger. So bot sie allen Zeugen dieses Auftritts das typische Bild einer gefährlichen Irren – und gab damit Kirk/Janice den gewünschten Vorwand, sie in eine Arrestzelle einschließen und sie rund um die Uhr bewachen zu lassen.

Er unterschätzte jedoch Spock, dessen scharfe Beobachtungsgabe und durchdringende Logik er kennenzulernen nie Gelegenheit gehabt hatte. Der Wissenschafts-Offizier kannte die Grenzen seiner Disziplin. Er wußte vor allem, daß das innerste Wesen des menschlichen Seins, sein Selbst, jeder medizinischen Untersuchung unzugänglich blieb. McCoy selbst hatte oft genug darauf hingewiesen. Die Anklagen, die Janice/Kirk ausgestoßen hatte, setzten sich in seinem Gehirn fest.

Irgend etwas war mit dem Captain geschehen, während er auf dem Planeten war. Und es konnte nur in der kurzen Zeitspanne geschehen sein, in der er mit Dr. Lester allein gewesen war. Ein Gespräch mit ihr schien ihm der einzige Weg, um Licht in die mysteriöse Angelegenheit zu bringen.

Zwei kräftige Wachen standen vor der Tür der Arrestzelle.

»Wie geht es Dr. Lester?« fragte er.

»Sie ist bei Bewußtsein und verhält sich ruhig«, sagte einer der beiden Männer.

»Gut. Ich möchte ihr ein paar Fragen stellen.«

»Hat der Captain das angeordnet, Sir?«

»Warum?« fragte Spock. »Ich habe Fragen zu stellen. Deshalb ordne ich das an, Fähnrich.«

»Aber der Captain hat befohlen, daß niemand mit Dr. Lester sprechen darf.«

»Hat dieser Befehl denn auch für die ranghöchsten Offiziere an Bord Geltung?«

»Nun... eigentlich wohl nicht, Sir.« Der Mann drückte auf einen Knopf, und die Türverriegelung öffnete sich. Spock drückte auf die Klinke. »Aber, Mr. Spock, der Captain möchte sicher, daß eine Wache dabei ist.«

»Aber bitte.«

Janice/Kirks erste Worten waren: »Gott sei Dank! Spock, Sie müssen mich anhören!«

»Deshalb bin ich ja hier«, sagte Spock. »Anscheinend ist irgend etwas geschehen, als Sie und der Captain allein waren. Aber was?«

»Auf die Gefahr hin, daß Sie mich auch für verrückt halten, Spock. Ich versichere Ihnen, sie hat unsere Körper miteinander vertauscht«, sagte Janice/Kirk, »mit Hilfe einer alten Maschine, die sie bei ihren Ausgrabungen gefunden hat. Spock, *ich bin Captain Kirk!* Ich weiß, das klingt unglaublich; aber es ist wahr!«

»Das ist allerdings eine Möglichkeit, an die ich bisher nicht gedacht habe.«

»Wenn es mir nicht gelingt, Sie davon zu überzeugen, besteht für mich keinerlei Hoffnung mehr, jemals wieder diesem Körper zu entrinnen.«

»Ein kompletter Transfer der Lebensessenz mit Hilfe eines mechanischen Geräts? Faszinierend!«

»Ja. Dr. Lesters Beschreibung seiner Funktion ist das letzte, was ich als ich selbst gehört habe.«

»Nach meinen Informationen«, sagte Spock, »ist so ein Transfer noch nie und nirgends erreicht worden.«

»Auf Camos II ist er schon vor vielen Jahrtausenden erreicht und wieder vergessen worden. Ich bin der lebende Beweis dafür.«

»Das behaupten Sie. Bis jetzt gibt es noch keinen Beweis dafür.«

»Ich weiß, Spock. Trotzdem spreche ich die Wahrheit. Hören Sie zu: Erinnern Sie sich noch an den Zwischenfall im Tholianischen Sektor, als ich im Hyperraum gefangen war und Sie Ihr Leben und die *Enterprise* riskierten, um mich zu retten? Retten Sie mich auch jetzt, Spock – und noch ein Ereignis, das Ihnen meine Identität beweisen sollte: Als die Vianen von Minara verlangten, daß wir McCoy sterben lassen sollten, haben wir es nicht zugelassen. Wie sollte ich von diesen Dingen wissen, wenn ich nicht James Kirk wäre?«

»Davon hätten Sie auch genausogut hören können.«

»Sie stehen dem Captain näher als jeder andere Mensch. Sie kennen seine Gedanken. Was sagt Ihnen denn Ihr telepathisches Einfühlungsvermögen?«

Spock berührte mit der Handfläche das Gesicht der Frau, die er vor sich sah und behauptete, sein Captain zu sein. Er schloß die Augen. Sein Gesicht war völlig gesammelt und konzentriert, als er sein Bewußtsein mit dem seines Gegenübers verschmelzen ließ. Dann ließ er die Hand sinken und blickte sie mit neu erwachter Entschlossenheit an.

»Ich glaube Ihnen«, sagte er schlicht. »Aber der Glaube ist kein Beweis. Ich werde jedoch alles tun, um einen Beweis für Ihre Identität zu erbringen. Aber dazu brauchen wir die Hilfe Dr. McCoys. Kommen Sie!«

»Es tut mir leid, Sir«, sagte der Posten, »aber Dr. Lester darf die Zelle nicht verlassen. Auch Sie können nicht verlangen, daß ich den Befehl des Captains mißachte.«

»Er ist nicht der Captain.«

»Sir, entschuldigen Sie meine Bemerkung, aber ich fürchte, Sie sind genauso verrückt wie diese Frau. Bitte verlassen Sie sofort die Zelle.«

»Aber natürlich«, sagte Spock freundlich. »Schließlich müssen wir alle unsere Pflicht erfüllen.«

Genau bei dem Wort »Pflicht« schlug er zu. Das Handgemenge dauerte nur Sekunden, aber der zweite Posten, der vor der Zellentür stand, war gewarnt. Spock hörte ihn rufen: »Wache an Captain Kirk. Jemand ist in die Arrestzelle eingebrochen!«

Als sie die Zelle verließen, stand der Posten an der gegenüberliegenden Wand, den Phaser auf sie gerichtet. Kirk/Janice und zwei weitere Wachen kamen bereits den Korridor entlanggelaufen, dicht gefolgt von McCoy.

Spock blieb stehen. »Gewaltanwendung ist nicht erforderlich, Sir«, sagte er. »Ich werde keinen *physischen* Widerstand leisten.«

Kirk/Janice drückte auf den Knopf des Intercom. »Der erste Offizier Spock wird von mir wegen Meuterei unter Arrest gestellt. Zusammen mit Dr. Lester hat er versucht, das Schiff in seine Gewalt zu bringen. Ich werde sofort eine genaue Untersuchung des Falles durchführen und eine Anklageschrift für eine Kriegsgerichtsverhandlung abfassen.« Er wandte sich an McCoy. »Die Untersuchungskommission besteht aus Scott, dir und mir.«

»Ich werde nicht mithelfen, Spock vor ein Kriegsgericht zu bringen«, sagte McCoy entschlossen. »Es gibt andere Möglichkeiten, diesen Vorfall aus der Welt zu schaffen.«

»Niemand zwingt dich, ihn zu verurteilen. Ich bitte dich lediglich – nein, ich befehle dir, anhand der Fakten nach bestem Wissen und Gewissen über seine Schuld zu entscheiden. Stimmenmehrheit, also zwei gegen einen, ist entscheidend. Die Untersuchungskommission tritt sofort zusammen. Wache, bringen Sie Dr. Lester wieder in die Zelle zurück. Wir werden sie so bald als möglich auf ihre Zurechnungsfähigkeit untersuchen lassen.«

»Wachtrupp, zur Verhaftung antreten. Ganze Mannschaft Achtung!« Die Vernehmung fand im Lagerraum statt, Kirk/Janice saß am Kopfende des Tisches, einen uralten Holzhammer in der Hand. McCoy saß schweigend neben ihm, Uhura machte eine Bandaufnahme des Verfahrens, und Chekov, Sulu und Schwester Chapel hörten gespannt zu, als Scott mit dem Kreuzverhör begann.

»Mr. Spock, Sie sind Wissenschaftler – einer der führenden Wissenschaftler der Föderation.«

»Das ist zwar sehr schmeichelhaft, Mr. Scott, aber doch stark übertrieben. Ich habe schon vor langem die theoretische Grundlagenforschung für das interessante Leben an Bord der *Enterprise* aufgegeben.«

»Ich wollte damit zum Ausdruck bringen, daß Sie jedes Problem allein vom wissenschaftlichen Standpunkt aus betrachten und zu lösen versuchen.«

»Das ist mein Vorsatz, ja«, sagte Spock.

»Aus diesem Grund soll Ihre Aussage, daß Sie dieser phantastischen Behauptung von einem Ego-Transfer zwischen dem Captain und Dr. Lester Glauben schenken, von diesem Gericht ernst genommen werden?«

»Völlig richtig.«

»Aber Sie besitzen keinerlei Beweise dafür?«

»Ich habe Ihnen meinen Beweis bereits genannt: Telepathische Verbindung mit der Psyche Captain James T. Kirks im Körper von Dr. Lester.«

»Sie sind doch anerkanntermaßen ein vernünftiger Mensch, Spock«, sagte Scott verzweifelt. »Aber das ist doch alles andere als eine vernünftige Aussage. Ganz im Gegenteil! Weit davon entfernt! Sicherlich haben Sie mehr als das vorzubringen!«

»Mir schien diese Beweisführung ausreichend.«

»Aber sie genügt einem Gericht nicht! Ihr Beweis ist rein subjektiv. Und das wissen Sie auch ganz genau, verdammt noch mal! Was ist denn los mit Ihnen? Wir brauchen Beweise, die man beurteilen und nachprüfen kann.«

Spock blickte Kirk/Janice herausfordernd an. »Sie haben eine große Anzahl von Aussagen gehört – außer der des Hauptzeugen in diesem Fall. Die Person, die eigentlich der Gegenstand dieser Untersuchung sein sollte, wird hinter Schloß und Riegel gehalten. Warum, *Captain*?«

»Weil sie eine gemeingefährliche Irre ist«, sagte Kirk/Janice. »Den

Beweis dafür hat sie ja selbst erbracht.«

»Sie ist nur für Sie eine Gefahr, Sir«, sagte Spock trocken. »Für Sie und Ihre Autorität.«

»Mr. Spock, meine Autorität wurde mir vom Sternenflotten-Kommando verliehen, und nur diese hohe Autorität könnte sie mir wieder entziehen.«

»Warum fürchten Sie sich dann vor der Aussage einer armen Irren?«

»Ihren plumpen Unterstellungen wird es nicht gelingen, meine Position zu untergraben, Mr. Spock. Aber Sie gefährden Ihre Zukunft.«

»Die Zeugin, Sir! Lassen Sie die Zeugin holen und von Ihren Offizieren vernehmen!«

Kirk/Janice zögerte einen Moment. Dann schlug er mit dem Holzhammer auf den Tisch und nickte einem Posten zu, der daraufhin den Raum verließ.

»Dr. McCoy!«

»Ja, Captain.«

»Sind sind doch vorhin durch meine Befehle und meine Reaktionen beunruhigt gewesen, ist es nicht so?«

»Stimmt, Sir,«

»Sie haben jedoch nicht versucht, sich gegen mich zu stellen, sondern sich bemüht, mir zu helfen. Nur der Ordnung halber, teilen Sie bitte den beiden Offizieren der Untersuchungskommission das Resultat Ihrer medizinischen Untersuchungen mit.«

»Körperlich ist der Captain in bester Verfassung. Sein geistiger und seelischer Zustand entsprechen dem, den er hatte, als er das Kommando der *Enterprise* übernahm.«

»Mr. Spock, war Ihnen dieses Untersuchungsergebnis bekannt?«

»Ich kenne es jetzt«, sagte Spock.

»Und was haben Sie dazu zu sagen?«

»Ich bin enttäuscht und tief besorgt, daß es für meinen Standpunkt keine objektiven Beweise gibt. – Jedenfalls jetzt noch nicht.«

»Sind Sie angesichts der Tatsache, daß es keine Beweise gibt, bereit, Ihre haltlose Beschuldigung, die nur auf der Behauptung einer von tragischen Erlebnissen in den Wahnsinn getriebenen Frau basiert, fallenzulassen?«

Bevor Spock antworten konnte, wurde die Tür geöffnet, und die Frau, von der die Rede war, wurde von zwei Wachen hereingeführt. Kirk/Janice deutete auf einen Stuhl und Janice/Kirk setzte sich.

»Dr. Lester«, sagte Kirk/Janice, »ich danke Ihnen, daß Sie hergekommen sind. Wir wissen alle, daß Sie einem fast unerträglichen seelischen Streß ausgesetzt gewesen sind. Und ich mußte leider selbst auch dazu beitragen, jedoch im Interesse der allgemeinen Sicherheit, möchte ich betonen. Ich hatte gehofft, Sie nicht noch weiter belasten zu müssen; aber Mr. Spock ist da offensichtlich anderer Meinung. Er hält Ihre Aussage bei dieser Untersuchung für notwendig. Und da uns allen daran liegt, zu einer gerechten Entscheidung zu gelangen, müssen wir Ihnen leider die Ungelegenheit bereiten und ein paar Fragen stellen. Wir werden uns alle Mühe geben, Sie nicht über Gebühr zu belasten.«

Die Frau nickte.

»Also«, sagte Kirk/Janice. »Sie behaupten, James T. Kirk zu sein, nicht wahr?«

»Nein, ich bin nicht Captain Kirk«, sagte Janice/Kirk ruhig. »Das sollte doch allen klar sein, und ich bezweifle, daß Mr. Spock es so formuliert hätte. Ich behaupte lediglich, daß das, was James Kirk zu einem unverwechselbaren Individuum macht, jetzt hier in diesem Körper steckt.«

»Danke für diese Richtigstellung. Aber demnach müßte ja, so wie ich es verstehe, ich Dr. Janice Lester sein, nicht wahr?«

Die Wachen kicherten unterdrückt.

»Sehr clever«, erwiderte die Frau, »aber das habe ich nicht behauptet. Ich sage nur, daß der Körper von James Kirk von Dr. Janice Lester benutzt wird.«

»Eine subtile Unterscheidung, die mir leider entgangen ist«, sagte Kirk/Janice spöttisch lächelnd. »Aber ich darf doch wohl annehmen, daß dieser – dieser ›Austausch‹ im gegenseitigen Einverständnis erfolgt ist, nicht wahr?«

»Nein. Er wurde von Dr. Lester durch einen tätlichen Angriff hervorgerufen, unter Zuhilfenahme von Gerätschaften, die sie auf Camos II entdeckt hat.«

»Gewaltanwendung, die von der Dame an Captain Kirk verübt wurde? Tss, tss. Ich bitte das anwesende Personal, sich Dr. Lester anzusehen und sich diesen historischen Augenblick bildhaft vorzustellen.«

Alle Anwesenden brachen in schallendes Gelächter aus. Spock wandte sich um und blickte sie todernst an. Dr. McCoy zupfte sich nervös am Ohr, und Scotty grinste säuerlich. Kirk/Janice wartete, bis die Heiterkeit wieder abgeflaut war, und fuhr fort:

»Könnten Sie sich auch irgendeinen Grund denken, warum Dr. Janice Lester so ein lächerlicher Austausch wünschenswert erscheinen sollte?«

»Ja. Sie wollte damit Macht erringen, die man ihr niemals geben würde, eine Position, für die sie weder durch Ausbildung noch durch ihre Persönlichkeit geeignet ist. Vor allem aber wollte sie den Mann vernichten, der sie vielleicht geliebt haben würde – wenn nicht ihr glühender Haß gegenüber ihrer eigenen Weiblichkeit jedes Zusammenleben mit ihr unmöglich gemacht hätte.«

Spock erhob sich ungeduldig. »Meine Damen und Herren, diese Fragen führen doch zu nichts. Es geht hier doch einzig und allein um folgendes Problem: Ist die Behauptung eines Transfers glaubhaft oder nicht? Die Besatzung dieses Schiffes ist viel in der Galaxis herumgekommen. *Sie jedoch nicht!* Sie hat eine ganze Reihe sehr seltsamer und unglaublicher Phänomene erlebt. Sie ist dafür ausgebildet, jederzeit erkennen zu können, daß auch zunächst unglaublich erscheinende Dinge möglich und letztlich erklärbar sind, sobald man die Theorie der betreffenden Erscheinung versteht.«

»Mr. Spock, ist Ihnen schon irgendein anderer Fall wie der von Dr. Lester beschriebene bekannt geworden?«

»Nein, noch keiner.«

»Nehmen wir einmal an, daß Ihre Annahme wirklich zuträfe. Erwarten Sie vom Sternenflotten-Kommando etwa, diese Person« – seine Finger deuteten auf Janice/Kirk – »zum Kommandanten dieses

Schiffes zu ernennen?«

»Diese Frage ist völlig irrelevant. Wichtig ist allein, daß die Wahrheit enthüllt wird.«

»Selbstverständlich. Und falls festgestellt wird, daß ich nicht der Captain bin, unter Berücksichtigung, daß sie niemals zum Captain ernannt werden kann – dann werden natürlich *Sie*, Mr. Spock, Kommandant der *Enterprise*.« Kirk/Janice blickte Spock ebenso spöttisch wie mitleidig an. »Geben Sie doch auf, Spock. Kehren Sie wieder in den Schoß der *Enterprise*-Familie zurück, dann lassen wir alle Beschuldigungen fallen. Der Irrsinn, der uns alle auf Camos II vorübergehend gepackt hat, wird vergehen und bald vergessen sein.«

»Und was geschieht mit Dr. Lester?«

»Dr. Lester wird die bestmögliche Behandlung erhalten. Immer! Das ist eine Schuld und eine Verantwortung, die mir aus der Vergangenheit erwachsen ist.«

»Nein, Sir«, sagte Spock entschlossen. »Ich werde nicht ein Wort zurücknehmen. Sie sind nicht Captain Kirk! Sie haben sich rücksichtsloserweise seinen Körper angeeignet. Aber das Ego in Ihnen ist nicht das von Captain Kirk, dessen bin ich völlig sicher. Sie gehören nicht auf die Kommandobrücke der *Enterprise*. Und ich werde alles in meinen Kräften Stehende tun, um Sie von diesem Posten zu entfernen.«

»Leutnant Uhura«, sagte Kirk/Janice gefährlich leise und ruhig, »spielen Sie bitte doch die letzten beiden Sätze von Mr. Spocks Tirade noch einmal ab.«

Spocks Stimme dröhnte aus dem Lautsprecher des Rekorders: »Sie gehören nicht auf die Kommandobrücke der *Enterprise*. Und ich werde alles in meinen Kräften Stehende tun, um Sie von diesem Posten zu entfernen.«

»Mr. Spock, Sie haben eben Ihre eigenen Worte noch einmal gehört. Wissen Sie eigentlich, was sie bedeuten?«

»Natürlich. Und ich stehe auch zu ihnen.«

»Das ist Meuterei«, schrie Kirk/Janice, und sein Gesicht lief rot an vor Wut. »Vorsätzlich – hinterhältig – und wahnsinnig! Meuterei, wie schon die ursprüngliche Anklage lautete, und Anstiftung zur Meuterei! Dr. McCoy, Mr. Scott, Sie haben es selbst gehört. Auf Grund dieser Aussage setze ich kraft meiner Autorität als Kommandant der *Enterprise* eine sofortige Kriegsgerichtsverhandlung an.«

»Einen Moment mal, Captain«, sagte Scott und hob begütigend die Hände. »Ich bin damit nicht einverstanden, Mr. Spock so rasch den Wölfen vorzuwerfen.Ich kenne Mr. Spock als einen äußerst ernsthaften Mann, und ich kenne ihn schon sehr lange und weiß seine Worte zu schätzen. Alles, was er sagt, muß ernst genommen werden, ganz gleichgültig, wie phantastisch es auch klingen mag.«

»Kommen Sie zur Sache, Scott.«

»Ich bin schon dabei. Entschuldigen Sie, Captain, daß ich das sagen muß, aber man stößt einen Mann wie Mr. Spock nicht einfach aus dem Dienst, weil er sich möglicherweise in einem Zustand befindet, der sich mit einer milden, vorübergehenden Geistesgestörtheit vergleichen läßt. Dr. McCoy, Sie sagten vorhin, daß die Frau vielleicht durch die Strahlungen, denen sie ausgesetzt war, geistesgestört wurde.«

»Sehr richtig, Scotty.«

»Könnte das gleiche nicht auch Mr. Spock geschehen sein? Er war der Strahlenquelle doch noch viel näher als sie.«

»Das wäre durchaus möglich.«

»Dann wäre also die Meuterei von einer vorübergehenden Geistesverwirrung hervorgerufen worden, die durch ...«

»Vielen Dank, mein Freund«, unterbrach Spock. »Ich danke Ihnen für die Hilfe. Aber ich habe mich den Celebiumstrahlen nicht ausgesetzt. Ich habe mich durch entsprechende Vorsichtsmaßnahmen davor geschützt und bin später auch von Dr. McCoy prophylaktisch gegen etwaige Strahlenschädigungen behandelt worden. Ich bin geistig und körperlich vollkommen gesund.«

»Also Meuterei«, sagte Kirk/Janice und schlug mit dem Hammer auf den Tisch. »Ich befehle hiermit auf Grund der vorliegenden Tatbestände und Beweise den sofortigen Zusammentritt eines Kriegsgerichts. Nach einer Pause erfolgt die Abstimmung.«

»Ja«, sagte Spock, »es muß sofort abgestimmt werden. Die Angelegenheit muß geklärt werden, bevor ...«

Der Hammer trommelte auf die Tischplatte. »Ruhe!«

»Bevor unsere Hauptzeugin«, rief Spock durch den Lärm, »auf einer obskuren kleinen Kolonie zum Sterben ausgesetzt und die Wahrheit mit ihr begraben ist!«

Kirk/Janice sprang erregt auf. Sein Gesicht war krebsrot angelaufen, als wenn er dicht vor einem Schlaganfall stünde.

»Ruhe! Ruhe! Die Untersuchung ist hiermit abgeschlossen. Nach einer kurzen Pause tritt das Kriegsgericht zusammen. Es wird dann keine Diskussionen mehr geben, keine Absprachen, keine abgekartete Sache. Ich verlange, daß die Richter unter absolutem Schweigen zu ihrer Urteilsfindung über die Anklage der Meuterei kommen. Wenn ich zurückkehre, werden wir darüber abstimmen, und unsere einzige Basis für die Urteilsfindung können nur die hier vorliegenden Beweise sein.«

Er stürmte aus dem Raum, und alle blickten ihm verstört und mit betretenem Schweigen nach. McCoy begann nervös auf und ab zu gehen. Das Schweigen wurde drückend. Schließlich sagte Scott: »Wer hat schon jemals davon gehört, daß es den Mitgliedern einer Jury verboten war, den Fall untereinander zu diskutieren?« Er verließ den Raum, und die anderen folgten ihm. Nur Janice/Kirk, Spock und die Wachen blieben zurück. Und natürlich Uhura.

Scott und McCoy standen vor der Tür des Laderaumes auf dem Korridor.

»Was soll man dazu sagen?« fragte McCoy.

»Doktor, ich habe den Captain krank, im Fieber, betrunken, überströmend vor Freude und kochend vor Wut erlebt. Aber bis jetzt habe ich ihn noch nie krebsrot vor Hysterie und so voller Haß gesehen. Ich weiß jetzt schon, zu welchem Urteilsspruch ich kommen werde.«

»Spock hat mir etwas Ähnliches erklärt. Aber das ist kein wissenschaftlicher Standpunkt.«

»Vielleicht nicht«, sagte Scott, »aber wenn Spock diesen Persönlichkeits-Transfer für möglich hält, muß seine Auffassung zumindest logisch begründet sein.«

»Glauben Sie, ich bin nicht derselben Meinung? Aber meine Untersuchungen zeigen, daß der Captain körperlich und geistig völlig gesund ist. Und das ist das einzige, was das Flotten-Kommando interessieren wird.«

»Das Flottenkommando hat seine Probleme – und wir haben die unseren. Und jetzt ist der Captain der *Enterprise* unser Problem.«

McCoy runzelte nachdenklich die Stirn. Er begann erneut, unruhig auf und ab zu gehen, aber Schwester Chapel trat ihm in den Weg.

»Doktor«, flüsterte sie »es ist mir vorhin nicht aufgefallen, aber Dr. Lester hat in ihrem ersten klaren Moment gefragt, warum wir unser Zusammentreffen mit der *Potemkin* nicht einhielten. Woher wußte sie davon?«

»Hmmm.«

»Das ist besonders interessant angesichts der Tatsache, daß der Captain anscheinend *nichts davon wußte.* Scotty, wir werden in ein paar Minuten unser Urteil fällen müssen.«

»Eine letzte Frage: Angenommen, Sie schließen sich meiner Meinung an und stimmen auch für Spock. Das wären zwei Stimmen gegen eine, und Spock wäre frei. Was, glauben Sie, wird der Captain dann tun?«

»Das weiß ich auch nicht.«

»Doch, das wissen Sie ganz genau. Er wird das Urteil nicht akzeptieren.«

McCoy wandte sich ärgerlich ab und trat mit dem Gesicht zur Wand. Dann wandte er sich wieder zu ihm um. »Das wissen wir nicht«, sagte er hart.

»Ich bin sicher, daß er es nicht akzeptieren wird. Und dann, Doktor, müßten wir etwas gegen ihn unternehmen. Wir müßten das Schiff unter unsere Kontrolle bringen.«

»Das wäre dann wirklich Meuterei, Scotty.«

»Stimmt! Wissen Sie jetzt, wie Sie urteilen werden?«

»Ja, das weiß ich.«

Kirk/Janice saß bereits wieder auf seinem Platz, als sie den Raum betraten. Als sie sich gesetzt hatten, erhob er sich. »Leutnant Uhura«, sagte er, »spielen Sie jetzt die Bandaufzeichnungen ab, die Sie von der

Konversation im Korridor gemacht haben.«

Uhura blickte traurig und schuldbewußt zu McCoy und Scotty hinüber, als sie das Gerät einschaltete.

Sie hörten die aufgenommenen Worte: »Und dann, Doktor, müßten wir etwas gegen ihn unternehmen. Wir müßten das Schiff unter unsere Kontrolle bringen.«

»Das wäre dann wirklich Meuterei, Scotty.«

»Stimmt. Wissen Sie jetzt, wie Sie urteilen werden?«

»Ja, das weiß ich.«

»Das reicht«, sagte McCoy wütend. »Wir wissen genau, was wir gesagt haben.«

»Ja, das reicht. Das reicht, um euch der Konspiration und der Meuterei anzuklagen«, sagte Kirk/Janice und zog seinen Phaser. Die Wachen folgten sofort seinem Beispiel. »Darauf steht die Todesstrafe.«

Chekov und Sulu sprangen auf und riefen fast gleichzeitig: »Das Flottenkommando verbietet ausdrücklich die Todesstrafe!«

»Es gibt nur eine Ausnahme...«

»Grundregel Vier ist von keinem Offizier der *Enterprise* verletzt worden...«

»Alle meine leitenden Offiziere haben sich gegen mich gewendet«, sagte Kirk/Janice schrill. »Ich bin für die Sicherheit des Schiffes verantwortlich. Die Exekutionen werden umgehend vollstreckt. Gehen Sie jetzt auf Ihre Stationen zurück. Wachen, bringen Sie die Gefangenen in die Arrestzellen.«

Nur Uhura, Sulu und Chekov saßen auf ihren Plätzen, trotzdem wirkte die Brücke leer und verlassen. Mechanisch taten sie ihre Arbeit, aber sie wirkten niedergedrückt, ihre Bewegungen waren lustlos, sie schwiegen.

Schließlich sagte Sulu: »Der Captain muß wirklich verrückt sein, wenn er glaubt, daß man ihm eine Exekution durchgehen lassen wird.«

»Captain Kirk würde nie den Befehl zu einer Exekution geben, selbst wenn er mit den Nerven völlig am Ende wäre«, sagte Chekov.

»Spock hat recht, das kann nicht der Captain sein.«

»Das spielt doch im Augenblick gar keine Rolle«, sagte Uhura. »Sollen wir einfach zusehen, wie die drei hingerichtet werden?«

Chekov ballte die Fäuste. »Wenn die Sicherheitswache auf seiner Seite steht, können wir nichts dagegen unternehmen.«

Sulu sagte: »Ich werde alles tun, um diese Hinrichtung zu verhindern. Ich werde kämpfen, und wenn ich...«

Er brach ab, als Kirk/Janice auf die Brücke trat. Er wirkte fröhlich erregt, und als er sprach, sprudelten die Sätze förmlich aus ihm heraus. »Leutnant Uhura, informieren Sie alle Abteilungen von dem Urteil. Jede Abteilung soll einen Vertreter zum Hangardeck schicken, wo die Exekution stattfinden wird. Mr. Chekov, wie weit ist es noch bis zur Benecia-Kolonie?«

»Wir kommen gerade in Sensor-Reichweite.«

»Bringen Sie das Schiff in eine Umlaufbahn. Die Beisetzung der Verurteilten erfolgt auf Benecia.«

Niemand antwortete, niemand rührte sich.

Kirk/Janice starrte seine Offiziere an. »Haben Sie mich nicht verstanden?«

Noch immer keine Antwort.

»Sie haben Ihre Befehle! Ich verlange, daß Sie sie sofort befolgen, oder auch Sie werden wegen Meuterei unter Anklage gestellt!« Seine Stimme wurde schrill und verlor ihr männliches Timbre. »Gehorchen Sie meinen Befehlen, oder... oder... oder...«

Und dann, mit einemmal, taumelte er und fiel in seinen Sessel, als ob er ohnmächtig geworden wäre. Sein Körper wurde ein paar Sekunden lang von heftigen Krämpfen geschüttelt, dann sackte er plötzlich schlaff in sich zusammen. Blicklos starrte Kirk/Janice vor sich hin.

Die anderen waren aufgesprungen; aber der Anfall dauerte nur wenige Sekunden. Dann erhob sich Kirk/Janice aus dem Sessel und rannte zum Lift.

Dr. Coleman war allein im Laboratorium, als Kirk/Janice hereinstürzte.

»Coleman! Die Wirkung läßt nach!«

»Was ist passiert?«

»Ein paar Sekunden lang war ich mit den Gefangenen in der Arrestzelle. Ich will nicht wieder Janice Lester sein! Helfen Sie mir!«

»Das einzig sichere Mittel dagegen ist der Tod Janice Lesters. Sie müssen die Hinrichtung sofort durchführen.«

»Ich kann nicht«, sagte Kirk/Janice. »Die ganze Besatzung meutert. Sie müssen ihn für mich töten!«

»Ich habe bisher alles für Sie getan. Aber einen Mord begehe ich nicht für Sie.«

»Sie tun es doch auch für sich selbst«, sagte Kirk/Janice drängend. »Wenn ich Kommandant der *Enterprise* bin, werden Sie auch wieder zum Bordarzt ernannt. Dafür werde ich sorgen.«

»Ich habe Sie so gemocht, wie Sie waren. Ich wollte nicht wieder auf ein Sternenschiff zurück.«

»Wenn Kirk am Leben bleibt, werden wir beide als Mörder verurteilt. Wir haben gar keine andere Wahl, als ihn zu töten.«

Zögernd, widerwillig nahm Coleman eine Injektionsspritze, wählte eine Ladung und ließ sie einschnappen.

»Sie müssen ihm mindestens das Doppelte der tödlichen Menge geben.«

»Es ist die doppelte Menge«, sagte Coleman tonlos. Kirk/Janice begleitete ihn zur Arrestzelle. Er erkannte an dem erregten Gesichtsausdruck der Frau und der Art, wie sich die anderen um sie drängten, daß auch sie die flüchtige, nur Augenblicke währende Retransferierung ihres Selbst gespürt haben mußte und jetzt auf eine Wiederholung dieses Phänomens wartete.

»Ich habe eine vorläufige Aufschiebung der Exekution befohlen«, sagte Kirk/Janice zu den vier Gefangenen. »Um aber jede weitere Konspiration von vornherein zu verhindern, werde ich Sie jetzt in Einzelzellen bringen lassen. Falls Sie Widerstand leisten sollten, lasse ich Ihnen ein Sedativ injizieren. Dr. Lester, Sie sind die erste. Folgen Sie Dr. Coleman.«

Janice/Kirk zögerte einen Moment und blickte Kirk/Janice mißtrauisch an, bevor sie in den Korridor hinaustrat. Kirk/Janice folgte ihr auf dem Weg zu einer anderen Arrestzelle. Schon nach wenigen Schritten sagte er laut: »Diese Frau hat das Gehorchen anscheinend nie gelernt.«

Die Injektionsspritze blitzte in Colemans Hand. Aber er war nicht schnell genug. Janice/Kirk wußte sofort, was er vorhatte, packte seinen Arm mit beiden Händen und versuchte mit aller Kraft, die Spritze fortzudrücken.

Wieder überfiel Kirk/Janice ein Schwindelgefühl, und eine Welle des Entsetzens flutete über ihn hinweg. Wieder wurde sein Körper von Krämpfen geschüttelt und erschlaffte dann plötzlich.

Und auch Janice/Kirk wurde von einem Anfall heimgesucht, und ihre verkrampften Hände hielten Colemans Arm so fest, wie sie es bei vollem Bewußtsein nie erreicht haben würde. Dann schrie sie plötzlich auf: »Nicht! Nicht! Ich bin wieder in meinem eigenen Körper! Ich habe den Captain verloren!« Und dann, mit einem irrsinnigen Schrei: »Töte ihn! *Töte ihn!*«

Es war für Kirk eine Kleinigkeit, mit Coleman fertig zu werden, als sich dieser auf ihn warf. Ein leichter Schlag mit der Handkante, und der Arzt stürzte zu Boden.

Dann wandte er sich Janice zu, die ihn voller Haß und Wut anstarrte.

»Bring ihn um! Ich will, daß James Kirk tot ist! Bring ihn um!«

Und dann, mit einem klagenden Schluchzen, wie ein Kind: »Ich werde nie der Captain sein – nie – nie – nie...« Und dann wieder schrill: »Töte ihn!«

Coleman, der nur für einen kurzen Moment betäubt gewesen war, stand mühsam auf und trat zu ihr. Gerade rechtzeitig, um sie in seine Arme zu nehmen, als sie zusammenbrach.

»Du bist genauso«, sagte er, »wie ich dich immer geliebt habe.«

»Töte ihn«, schluchzte Janice flehend, und ihre Augen starrten ihn ausdruckslos an. »Bitte...«

Spock, McCoy und Scott waren in den Korridor herausgetreten. Kirk drückte ihnen nacheinander die Hand. »Pille, gibt es irgend etwas, das du für sie tun kannst?«

»Ich möchte mich um sie kümmern«, sagte Coleman.

»Natürlich«, sagte McCoy, »kommen Sie mit.« Er führte die beiden zum Bordlazarett.

Kirk blickte ihnen nach. »Ich habe sie vernichtet«, sagte er leise. »Das wollte ich nicht.«

»Es blieb Ihnen gar keine andere Wahl«, sagte Spock. »Wie hätten Sie sonst Ihr Leben retten können, Captain? Von unserem Leben ganz zu schweigen.«

»Ihr Leben hätte genauso schön und reich sein können wie das jeder anderen Frau, wenn sie nur...« Er machte eine kurze Pause und seufzte, »wenn sie nur...«

»Wenn sie nur«, sagte Spock, »jemals gelernt hätte, stolz und glücklich über ihre Weiblichkeit zu sein.«

Requiem für Methusalem

Ganz plötzlich und ohne jede erkennbare Ursache brach das Rigellianische Fieber an Bord der *Enterprise* aus. Mit Zustimmung des Flotten-Kommandos wurde die Routinemission, auf der sich das Raumschiff gerade befand, abgebrochen, um nach einem Planeten zu suchen, auf dem sich größere Vorkommen von Ryeatalyn befanden, dem einzigen bekannten Heilmittel gegen diese Krankheit. Bevor sie einen dieser Planeten gefunden hatten, war jedoch bereits einer der Kranken gestorben, und vier andere befanden sich in einem äußerst kritischen Zustand.

Kirk, McCoy und Spock beamten sofort hinunter, und Scott übernahm das Kommando auf der Brücke.

McCoy überprüfte die fremde Umgebung mit seinem Tricorder. »Es gibt ein größeres Vorkommen dieses Minerals etwa einen Kilometer von hier, in dieser Richtung«, er deutete mit der Hand. »Wir haben nur noch etwa vier Stunden, um es abzubauen und zu raffinieren. Wenn wir es in diesem Zeitraum nicht schaffen, läßt sich der Krankheitsprozeß nicht mehr aufhalten, und dann wird jeder Mann an Bord der *Enterprise*...«

Er setzte sich eilig in Bewegung. Doch nach ein paar Schritten wurde er von Spocks Stimme zurückgerufen.

»Sehr eigenartig«, sagte Spock. »Meine Instrumente zeigen eine Lebensform an, die sich hier in unmittelbarer Nähe aufhalten muß. Dabei haben die Sensoren unseres Schiffs diesen Planeten nach gründlicher Analyse als unbewohnt bezeichnet.«

»Menschliche?« fragte Kirk. »Schade, daß wir keine Zeit haben, uns jetzt darum zu kümmern. Wir müssen so schnell wie möglich das Ryeatalyn finden.«

Wieder setzten sie sich in Bewegung, und wieder wurden sie aufgehalten – diesmal war es ein leises Schwirren, das hinter ihnen ertönte. Als sie sich umwandten, sahen sie hinter einem Felsen einen Gegenstand auftauchen, der nur ein Robot sein konnte: eine runde Metallkugel, etwa von der Größe eines Wasserballs, die frei in der Luft schwebte. Seine Oberfläche war mit zahlreichen Auswüchsen und Lichtquellen bedeckt, deren Funktion sie nicht erraten konnten. Die Metallkugel schwebte etwa in Brusthöhe auf sie zu, Lichter blinkten drohend.

Die drei Männer zogen ihre Phaser. Ein rotes Licht auf der Metallhaut des Robots leuchtete auf, und im selben Augenblick stand ein Busch dicht neben Kirk in hellen Flammen.

Kirk und die beiden anderen Männer feuerten zurück oder versuchten es zumindest. Aber alle drei Phaser versagten. Und der Robot schwebte immer näher.

»Töte sie nicht«, sagte eine tiefe Männerstimme. Der Robot verhielt schwebend wenige Meter vor ihnen. Hinter dem Felsen trat nun ein Mann hervor; er war von muskulöser Gestalt und etwa 40 Jahre alt; in seinen Bewegungen und seiner Haltung lagen Würde, Sicherheit und Autorität.

»Danke«, sagte Kirk erleichtert. »Ich bin Captain James Kirk, vom Raumschiff...«

»Ich weiß, wer Sie sind. Ich habe Ihr Schiff verfolgt, seit Sie in dieses Sonnensystem eingedrungen sind.«

»Dann wissen Sie auch, warum wir hier sind, Mr....«

»Flint – Ich fordere Sie auf, meinen Planeten sofort zu verlassen.«

»*Ihren* Planeten, Sir?« sagte Spock.

»Ja. Meinen Planet, meine Zufluchtsstätte vor den Unerfreulichkeiten der Erde und vor der Gesellschaft anderer Menschen.«

»Mr. Flint, ich habe eine an Rigellianischem Fieber erkrankte Besatzung«, sagte Kirk. »Wir können unmöglich rechtzeitig zu einem anderen Planeten gelangen. Es tut uns leid, daß wir Sie stören müssen, und wir werden Sie so bald wie nur möglich auch wieder verlassen. Bitte haben Sie Verständnis, aber wenn Sie uns das Ryeatalyn verweigern, verurteilen Sie vierhundertdreißig Menschen zum Tode!«

»Aber ich sagte Ihnen doch...«

»Es ist ein *Notfall.* Wir wollen ja für das Ryeatalyn bezahlen. – Oder Ihnen den Gegenwert des benötigten Minerals in Waren geben. Oder ihn abarbeiten.«

»Ich habe alles, was ich brauche«, sagte Flint störrisch.

»Ich bitte Sie. Wir *müssen* das Ryeatalyn haben. Wenn es notwendig sein sollte, holen wir es uns mit Gewalt.«

»Ich habe die notwendigen Mittel, Sie zum Verlassen des Planeten zu zwingen – oder Sie auf der Stelle zu töten«, sagte Flint kalt.

Kirk riß wütend seinen Kommunikator heraus und schaltete ihn ein. »Kirk an *Enterprise.* Mr. Scott, richten Sie die Phasergeschütze auf unsere Koordinaten.«

»Aye, aye, Captain. Alle Phasergeschütze gerichtet.«

»Falls uns irgend etwas zustoßen sollte, »gibt es vier Tote«, sagte Kirk zu Flint. »Und meine Besatzung wird dann herunterkommen und sich das Ryeatalyn holen.«

»Das wäre ein interessantes Experiment«, sagte Flint nachdenklich. »Ihre enormen Waffen gegen die meinen. Wer würde wohl gewinnen?«

»Wenn Sie nicht sicher sind«, sagte Spock, »würde ich Ihnen doch raten, dieses völlig nutzlose Experiment zu unterlassen.«

»Wir brauchen nur ein paar Stunden«, setzte Kirk hinzu.

»Haben Sie schon jemals ein Opfer des Rigellianischen Fiebers gesehen?« fragte McCoy. »Es tötet seine Opfer innerhalb eines Tages. Und die Symptome gleichen denen der Beulenpest.«

Flint blickte gedankenverloren an ihnen vorbei. »Konstantinopel, Sommer 1334. Die Pest zog durch die Straßen – durch die Abwässerkanäle. Und sie breitete sich aus, verließ die Stadt auf Ochsenkarren, auf Schiffen und brachte die Hälfte der Bevölkerung ganz Europas um. Und dann die Ratten... die in der Nacht umherschlichen und quiekten, auch sie starben...«

»Sie scheinen sich viel mit Geschichte zu beschäftigen, Mr. Flint«, versuchte Spock einzulenken.

»Sehr richtig.« Er schüttelte den Kopf. »Die *Enterprise* – ein Pestschiff. – Also gut, ich gebe Ihnen zwei Stunden. Nach Ablauf dieser Frist werden Sie meinen Planeten verlassen.«

»Herzlichen Dank«, sagte Kirk trocken. »Mr. Spock, Pille...«

»Sie brauchen sich nicht selbst zu bemühen«, sagte Flint und deutete auf den Robot. »M-4 wird das Ryeatalyn für Sie sammeln. Ich bitte Sie, inzwischen meine Gäste zu sein.«

Das Zuhause Mr. Flints lag unter der Oberfläche des Planeten. Er führte seine Gäste in eine riesige Halle, die mit allem erdenklichen Luxus eingerichtet war. Am eindrucksvollsten waren die Kunstwerke. Dutzende von kostbar gerahmten Gemälden bedeckten drei Wände der Halle. Die vierte wurde von einem riesigen Bücherregal eingenommen. Zahllose Statuen standen herum, Büsten, Gobelins, beleuchtete Glasvitrinen, in denen aufgeschlagene Bücher und Manuskripte von unschätzbarem Alter und unermeßlichem Wert lagen, und sogar ein Konzertflügel fehlte nicht. Es war angenehm warm, komfortabel, und die Einrichtung wirkte trotz der vielen Kunstgegenstände behaglich – es war gleichzeitig ein Museum und ein Heim.

»Die Sensoren unseres Schiffes haben seltsamerweise kein organisches Leben auf diesem Planeten registriert, Mr. Flint«, sagte Spock, der interessiert die Kunstwerke musterte.

»Mein Planet ist von einer Abschirmung umgeben, die den Eindruck der Unbelebtheit bewirkt. Ein Schutz gegen die Neugierigen – gegen unerwünschten Besuch.«

»Es muß schwierig sein, so einen Haushalt zu führen, allein schon diese Kunstwerke zu pflegen.«

»M-4 ist mein Butler, mein Haushälter, Gärtner und Wächter.«

McCoy betrachtete ehrfürchtig den Inhalt einer beleuchteten Vitrine. »Ich traue meinen Augen nicht, Mr. Flint. Eine Erstausgabe Shakespeares – eine Gutenberg-Bibel – und noch ein paar der seltensten Bücher, die es in der ganzen Galaxis gibt!«

»Bitte machen Sie es sich bequem«, sagte Flint. »Und bedienen Sie sich von dem Brandy, meine Herren.« Er ging hinaus.

»Was meinen Sie, können wir ihm trauen?« fragte McCoy.

»Das wäre nur logisch – jedenfalls im Moment«, sagte Spock.

»Ich brauche zwei Stunden«, sagte McCoy, »um das Ryeatalyn zu einem Antitoxin zu verarbeiten.«

»Wenn wir das Zeug nicht in einer Stunde haben, holen wir es uns selbst«, sagte Kirk, »ob es Mr. Flint paßt oder nicht.«

Spock betrachtete einige der Gemälde. »Dies ist die wertvollste private Kunstsammlung, die ich jemals gesehen habe«, sagte er anerkennend. »Wirklich einzigartig. Die meisten Arbeiten stammen von drei Männern: Leonardo da Vinci aus dem 16. Jahrhundert, Reginald Pollock aus dem 20. Jahrhundert, und da ist sogar ein Sten von Markus II.«

»Und dies«, sagte McCoy, der an die Bar getreten war, und hob eine Flasche hoch, »ist echter Brandy von Sirius, über hundert Jahre alt. Wo sind denn hier die Gläser, Jim? – Und Sie, Spock? Ach so, Sie trinken ja nicht. Gott verhüte, daß Ihre mathematisch-perfekten Gehirnwellenmuster von diesem kostbaren Naß, Gegenstand einer alten menschlichen Schwäche, gekräuselt werden.«

»Danke, Doktor. Ich nehme gerne einen Brandy.«

»Was meinst du, Jim, ob wir zusammen in der Lage sind, mit einem betrunkenen Vulkanier fertig zu werden?« fragte McCoy. »Wenn Alkohol in dieses grüne Blut gelangt...«

»Es wird nichts passieren, mit dem ich nicht besser fertig werden kann als Sie«, sagte Spock, nachdem er einen vorsichtigen Schluck genommen hatte. »Wenn ich Ihnen jetzt etwas abwesend vorkomme, so ist es lediglich darauf zurückzuführen, daß ich gerade eine völlig ungewohnte Emotion habe.«

»*Darauf* wollen wir trinken«, sagte McCoy. »Und was für eine Emotion ist das?«

»Neid. Keines dieser da Vinci-Gemälde ist jemals katalogisiert oder reproduziert worden. Es sind alles *unbekannte* Werke. Und alle sind meinem Urteil nach authentisch – bis zum letzten Pinselstrich. Als unentdeckte da Vincis wären sie von geradezu unermeßlichem Wert.«

»Wären?« fragte Kirk. »Glauben Sie denn, daß es vielleicht Fälschungen sind?«

»Sehr eigenartig«, sagte Spock leise. »Ein Mann von Flints Vermögen und untadeligem Geschmack würde doch bestimmt keine Fälschungen aufhängen. Dennoch zeigt die Analyse meines Tricorders an, daß sowohl die Leinwand als auch die verwendeten Farben neueren Ursprungs sind.«

»Vielleicht«, sagte Kirk nachdenklich, »ist dies alles gar nicht wirklich, sondern nur Dekoration – oder sogar nur eine Illusion.«

»Das würde die Gemälde erklären«, sagte McCoy. »Sie sind den echten da Vincis *ähnlich* und...«

»Einer von euch muß eine Tricorder-Analyse von unserem Gastgeber machen«, sagte Kirk. »Prüft nach, ob er überhaupt ein menschliches Wesen ist.«

»Sowie er zurückkommt«, nickte McCoy.

Kirk schaltete seinen Kommunikator ein. »Kirk an *Enterprise*. Mr. Scott, sehen Sie mal nach, ob wir in der Datenbank Material über einen Mr. Flint haben. Und über diesen Planeten, Holberg 917–G. Halten Sie die Ergebnisse bereit. Ich rufe die Information dann ab.«

»Aye, aye, Sir.«

»Kirk Ende. – Und jetzt wollen wir wirklich diesen Brandy genießen. Er *schmeckt* wenigstens real.«

Doch als er das Glas an die Lippen hob, hörte er wieder das Schwirren des Robots M-4. Die Männer verhielten sich reglos, als die Maschine auf sie zuschwebte und über einem großen, niedrigen Tisch stehenblieb. Eine Klappe öffnete sich, und einige Dutzend Kristalle eines weißlichen Minerals fielen auf die Tischplatte. Die Klappe schloß sich wieder, der Robot schwebte einen Meter zurück und verharrte in der Luft.

McCoy nahm einen der Kristalle in die Hand. »Das sieht aus wie... Es ist Ryeatalyn! Und sogar schon verarbeitet – es muß nur noch in Antitoxin verwandelt werden!«

»Auf jeden Fall hat unser Gastgeber sein Wort gehalten«, sagte Kirk. »McCoy, beamen Sie sofort an Bord zurück und beginnen Sie mit der Verarbeitung.«

»Das ist nicht notwendig«, sagte Flint, der zur Tür hineintrat. »M-4 kann das Ryeatalyn in meinem Labor viel schneller verarbeiten, als Sie es in Ihrem Raumschiff könnten.«

»Das muß ich mir ansehen«, sagte McCoy.

»Gern. Und anschließend, hoffe ich, werden Sie meine Gäste beim Abendessen sein.«

»Vielen Dank, Mr. Flint«, sagte Kirk, »aber ich fürchte, dazu haben wir keine Zeit.«

»Ich muß mich für meine anfängliche Ungastlichkeit entschuldigen«, sagte er, wandte sich um und streckte die Hand aus.

Ein atemberaubend schönes Mädchen in losen, wallenden Gewändern trat durch die Tür und blieb neben ihm stehen. Sie blickte die drei Fremden neugierig und ängstlich an.

Die beiden traten auf sie zu. Das Mädchen war sich des bezaubernden Charmes, den es ausstrahlte, anscheinend nicht bewußt.

»Ich habe angenommen, daß Sie völlig allein leben, Mr. Flint«, sagte Kirk, als er sich von seiner Überraschung erholt hatte.

»Nicht ganz«, sagte Flint lächelnd, »Meine Herren, ich darf Ihnen Rayna Kapec vorstellen.«

Nachdem man sich miteinander bekannt gemacht hatte, sagte das Mädchen: »Mr. Spock, ich hoffe sehr, daß Sie ein wenig Zeit erübrigen können, um mit mir über interuniversale Felddichten und ihre Beziehungen zu Schwerkraftphänomenen zu diskutieren. Mit diesem Problem beschäftige ich mich zur Zeit.«

Falls Spock von dieser Eröffnung überrascht war, so ließ er sich zumindest nichts anmerken. »Mit dem größten Vergnügen«, sagte er. »Dieses Gebiet hat auch mich immer besonders interessiert.«

»Ihre Eltern sind in meinem Dienst durch einen Unfall ums Leben gekommen«, erklärte Flint. »Bevor sie starben, haben sie mir ihr Kind, Rayna, anvertraut. Ich habe sie aufgezogen und ausgebildet.«

»Mit sehr eindrucksvollem Ergebnis, Sir«, sagte McCoy. »Rayna, was interessiert Sie noch außer Schwerkraftphänomenen?«

»Alles.«

»Alles, was es im Universum gibt?« fragte McCoy. »Das gesamte

Wissen? Aber es gibt doch noch etwas anderes im Leben als nur das Sammeln von Informationen.«

»Raynas Wissen entspricht dem von siebzehn abgeschlossenen Studien, sowohl in den Naturwissenschaften als auch in den Geisteswissenschaften«, sagte Flint. »Sie ist sich völlig klar darüber, daß der Intellekt nicht alles ist – aber seine Entwicklung muß das wichtigste Ziel aller Ausbildung sein und bleiben, wenn man Fehler vermeiden und nicht viel Zeit an unnütze Dinge verschwenden will.«

»In ihrem Alter haben mir meine Fehler ziemlich viel Spaß gemacht«, sagte McCoy. »Aber anscheinend bekommt es Ihnen recht gut, Rayna. Entschuldigen Sie die Bemerkung, aber Sie scheinen mir alles andere als ein Bücherwurm zu sein, wenn ich Sie so vor mir sehe.«

»Flint ist ein ausgezeichneter Lehrer. Sie sind die ersten Menschen, die ich außer ihm jemals gesehen habe.«

Kirk starrte sie an, und er wußte nicht recht, ob er über das eben Gesagte froh sein sollte oder nicht. Aber es ging ihn ja nichts an.

Flint sagte: »Wenn Sie jetzt meinem Robot ins Labor folgen wollen, können Sie sich selbst davon überzeugen, daß die Verarbeitung des Ryeatalyns in besten Händen ist.«

McCoy nahm die Ryeatalyn-Kristalle vom Tisch und blickte M-4 unsicher an. Der Robot wandte sich zur Tür und schwebte hinaus. McCoy folgte ihm schweigend.

»Und womit kann ich Sie jetzt unterhalten, meine Herren?« fragte Flint. »Schach? Billard? Konversation?«

Flint starrte Rayna an. »Warum nicht alle drei?« fragte er abwesend.

Kirk hatte lange nicht mehr Billard gespielt und entdeckte, daß Rayna viel besser war als er. Konzentriert bereitete er sich auf einen schwierigen Stoß vor. Flint und Spock sahen ihm zu.

Flint sagte: »Ich habe Rayna mit allem umgeben, was die menschliche Kultur an Schönem und Gutem zu bieten hat – mit ihren Schätzen an künstlerischer Ausdruckskraft und wissenschaftlicher Weisheit.«

Kirks Stoß ging daneben.

»Ich habe sie vor allem Bösen beschützt, das der Mensch hervorgebracht hat«, fuhr Flint fort. »Das Resultat sehen Sie, Captain.«

Rayna mußte die Kugel mit dreifacher Bande stoßen. Sie schaffte es mit Leichtigkeit. Kirk richtete sich resigniert auf.

»Haben Sie ihr auch *das* beigebracht?« fragte er kopfschüttelnd.

»Wir spielen sehr oft.«

»Darf ich es Ihnen zeigen, Captain?« fragte Rayna. Sie trat dicht neben ihn und korrigierte seinen Griff am Queue.

»Sie sprachen eben vom Bösen, Mr. Flint«, sagte Kirk. »Wie lange ist es her, daß Sie die Erde nicht mehr besucht haben?«

»Sie wollen mir jetzt wahrscheinlich sagen, daß es keine Grausamkeiten mehr gibt. Aber das stimmt nicht, Captain. Sehen Sie sich doch nur Ihr eigenes Sternenschiff an – mit all seinen fürchterlichen Waffen...«

Kirk und Rayna standen dicht nebeneinander, ihre Arme über dem Queue verschränkt, als sie ihm die Feinheiten ihrer Technik zeigte. Kirk entdeckte, daß er sich nicht mehr auf Flints Erklärungen konzentrieren konnte.

»...die dazu dienen, zu kolonisieren, auszubeuten und auch zu zerstören, wenn es das Interesse der Föderation verlangt.«

Kirk führte den Stoß aus. Und diesmal war er recht gut.

»Unsere Missionen sind friedlich«, sagte er, »und unsere Waffen dienen allein der Verteidigung. Wenn wir wirklich solche Barbaren wären, hätten wir Sie nicht um das Ryeatalyn *gebeten.* Ihre Haltung, und nicht die unsere, ließ Friedfertigkeit und Entgegenkommen vermissen.«

»Das Resultat von Eindrücken, mit denen Sie eigentlich nichts zu tun haben.«

Spock hatte sich an den Flügel gesetzt und betrachtete aufmerksam die Noten, die aufgeschlagen auf dem Notenpult lagen.

»In jedem Menschen«, sagte Kirk, »lauert die Bestie seiner Instinkte und drängt ihn, das zu tun, was Sie als das Böse bezeichnen. Wir haben alle unsere privaten Höllen, unsere inneren Triebe und Mysterien. Und das wird wohl immer so bleiben, weil wir Menschen sind.« Er wandte sich an Rayna, die darüber überrascht schien, daß irgend jemand wagte, Flint zu widersprechen. »Mensch sein, das heißt komplex sein. Man kann sich nicht vor allem Häßlichen verkriechen, weder vor dem, das in einem ruht, noch vor dem, das außen ist. Es gehört einfach dazu zum Leben.«

Spock begann, das vor ihm aufgeschlagene Notenblatt abzuspielen. Flint blickte zu ihm hinüber, offensichtlich war ihm plötzlich eine Idee gekommen.

»Warum spielen Sie nicht einen Walzer, Mr. Spock?« Er wandte sich an Kirk. »Zum Menschsein gehört auch der Wunsch nach dem Vergnügen, nach dem Lachen – dem Tanzen. Rayna ist wirklich eine wunderbare Tänzerin.«

Spock spielte einen Walzer. Kirk verneigte sich leicht vor Rayna. »Darf ich bitten?«

Sie glitt in seine Arme. Die ersten Schritte waren nicht sehr elegant; Kirk hatte eine Ewigkeit nicht mehr getanzt. Doch sie war leicht zu führen und lag wie eine Feder im Arm. Sie lächelte ihn an, und auf ihrem Gesicht war ein Ausdruck von Bewunderung und Neugier. Flint blickte mit einer Art väterlichem Wohlwollen zu den beiden hinüber. Er schien aber über irgend etwas nachzugrübeln. Spock spielte ausgezeichnet angesichts des Umstandes, daß die Noten sehr flüchtig mit der Hand geschrieben waren, doch in seinem Gesicht stand ein Ausdruck, der darauf hindeutete, daß er sich nicht nur auf das Lesen der Noten konzentrierte.

Als Kirk und Rayna an Flint vorbeiglitten, lächelte sie ihn strahlend an. Flint erwiderte das Lächeln – doch der grüblerische Ausdruck auf seinem Gesicht verstärkte sich.

In diesem Augenblick kam McCoy zurück, und sein Gesicht war mehr als grimmig. Spock hörte auf zu spielen, Rayna und Kirk lösten sich voneinander.

»Stimmt etwas nicht?« fragte Kirk.

»Wir sind am Ende. Das Ryeatalyn taugt nichts! Wir können es nicht gebrauchen. Es enthält Irillium – in einem Verhältnis von fast eins zu tausend.«

»Und Irillium würde das Antitoxin wirkungslos machen?« fragte Spock.

»Völlig.«

»Schade, daß wir das nicht gleich entdeckt haben«, sagte Kirk. »Ich werde zusammen mit M-4 neues Ryeatalyn holen und es selbst auf Beimischungen überprüfen. Sie können mitkommen, wenn Sie Lust haben, Doktor.« Er ging hinaus, um den Robot zu holen.

»Wieviel Zeit bleibt uns noch, McCoy?« fragte Kirk.

»Etwas mehr als zweieinhalb Stunden. Wir könnten es noch schaffen. So etwas habe ich noch nie gesehen, Jim. Dieser Robot arbeitet unvorstellbar schnell. Wir hätten doppelt so lange gebraucht, um das Zeug zu verarbeiten.«

»Aber wäre uns dieser Fehler auch unterlaufen?« fragte Kirk mißtrauisch.

»*Ich* habe den Fehler begangen. Ich habe mit einer derartigen Beimischung überhaupt nicht gerechnet, weil sie überaus selten ist. Erst bei der Untersuchung des fertigen Antitoxins habe ich es entdeckt. Was machen wir, wenn alles Ryeatalyn auf diesem Planeten Irillium enthält?«

»Gehen Sie mit Flint. Ich möchte, daß Sie dabei sind.«

»Ich werde aufpassen wie ein Falke«, sagte McCoy. »Dieses Labor ist wirklich ganz außergewöhnlich. Sie und Spock sollten es sich einmal ansehen.«

Er verließ den Raum und folgte Flint. Spock erhob sich vom Klaviersessel und nahm das Notenblatt auf.

»Es ist hier noch etwas Außergewöhnliches«, sagte er. »Der Walzer, den ich eben gespielt habe, ist von Johannes Brahms. Aber diese Noten sind handschriftlich, Captain! Das wäre noch nicht erstaunlich, aber es ist Brahms *eigene* Handschrift, die ich erkenne. Es ist ein unbekanntes Stück – ohne jeden Zweifel eine Komposition von Brahms – aber völlig unbekannt.«

»Später, Mr. Spock«, sagte Kirk. »Ich glaube, wir sollten uns jetzt dieses Laboratorium ansehen. Von ihm hängt jetzt unser Leben ab. Wenn wir das Irillium aus dem bereits hergestellten Antitoxin entfer-

nen könnten... Wo ist denn Rayna geblieben?«

»Ich habe nicht gesehen, daß sie fortgegangen ist, Captain. Ich war ganz damit beschäftigt...«

»Schon gut. Bleiben Sie bitte hier. Sagen Sie mir Bescheid, wenn McCoy und Flint zurückkommen.«

Spock nickte und setzte sich wieder an den Flügel. Als Kirk den Raum verließ, hörte er wieder die Klänge des Walzers.

Er fand das Labor ohne Schwierigkeiten. Und es war wirklich außergewöhnlich, es war mit einer unglaublichen Ansammlung aller möglichen Geräte und Instrumente ausgerüstet; nur von den wenigsten konnte er den Verwendungszweck erraten. Wozu mochte Flint so eine Installation benötigen? Sie deutete auf intensive Forschungsarbeit hin. Waren die intellektuellen Möglichkeiten dieses Mannes denn wirklich unbegrenzt?

Plötzlich sah Kirk, daß er nicht allein im Raum war. Rayna stand auf der anderen Seite des Labors vor einer anderen Tür. Sie hatte die Hände vor ihrem Leib gefaltet; sie machte einen etwas geistesabwesenden, in sich gekehrten Eindruck, als denke sie über Fragen, auf die sie keine Antwort fand, nach. Und gleichzeitig wirkte sie ein wenig verängstigt. Sie schien leicht zu zittern.

Kirk trat auf sie zu, und sie wandte sich nach ihm um. Ja, sie schien tatsächlich vor irgend etwas Angst zu haben.

»Sie haben uns alleingelassen«, sagte Kirk vorwurfsvoll. »Es war einsam ohne Sie.«

»Einsam? Das Wort kenne ich nicht.«

»Einsamkeit ist ein Zustand, in dem man sich nach einem anderen Menschen sehnt. Es ist ein Gefühl wie – wie der Durst einer Blume, die in der Wüste verdorrt.« Kirk hielt inne, selbst überrascht über diesen plötzlichen Ausbruch von Poesie und Phantasie. Er blickte an ihr vorbei zu der anderen Tür. »Wohin führt sie?« fragte er.

»Ich weiß es nicht. Flint hat mir verboten, sie zu öffnen. Es ist das einzige, was er mir jemals verboten hat...«

»Warum sind Sie dann hier?«

»Ich – ich weiß es auch nicht. Ich komme immer her, wenn ich irgendwelche Probleme habe – wenn ich mit mir selbst nicht fertig werde.«

»Und haben Sie jetzt Probleme?«

»Ja.«

»Darf ich fragen, welche?«

Sie blickte ernst und suchend in seine Augen, aber sie antwortete nicht. »Sind Sie eigentlich glücklich hier, mit Flint?«

»Er ist der größte, der beste und weiseste Mensch der ganzen Galaxis.«

»Warum haben Sie dann Angst? Und Sie *haben* Angst, das sehe ich Ihnen an.« Er legte schützend seinen Arm um sie. Sie zitterte ein wenig. »Rayna, es ist alles kalt und trostlos hier. Denken Sie doch an irgend etwas anderes, an eine perfekte, idyllische Welt – eine Welt, von der Kinder träumen können...«

»Ja, träumen. – Meine Kindheit – ich erinnere mich an dieses Jahr... das vergangene Jahr...«

Was hatte Flint diesem Mädchen angetan? Sie blickte ihn verwirrt an. »Sie dürfen keine Angst haben«, sagte er leise und küßte sie. Es sollte nur ein harmloser, tröstender Kuß werden, aber als er sich von ihr löste, spürte er, daß es weit mehr war. Er beugte sich noch einmal über ihr Gesicht.

Sie bog den Kopf nach hinten, und dabei sah sie flüchtig über seine Schulter. Plötzlich weiteten sich ihre Augen vor Entsetzen.

»Nein!« schrie sie, »nein, nein!«

Kirk fuhr herum und hörte zu spät das Schwirren des Robots. Die Maschine schwebte mit unheilvoll flackernden Lichtern auf ihn zu. Er stellte sich schützend vor das Mädchen. Unaufhaltsam glitt der Robot näher.

»Halt!« schrie Rayna.

Aber M-4 hielt nicht.

Kirk stieß Rayna zur Seite und zog sich vor der langsam näherkommenden Maschine zurück. Dann riß er seine Phaserwaffe heraus und drückte ab. Aber wie er vermutet hatte, versagte die Waffe.

»Halt!« schrie Rayna immer wieder. »Halt! Halt!«

Der Robot trieb Kirk in eine Ecke. Kirk sah keine andere Möglichkeit, als sich in einem wilden, verzweifelten Angriff auf die seelenlose Maschine zu stürzen. Ein völlig sinnloses Unternehmen, sah er ein, aber er hatte keine andere Wahl.

Plötzlich hörte er den zischenden Energiestoß eines Phasers, und der Robot war verschwunden.

Spock bog um die Ecke einer riesigen Maschine und steckte seine Waffe in den Halfter zurück.

Kirk fuhr mit der Hand über seine schweißnasse Stirn. »Vielen Dank, Mr. Spock«

»Glücklicherweise war der Robot zu sehr mit Ihnen beschäftigt, um auch meine Waffe zu deaktivieren«, sagte Spock. »Übrigens, Dr. McCoy und Mr. Flint sind eben mit dem Ryeatalyn zurückgekehrt.«

War Rayna in Ordnung? Kirk ging zu ihr. Sie schien unverletzt zu sein. Plötzlich hob sie eine Hand und berührte damit seine Lippen. Dann wandte sie sich von ihm ab, mit weit geöffneten Augen, und tief in Gedanken versunken.

Sie waren wieder in der riesigen Halle, Spock, Rayna und ein sehr wütender Kirk. Flint wirkte völlig ruhig. Hinter seinem Rücken stand Spock und richtete seinen Tricorder auf ihn.

»M-4 war dafür programmiert, dieses Haus und seine Bewohner zu beschützen«, sagte Flint ruhig. »Ich hätte natürlich die Instruktionen insoweit ändern müssen, um zwar unautorisierte, aber doch voraussehbare Übergriffe ihrerseits zu berücksichtigen. Der Robot mußte natürlich annehmen, daß Sie Rayna angriffen. Eine bedauerliche Fehleinschätzung.«

Kirk war durchaus nicht sicher, ob er diese Erklärung glauben sollte. Er trat einen Schritt auf Flint zu.

»Wenn M-4 jetzt hier wäre, würde er wohl auch annehmen...«

Whirrrr!

Der Robot war wieder da – oder zumindest ein exaktes Duplikat davon – und schwebte langsam auf Kirk zu.

»So ein Gerät ist wirklich zu praktisch, um es entbehren zu können«, sagte Flint, »deshalb habe ich sofort ein weiteres hergestellt. – Geh ins Laboratorium zurück, M-5.«

Spock klappte seinen Tricorder zu. »Materie aus Energie«, sagte er. »Das Duplizieren mittels einer vorhandenen Matrize, nehme ich an.«

Flint nickte, ohne Kirk aus den Augen zu lassen.

»Ihr Glück, daß Sie mich nicht wirklich angegriffen haben, Captain. Ich schätze, daß ich fast doppelt so stark bin wie Sie.«

»Um Ihre eigenen Worte zu gebrauchen: Das wäre vielleicht ein interessantes Experiment.«

»Wie kindisch er ist, nicht wahr, Rayna? Würdest du ihn als mutig bezeichnen oder als einen Narren?«

»Ich bin froh darüber, daß er nicht getötet worden ist«, sagte Rayna leise.

»Natürlich. Jeder Tod eines Lebewesens ist tragisch. Captain, Dr. McCoy ist im Laboratorium. Er hat das neue Ryeatalyn untersucht und sich von seiner chemischen Reinheit überzeugt. Ich schlage vor, daß Sie hier warten, ruhig – und sicher. Sie haben gesehen, daß mein Schutzsystem automatisch funktioniert – wenn auch nicht immer in Übereinstimmung mit meinen Wünschen.«

Von der Wahrheit dieses letzten Satzes war Kirk durchaus nicht überzeugt.

Flint legte seine Hand auf Raynas Arm. »Komm, Rayna!«

Nach einem letzten Blick auf Kirk schritt sie an seiner Seite aus der Halle. Kirk wollte ihnen folgen, doch Spock hielt ihn zurück.

»Mir gefällt es nicht, wie er sie herumkommandiert«, sagte Kirk erbost.

»Angesichts der Tatsache, daß die Beschaffung des Ryeatalyns von Mr. Flints Wohlwollen abhängt, möchte ich respektvoll vorschlagen, Captain, daß Sie in Zukunft der jungen Dame etwas weniger Aufmerksamkeit widmen, falls Sie ihr noch einmal begegnen sollten. Das Interesse unseres Gastgebers scheint sich nicht allein auf die Künste und Wissenschaften zu beschränken.«

»Sie meinen, daß er sie liebt?« fragte Kirk.

»Zumindest deutet vieles darauf hin.«

»Eifersucht! Das könnte diesen Angriff erklären. Aber ich habe trotzdem den Eindruck, daß er unser Zusammensein *will.* Denken Sie an das Billardspiel. Außerdem hat *er* uns vorgeschlagen, zu tanzen.«

»Das scheint allerdings jeder Logik des typisch männlichen Verhaltens zu widersprechen«, mußte Spock zugeben.

Nach einer kurzen, bedrückenden Pause schaltete Kirk seinen Kommunikator ein.

»Kirk an *Enterprise.* Mr. Scott, wie ist die Lage an Bord?«

»Verheerend, Captain. Fast die ganze Besatzung ist infiziert, Sir. Wir haben kaum genug Leute, um den normalen Schiffsbetrieb aufrechterhalten zu können, und warten dringend auf das Gegenmittel.«

»Wir sind bald soweit, Scotty. Was hat der Computer über Mr. Flint gewußt?«

»Keinerlei Unterlagen über Mr. Flint. Er scheint überhaupt keine Vergangenheit zu haben. Der Planet wurde vor dreißig Jahren von einem Mr. Nova gekauft, einem reichen Finanzier und Eigenbrötler.«

»Führen Sie die gleichen Recherchen über eine gewisse Rayna Kapec durch, nach dem Tod ihrer Eltern zur Waise geworden.«

»Aye, Captain.«

Als Kirk den Kommunikator wieder abschaltete, sagte Spock: »Es gibt noch ein weitaus größeres Geheimnis hier. Während Sie und Mr. Flint in Ihren kindischen Streit verstrickt waren, habe ich einen Tricorder-Test an ihm durchgeführt. Er ist durchaus real und auch ein Mensch und doch ein biologisches Phänomen: Meine Instrumente haben ein ungewöhnlich hohes Alter nachgewiesen – er ist etwa sechstausend Jahre alt.«

»Sechstausend! Das ist doch völliger Unsinn. Sind Sie auch sicher, Spock, daß Ihr Tricorder noch richtig funktioniert?«

»Wenn wir an Bord zurückkehren, werde ich die Daten sofort in Dr. McCoys medizinischen Computer einspeichern.«

»Wieviel Zeit haben wir noch?«

»Wir müssen in spätestens zwei Stunden und achtzehn Minuten mit der Behandlung der schwersten Fälle beginnen, sonst haben wir bald noch mehr Tote zu beklagen.«

Kirk runzelte die Stirn. »Warum dauert es diesmal nur so lange?«

»Die Verzögerung könnte Absicht sein.«

»Ja«, sagte Kirk grimmig. »Allmählich verstärkt sich auch bei mir der Eindruck, als ob er uns zu einem ganz bestimmten Zweck hierbehalten wollte.«

»Sehr merkwürdig. Einerseits scheint Mr. Flint uns so lange wie möglich als Gäste hierbehalten zu wollen, andererseits bewacht er uns mit äußerstem Mißtrauen. Ich vermute, daß er immer genau weiß, was wir tun, daß er uns irgendwie bewacht.«

Der Kommunikator summte.

»Hier Kirk.«

»Hier Scott, Sir. Es gibt auch keinerlei Unterlagen über eine Rayna Kapec.«

»Gar nichts?«

»Nein, Sir. Genau wie im Fall Flint.«

»Danke, Scotty. Kirk Ende!«

Genau wie im Fall Flint. Zwei Menschen ohne jede Vergangenheit. Aber wie war sie dann hierher gekommen? Womit konnte er sie halten?

»Wir haben nicht mehr viel Zeit«, sagte Spock drängend.

»Sie haben recht.« Kirk schüttelte den Gedanken an Rayna ab. »Wir müssen McCoy suchen.«

Als sie auf die Tür zugingen, trat Rayna herein. Sie schien sehr erregt. »Captain!« rief sie.

»Gehen Sie schon vor, Spock, wir treffen uns im Laboratorium.«

Als sie allein waren, sagte Rayna: »Ich bin gekommen, um mich von Ihnen zu verabschieden.«

»Aber ich möchte nicht von Ihnen Abschied nehmen!«

»Ich bin so froh, daß Sie am Leben bleiben werden.«

Kirk blickte sie prüfend an. Sie wirkte so unschuldig, so unsicher, und doch lag unter diesem Äußeren eine gewisse Dringlichkeit. Reglos stand sie ihm gegenüber. Wie festgenagelt von Kräften, die sie nicht verstand.

Er trat auf sie zu. »Jetzt weiß ich, *wozu* ich gelebt habe.« Er nahm sie in seine Arme und küßte sie. Dieser zweite Kuß war viel länger und intensiver als der erste, und ihre Erwiderung verlor plötzlich alle Unschuld.

»Komm mit uns«, sagte Kirk heiser.

»Mein Platz ist…«

»Dein Platz ist dort, wo du willst. Und wo willst du sein?«

»Bei dir.«

»Dann komm mit.«

»Nein, ich gehöre hierher«, sagte sie.

»Komm mit. Ich werde dich glücklich machen.«

»Hier habe ich mich immer sicher gefühlt.«

»Für jeden geht die Kindheit einmal zu Ende. Du liebst doch mich und nicht Flint.«

Eine ganze Weile sagte sie kein Wort. Sie schien kaum zu atmen. Dann befreite sie sich mit einer plötzlichen, abrupten Bewegung aus seinen Armen und lief fort. Kirk lief ihr nach, doch dann erinnerte er sich an seine Pflicht und eilte ins Labor.

Als Kirk eintrat, sagte McCoy: »Flint hat uns angelogen. Das Ryeatalyn ist nicht hier.«

»Aber mein Tricorder zeigt an, daß es ganz in der Nähe sein muß«, sagte Spock. »Vermutlich hinter dieser Tür.«

Die Tür, auf die Spock seinen Tricorder gerichtet hatte, war die gleiche, die Flint Rayna zu öffnen verboten hatte.

»Warum führt Flint uns an der Nase herum«, rief Kirk wütend. »Anscheinend sollen wir da hineingehen und es uns holen – wenn wir können! Wir wollen unseren lieben Gastgeber nicht enttäuschen. Phaser auf volle Leistung!«

Aber als sie die Waffen zogen, öffnete sich die Tür wie von selbst. Aus dem dahinter liegenden Raum ertönte ein leises Summen.

Kirk trat als erster hinein. Die Ryeatalyn-Würfel lagen deutlich sichtbar auf einem Tisch. Triumphierend trat Kirk darauf zu. Doch dann sah er plötzlich einen verhüllten Körper auf einer Bahre. An der Bahre war ein Schild mit der Aufschrift *Rayna 16*.

Es war der Körper einer Frau. Das Gesicht war nicht ganz menschlich; es sah aus wie aus weißem Lehm modelliert, wunderbar geformt, doch irgendwie unfertig. Trotzdem, es war unzweifelhaft Raynas Gesicht. Am Kopfende der Bahre war eine Tafel mit Notizen, zumeist mathematische Formeln, wie es schien.

Wie in tiefer Trance ging Kirk weiter zu einer zweiten Bahre. Die Gestalt, die darauf lag, war noch unfertiger als die erste. Ihr Gesicht zeigte noch deutlich die Hand des Bildhauers, der sie geformt hatte; die Gesichtszüge waren grob und roh. Trotzdem, auch sie waren unverkennbar Rayna – *Rayna 17*.

»Physisch durchaus menschlich«, sagte McCoy leise, »und doch kein Mensch. Das sind Modellversuche eines Bildhauers, Jim – das Mädchen ist ein Android!«

»Sehr richtig«, sagte Flints Stimme von der Tür, »von meiner eigenen Hand geschaffen. Durch sie sollten die Jahrhunderte der Einsamkeit endlich vorüber sein.«

»Jahrhunderte?« fragte Kirk.

Spock nickte. »Ihre einmalige Sammlung von Meisterwerken Leonardo da Vincis, Mr. Flint. Viele davon scheinen erst kürzlich geschaffen worden zu sein – auf neuer Leinwand, mit modernen Farben. Und dann, auf Ihrem Flügel, ein Walzer von Johannes Brahms, ein unbekanntes Werk, handschriftlich verfaßt, doch mit moderner Tinte. – Und genauso authentisch wie die Gemälde...«

»Ich bin Brahms«, sagte Flint.

»Und auch da Vinci?«

»Ja.«

»Und wieviel Namen haben Sie noch?« fragte Spock.

»Salomon, Alexander, Lazarus, Methusalem, Merlin, und noch hundert andere, die Sie nicht kennen.«

»Sie wurden geboren...«

»In dem Gebiet der Erde, das später Mesopotamien genannt wurde – im Jahr 3034 v. Chr. Ich war Akharin – ein Soldat, ein Schläger und ein Narr. Ich fiel im Kampf – ein Speer traf mich mitten ins Herz – aber ich starb nicht.«

»Eine Mutation«, sagte McCoy fasziniert. »Sofortige Gewebs-Regeneration; und anscheinend ein vollkommenes, perfektes Gleichgewicht zwischen Anabolismus und Katabolismus. Sie haben also festgestellt, daß Sie unsterblich sind...«

»Und es vor allen anderen geheimgehalten: Ich habe mich niemals lang irgendwo niedergelassen, immer nur einen Teil eines normalen Menschenlebens an einem Ort verbracht – und bin dann weitergezogen, bevor irgend jemand hinter mein Geheimnis kam. Ich verschwand heimlich, in der Nacht, oder täuschte meinen Tod vor.«

»Ihr ungeheurer Reichtum, Ihr Intellekt sind also das Ergebnis jahrhundertelanger Studien und Erwerbungen«, sagte Spock. »Sie haben alle großen Gestalten der Geschichte gekannt...«

»Galilei«, sagte Flint, »Moses, Sokrates, Jesus. Und ich habe hundertmal geheiratet; eine Frau gesucht, geliebt – es war zuerst wie ein kurzer, flüchtiger Duft – dann Alter, Tod, der Geschmack von Staub. Verstehen Sie das?«

Spock nickte. »Sie wollten sich schließlich selbst die perfekte Frau schaffen«, sagte er, »genauso brillant und ebenso unsterblich wie Sie selbst. Eine Gefährtin, die für immer bei Ihnen bleiben würde.«

»Mit meinem Herzen entworfen«, sagte Flint. »Und ich liebe sie.«

»Spock«, flüsterte Kirk, »Sie haben es gewußt.«

»Nicht gewußt, aber geahnt. Mr. Flints Wahl eines Planeten mit reichem Vorkommen von Ryeatalyn... ich hatte gehofft, daß ich mich irrte.«

»Warum haben Sie mir nichts gesagt?« fragte Kirk barsch.

»Hätten Sie mir denn geglaubt?«

»Nein«, sagte Kirk, »niemals. – Ja, ich verstehe.«

»Sie haben Perfektion gefunden«, sagte Flint. »Sie konnten nicht anders, als sie zu lieben. Aber Sie können keine Androiden lieben, Captain. Ich liebe sie; sie ist die Arbeit meiner Hände – mein Eigentum – alles, was ich mir wünsche.«

»Und Sie haben das Ryeatalyn in diesen Raum gebraucht, um mir das zu demonstrieren«, sagte Kirk. »Weiß sie eigentlich Bescheid, was sie ist?«

»Sie wird es niemals erfahren.«

Kirk sagte müde: »Gehen wir, Mr. Spock.«

»Nein, Sie bleiben«, sagte Flint.

»Warum?«

»Weil wir jetzt auch wissen, was *er* ist, Captain.«

»Ganz richtig«, sagte Flint. »Wenn ich Sie gehen lasse, werden bald die Neugierigen kommen – die Narren, die Beamten. Ich habe Sie nicht hergebeten. Sie müssen jetzt auch die Folgen auf sich nehmen.«

»Wir können schweigen«, sagte Spock.

»Das Unglück der Intervention, Mr. Spock. Ich habe es kennengelernt, und ich möchte es nicht noch einmal erleben.« Flint griff nach einem kleinen Kontrollgerät an seinem Gürtel.

Kirk riß seinen Kommunikator heraus.

Flint lächelte, fast mitleidig. »Sie können nicht mehr antworten, Captain. Sehen Sie.«

Eine schwirrende, flirrende Lichtsäule stieg plötzlich aus dem Boden des Labors empor. Und in ihr sahen sie die Gestalt der *Enterprise*, spielzeugklein, einen Meter über dem Boden, mit blinkenden Lichtern.

»Nein!« schrie Kirk.

»Das ist das Experiment«, sagte Flint, »Sie hatten nie eine Chance.«

»Meine Leute...«

»Es wird Zeit, daß Sie ihnen folgen.«

Kirk fühlte sich elend. »Sie haben keine Skrupel, vierhundert Menschenleben auszulöschen? Ausgerechnet Sie, der sich auf Kultur so viel zugute hält und alt genug ist, um es besser zu wissen? – Warum?«

»Ich habe Millionen sterben sehen. Ich kenne den Tod besser als jeder andere Mensch; ich habe viele meiner Feinde mit eigener Hand getötet. Aber ich kenne auch die Gnade: Ihre Mannschaft ist nicht tot, sie ist nur in einem Zwischenstadium, zwischen Sein und Nichtsein.«

»Das ist noch schlimmer als tot«, sagte Kirk wild. »Geben Sie ihnen das Leben wieder!«

»Wenn es Zeit dazu ist – vielleicht in tausend oder zweitausend Jahren. Denken Sie doch, Captain Kirk, Sie werden die Zukunft sehen.«

Flint blickte auf die winzig kleine *Enterprise* hinab. »Ein sehr hübsches Schiff. Vielleicht kann ich etwas davon lernen.«

»Ich verstehe Sie nicht«, sagte Kirk. »Sie waren da Vinci und Brahms und hundert andere berühmte Männer. Sie haben so viel Schönheit gekannt und selbst geschaffen. Sie haben im Lauf ihres Jahrtausende währenden Lebens die Entwicklung der Menschheit aus Grausamkeit und Barbarismus mit angesehen. Und doch können Sie uns *das* jetzt antun?«

»Das waren die Blüten meiner Vergangenheit. Jetzt halte ich die Nesseln der Gegenwart in der Hand. Ich habe heute etwas gesehen – etwas Wunderbares. Etwas, worauf ich lange gewartet, worum ich hart gekämpft habe, und das darf von nichts und von niemandem gefährdet werden: Endlich sind Raynas Gefühle zum Leben erwacht. Und jetzt wird sie sie mir zuwenden, in der Einsamkeit, die ich mir bewahre...«

»Nein!« sagte Raynas Stimme. Sie fuhren herum.

»Rayna!« sagte Flint erschrocken. »Wieviel hast du gehört?«

»Du darfst ihnen das nicht antun!«

»Ich muß.« Flints Hand lag wieder auf dem kleinen Gerät, das er am Gürtel trug.

»Rayna«, sagte Spock mit ruhiger Stimme, *»was werden Sie für ihn empfinden, wenn wir fort sind?«*

Sie antwortete nicht, aber der Ausdruck des Betrogenseins, der Verzweiflung und des Hasses in ihren Augen, mit denen sie Flint anstarrte, waren Antwort genug.

»Es sind *alle* Gefühle in ihr geweckt worden, Mr. Flint«, sagte Spock. »Wenn Sie uns etwas antun, wird sie Sie hassen. Kein schönes Gefühl für eine Ewigkeit, meinen Sie nicht auch, Mr. Flint?«

»Geben Sie mir mein Schiff zurück«, sagte Kirk drängend. »Wir werden Ihr Geheimnis bewahren.«

Flint blickte Kirk lange prüfend an. Dann zuckte er fast unmerklich die Achseln. Er war ein Mann, der schon viele Schlachten verloren hatte. Er griff wieder zu dem kleinen Kontrollgerät, das an seinem Gürtel hing.

Die Lichtsäule mit der winzig kleinen *Enterprise* verblaßte und verschwand.

»Darum also haben Sie die Verarbeitung des Ryeatalyns hinausgezögert«, sagte Kirk bitter. »Sie wußten, was geschehen würde. Sie haben uns absichtlich zusammengeführt, Rayna und mich, weil ich ihre Gefühle wecken konnte. Sie beobachteten den Vorgang wie ein Chemiker, der die Reaktion zweier Chemikalien studiert. Und jetzt wollen Sie einfach meinen Platz einnehmen!«

»Ich werde mir nur nehmen, was mir gehört«, sagte Flint. »Wir gehören zusammen, Captain. Wir sind beide unsterblich. Sie müssen Ihre Gefühle vergessen, Captain. Sie sind völlig unmöglich.«

»Ja, von Anbeginn an«, sagte Kirk mit wachsender Wut. »Sie haben mich ausgenutzt! Ich durfte sie nicht lieben! Aber ich liebe sie: Und *sie liebt mich!*«

Flint warf sich auf ihn. Er war sehr schnell, aber Kirk wich ihm geschickt aus. Wie wütende Tiere standen die beiden Männer einander gegenüber. Spock trat zwischen die beiden Kontrahenten.

»Mit euren primitiven Emotionen könnt ihr die Situation auch nicht ändern«, sagte er kühl.

»Sie können das nicht verstehen! Wir kämpfen um eine Frau!«

»Das stimmt nicht«, sagte Spock. »Sie *ist* keine Frau!«

Kirk trat einen Schritt zurück und hob die Hände. »Es ist sinnlos, Mr. Flint.«

»Ich will nicht die Ursache all dieser Auseinandersetzungen sein«, sagte Rayna. »Ich will nicht. Ich werde selbst entscheiden, wohin ich gehen will – was ich tun will.«

»Ich treffe die Entscheidungen«, sagte Flint.

»Nicht mehr!«

»Rayna...«

»Nein! Ich lasse mich nicht mehr herumkommandieren! Von *niemandem!«*

Kirk starrte sie beschämt an, und es schien, als ob Flint das gleiche empfand. Er streckte ihr die Hand entgegen, aber sie wandte sich ab. Langsam ließ er die Hand sinken. »Sie ist wirklich ein Mensch«, sagte

Kirk leise, »ein Mensch bis in ihr Innerstes, in all ihren Gedanken, Hoffnungen, Gefühlen. Sie und ich haben ein menschliches Lebewesen geschaffen – und der Geist des Menschen ist frei. Sie haben keinen Anspruch auf sie, sie kann tun, was sie will.«

»Kein Mensch ist stärker als ich«, sagte Flint kühl.

»Ich will auch nicht stärker sein«, sagte Kirk resigniert. »Es geht hier auch nicht darum, wer stärker ist. Rayna gehört jetzt niemandem als sich selbst. Sie ist ein Mensch und kann tun, was sie will, denken, was sie will, und *sein*, was sie will.«

Flint nickte müde. »Dafür habe ich auch gekämpft. – Welche Wahl wird sie treffen?«

»Komm mit mir«, sagte Kirk zur ihr.

»Bleib hier«, sagte Flint.

Tränen standen in ihren Augen. »Bis heute war ich kein Mensch«, flüsterte sie, »aber jetzt liebe ich... liebe ich...«

Langsam trat sie auf die beiden Männer zu. Sie schien völlig erschöpft. Sie taumelte, und dann, ganz plötzlich, brach sie wie vom Blitz getroffen zusammen.

Sofort kniete McCoy neben ihr und griff nach ihrem Puls. Auch Flint kniete auf dem Boden und blickte McCoy an. Der schüttelte langsam den Kopf.

Kirk hatte das Gefühl, einen harten Schlag in den Magen zu bekommen. »Was – was ist geschehen?« fragte er.

»Sie hat Sie geliebt, Captain«, sagte Spock leise, »und auch Flint, als ihren Mentor, sogar als ihren Vater. Sie hatte nicht genügend Zeit, um sich den ungeheuren Kräften und Widersprüchen ihrer plötzlich geweckten Emotionen anzupassen. Sie konnte es nicht ertragen, einem von ihnen weh tun zu müssen. Das Glück der Liebe hat sie zum Menschen gemacht – ihr Schmerz hat sie getötet.«

In seiner Stimme lag ein Ton ruhiger, sachlicher Anklage: »Sie haben die Schöpfung, das Werk Gottes, nachahmen wollen: Ein Leben wurde geschaffen. Und gleichzeitig wollten Sie, daß sie ihr Leben nach Ihrem Willen lebe, eine Forderung, auf die selbst Gott immer noch wartet.«

Flint beugte sich über sie, ein gebrochener Mann.

»Du kannst nicht sterben«, schluchzte er, »wir werden immer leben – zusammen. *Rayna*...«

Kirk legte ihm die Hand auf die Schultern.

Kirk saß am Schreibtisch in seiner Kabine an Bord der *Enterprise* und starrte trübsinnig vor sich hin.

Die Tür ging auf, und Spock trat herein.

»Ja, Spock«, sagte Kirk leise und blickte an ihm vorbei.

»Die Epidemie stellt keine Gefahr mehr dar. Die *Enterprise* ist auf Kurs 513 Mark Sieben, wie Sie befohlen haben.«

»Ein junger, einsamer Mann und ein sehr alter, einsamer Mann – wir haben uns beide ziemlich töricht benommen, nicht wahr?« Er senkte den Kopf. »Wenn ich nur vergessen könnte...«

Der Kopf sank ihm auf die Arme, und bald war er eingeschlafen.

McCoy stürzte herein. »Jim! Ich habe die Tricorder-Meßwerte von Mr. Flint dem Computer eingefüttert. Hier ist das Resultat: Methusalem stirbt...«

Dann sah er, daß Kirk schlief, und fügte leise hinzu: »Gott sei Dank – endlich schläft er.«

»Ihr Bericht, Doktor«, sagte Spock.

»Es geht um Flint. In dem Augenblick, als er die Erde mit ihrem Komplex von Kraftfeldern verließ, in denen er geboren war und in vollkommener körperlicher Ausgeglichenheit lebte, hatte er seine Unsterblichkeit geopfert. Er ist seither gealtert, wird noch den Rest einer normalen Lebensspanne leben – und dann sterben.«

»Ich werde um ihn trauern«, sagte Spock. »Weiß er es?«

»Ja. Ich habe es ihm selbst gesagt. Er will seine letzten Jahre und seine unglaublichen geistigen Fähigkeiten dazu verwenden, die Situation des Menschen zu verbessern. Und wer weiß, was dabei herauskommen wird.«

»Ja«, sagte Spock, »darauf kann man wirklich gespannt sein.«

»Das ist alles. Ich werde es Jim berichten, wenn er aufwacht, oder Sie können es tun.« Er blickte Kirk voller Mitgefühl an.

»Wenn man die Langlebigkeit Flints in Betracht zieht, war es wirklich das ewige Dreieck. Aber so etwas verstehen Sie ja nicht, Spock. Und eigentlich tun Sie mir mehr leid als er. Sie werden niemals erfahren, wozu einen Mann die Liebe treiben kann: das Glück, das Leid, die verzweifelten Risiken, die Niederlagen und die strahlenden Siege; weil das Wort Liebe in Ihrem Lexikon gar nicht existiert.«

Spock antwortete nicht.

»Ich wünschte, er könnte sie vergessen.«

Wieder nur Schweigen.

»Gute Nacht, Spock.

»Gute Nacht, Doktor.«

Spock blickte Kirk einen Augenblick schweigend an, bevor er die Tür hinter McCoy schloß. Dann trat er wieder zu Kirk. Seine Hände senkten sich auf Kirks Kopf, bis die Fingerspitzen ihn leicht berührten. Dann konzentrierte er sich einige Sekunden lang und sagte sehr leise und eindringlich: *»Vergessen...«*

Die Straße nach Eden

Auf Befehl der Föderation und unter strengster Beachtung aller Vorsichtsmaßnahmen hatte die *Enterprise* die sechs Menschen an Bord gebeamt, die den Kreuzer *Aurora* gestohlen hatten. Einer von ihnen war der Sohn des Catullanischen Botschafters, und die Vertragsverhandlungen zwischen der Föderation und dem Botschafter befanden sich gerade in einer sehr kritischen Phase. Offensichtlich hatte keiner der sechs Leute eine Ahnung von der Bedienung eines Kreuzers gehabt; bei ihrem Fluchtversuch hatten sie es geschafft, das Raumschiff in Schrott zu verwandeln, und nur Scotts langjähriger Erfahrung bei der Bedienung des Transporters war es zu verdanken, daß sie die Katastrophe überlebt hatten.

»Sind sie alle an Bord, Scotty?« fragte Kirk durch das Intercom.

»Aye, Sir. Das sind wirklich komische Gestalten, muß ich sagen.«

»Bringen Sie sie in den Lageraum. Ich möchte mit ihnen sprechen.«

Im Hintergrund hörte Kirk erregtes Stimmengewirr, und plötzlich sagte eine Frau: »Wir denken nicht daran.«

Chekov hob plötzlich den Kopf, und sein Gesichtsausdruck verriet ungläubiges Staunen.

Dann sagte eine Männerstimme: »Sag Herbert, wir denken nicht daran.«

Und die anderen Stimmen wiederholten im Chor: »Wir denken nicht daran, wir denken nicht daran...«

»Was ist eigentlich los bei Ihnen?« fragte Kirk verdutzt.

»Sie weigern sich, Sir«, schrie Scott, um den Chor der Stimmen zu übertönen.

»Warum denn?«

»Das weiß ich auch nicht. Sie haben sich einfach auf den Boden gesetzt. Soll ich die Wache rufen, Sir?«

»Nein, ich komme selbst runter. – Sulu, übernehmen Sie das Kommando!«

Er und Spock hörten das Singen, lange bevor sie den Transporterraum erreichten. Die sechs Leute waren wirklich recht komische Gestalten. Eine von ihnen trug ein wallendes Gewand, die anderen waren entweder nackt oder in primitive Kostüme gekleidet. Alle trugen Blumen im Haar oder in grellen Farben auf ihren Körper gemalt. Es waren drei Mädchen und drei Männer, alle kaum mehr als zwanzig Jahre alt, bis auf den mit der Robe, der älter war.

Sie saßen zwischen einer Sammlung von Musikinstrumenten auf dem Boden und sangen.

»Warum weigern Sie sich, mit mir zu sprechen?« fragte Kirk.

»Wir haben keine Lust, Herbert«, sagte eins der Mädchen. Es war dasselbe, dessen Stimme er schon zuvor gehört hatte. Und die anderen nahmen ihren Chorus wieder auf: »Wir denken nicht daran, wir denken nicht daran…«

»Wer von Ihnen ist Tongo Rad?« schrie Kirk in den Lärm.

Der Sprechgesang brach ab, und die Leute blickten von Kirk zu einem der Ihren, einem gutaussehenden Humanoiden, der trotz seiner gewollt primitiven und zerfetzten Kleidung einen Ausdruck gelassenen Selbstbewußtseins zeigte, den Reichtum und eine privilegierte Position verleihen. Er erhob sich und trat auf Kirk zu. Schweigend stand er vor ihm, weder unterwürfig noch herausfordernd.

»Sie haben es einzig und allein dem Einfluß Ihres Vaters zu verdanken, daß Sie nicht festgenommen wurden«, sagte Kirk hart. »Außer der Piraterie haben Sie sich noch einer ganzen Reihe anderer Verstöße schuldig gemacht; Sie haben die Flugsicherheitsbestimmungen übertreten, sind in feindliches Raumgebiet eingedrungen und haben das Leben anderer Menschen gefährdet.«

»Feindliches Raumgebiet?« fragte Rad.

»Sie befanden sich im Hoheitsgebiet der Romulaner, als wir Sie retteten.«

»Wirklich?« fragte Rad. »Oh – das schmerzt mich zutiefst!«

»Außerdem sind Sie verantwortlich für einen interstellaren Zwischenfall, der alles, was in langwierigen Verhandlungen zwischen Ihrem Planeten und der Föderation erreicht werden konnte, möglicherweise zerstören kann.«

»Du bist ganz schön vorlaut, Herbert.«

»Falls Sie für Ihr Verhalten eine Erklärung haben sollten, bin ich bereit, Sie anzuhören.«

Rad blickte den älteren Mann in der Robe an, doch der rührte sich nicht. Rad setzte sich wieder und verschränkte die Arme vor der Brust.

Kirk wandte sich an Spock. »Bringen Sie die Leute zur Untersuchung ins Bordlazarett. Vielleicht haben sie bei der Explosion der *Aurora* Strahlenschäden davongetragen.«

Sofort klang wieder der Sprechgesang auf: »Wir denken nicht daran, wir denken nicht daran...«

Kirk wollte die Leute anschreien, doch Spock hielt ihn zurück. Er hob die Hände, legte Zeigefinger an Zeigefinger, Daumen an Daumen, so daß sie einen Kreis bildeten. »Eins«, sagte er.

Die sechs Männer starrten ihn überrascht an. Der Mann in der Robe stand auf. »Wir sind Eins«, sagte er.

»Und Eins ist der Anfang«, erwiderte Spock.

Einer der Jungen, ein schmächtiger Bursche mit einem pickeligen Gesicht, sagte dreist: »Bist du wirklich Eins, Herbert?«

»Ich bin nicht Herbert.«

»Er ist nicht Herbert. Er ist Eins.«

Kirk blickte verwirrt von einem zum anderen. Aber offenbar lag irgendein Sinn in dem ihm unverständlichen Ritus, denn plötzlich herrschten Ruhe und eine Art Einverständnis.

»Sir«, sagte Spock zu dem älteren Mann, »wenn Sie uns Ihr Anliegen und Ihre Ziele nennen würden, könnten wir vielleicht zu einem Einverständnis kommen.«

»Wenn Sie Eins verstehen, dann kennen Sie auch unser Anliegen.«

»Ich würde es vorziehen, wenn Sie es mir nennen.«

Der ältere Mann lächelte verhalten. »Wir haben der Korruption den Rücken gekehrt und sind auf der Suche nach einem neuen Anfang.«

»Und wo?«

»Auf dem Planeten Eden.«

»Lächerlich«, sagte Kirk. »Dieser Planet ist doch nur ein Mythos.«

Immer noch lächelnd sagte der Mann: »Und wir protestieren dagegen, verfolgt, angegriffen, gefangengenommen und gegen unseren Willen hierhergebracht worden zu sein, gegen jedes Menschenrecht.«

»Sehr richtig, Bruder«, sagte der pickelige Junge.

»Wir erkennen weder die Gesetze der Föderation noch die Existenz irgendwelcher Feindschaften mit anderen Rassen an. Wir lehnen jede Autorität ab außer der, die wir in uns tragen.«

»Ob Sie nun Autorität anerkennen oder nicht«, sagte Kirk mit mühsam unterdrückter Wut, »hier an Bord bin ich der Captain. Ich habe Anweisung, Sie zu der nächstgelegenen Basis zu bringen. Von dort wird man Sie zu Ihrem Heimatplaneten zurückschicken. Auf Grund meiner Befehle sind Sie keine Gefangenen, sondern meine Gäste. Ich erwarte, daß Sie sich dementsprechend benehmen.«

»O Herbert«, sagte der pickelige Junge, »du bist wirklich *komisch.*«

»Mr. Spock, da Sie offensichtlich diese Leute verstehen, sind Sie für sie verantwortlich.«

»Wir ersuchen Sie mit allem Respekt, uns nach Eden zu bringen«, sagte der Mann in der Robe. Und trotz der höflichen Worte und seiner sanften Stimme wirkte er unverhohlen herablassend und anmaßend.

Kirk beachtete ihn nicht. »Und wenn sie die Untersuchung hinter sich haben«, sagte er zu Spock, »sehen Sie zu, daß Sie sie anständig unterbringen können, und geben Sie ihnen alles, was sie brauchen.«

»Selbstverständlich, Captain.«

»Wir ersuchen Sie mit allem Respekt, uns nach Eden zu bringen.«

»Ich habe anders lautende Befehle. Und die *Enterprise* ist kein Passagierschiff.«

»Herbert«, sagte das Mädchen, das zuerst gesprochen hatte. Und die anderen nahmen das Stichwort auf, und ihr Sprechgesang folgte Kirk, als er den Raum verließ: »Herbert – Herbert – Herbert – Herbert...«

Wütend kehrte er auf die Brücke zurück. Als er sich in seinen Sessel fallen ließ, sagte er zu Uhura: »Leutnant, melden Sie an die nächste Sternenbasis, daß wir die sechs Personen an Bord haben, die den Raumkreuzer *Aurora* in Besitz genommen hatten. Und daß der Kreuzer selbst bedauerlicherweise zerstört worden ist.«

»Zu Befehl, Sir.«

»Außerdem eine persönliche Nachricht für den Catullanischen Botschafter. Sein Sohn ist gesund und in Sicherheit.«

»Captain«, sagte Chekov zögernd. »Ich glaube, ich kenne eins der drei Mädchen. Sie heißt Irina Galliulin. Wir waren zusammen auf der Sternenflotten-Akademie.«

»Einer von diesen Leuten war auf der *Akademie?*« sagte Kirk ungläubig.

»Ja, Sir. Sie ist ausgeschieden. Sie...« Chekov brach ab. Seine Verlegenheit und seine Nervosität verrieten, daß er das Mädchen sehr gut gekannt haben mußte und immer noch sehr an ihr hing.

Kirk blickte rasch zu Spock hinüber, der gerade die Brücke betrat. Dann sah er wieder Chekov an. »Wollen Sie mit ihr sprechen? Sie haben Erlaubnis, Ihren Posten zu verlassen.«

»Danke, Sir.«

Er erhob sich rasch und verließ die Brücke. Ein anderes Besatzungsmitglied übernahm seinen Posten.

Kirk wandte sich Spock zu. »Sind sie im Bordlazarett?«

»Ja, Captain.«

»Glauben Sie ernsthaft an die Existenz Edens?«

»Viele Mythen beruhen wenigstens zum Teil auf Wahrheit, Captain. Und diese jungen Menschen sind sogar ziemlich intelligent. Dieser Dr. Sevrin zum Beispiel...«

»Ist das ihr Anführer? Der Mann in der Robe?«

Spock nickte. »Dr. Sevrin war einmal ein brillanter Forschungsingenieur auf den Gebieten der Akustik, der Kommunikation und der Elektronik. Als er diese Bewegung gründete, wurde er fristlos entlassen. Der junge Rad hat seines Vaters außergewöhnliche Begabung auf dem Gebiet der Raum-Studien geerbt.«

»Aber sie lehnen das alles doch kategorisch ab. Sie wollen nichts mehr mit unserer Technologie zu tun haben und sehnen sich nach Primitivität, wollen ›zurück zur Natur‹, wovon der alte Rousseau schon geträumt hat. Das ist doch alles Utopie!«

»Es gibt viele Menschen, die sich in der Umwelt, die wir geschaffen haben, nicht mehr wohl fühlen«, sagte Spock. »Es gibt eine weitverbreitete Auflehnung gegen die genau geplanten Gemeinwesen, die Programmierung des Lebens, die sterilisierte, sorgfältig ausgewogene Atmosphäre. Sie hungern nach einem Eden, wo es noch einen Frühling gibt, nach Unberührtheit und freier Entfaltung.«

»Danach sehnen wir uns alle, gelegentlich zumindest«, sagte Kirk nachdenklich. »Die Erinnerungen unserer höhlenbewohnenden Vorfahren sind noch tief in uns verwurzelt.«

»Gewiß, Sir.«

»Aber wir stehlen keine Raumschiffe und benehmen uns nicht wie verantwortungslose Kinder. Wie kommt es eigentlich, daß Sie so viel Verständnis für diese Leute aufbringen?«

»Es ist weniger Verständnis als Neugier, Captain. Ich möchte ihre Motive begreifen. Außerdem betrachten sie sich in ihren Welten als Fremde, als Ausländer; und das ist ein Gefühl, mit dem ich recht gut vertraut bin.«

»Hmmmmm. – Und was hat ›Herbert‹ zu bedeuten?«

»Es ist die Bezeichnung für alles Negative, Sir. Herbert war ein kleiner Beamter, der wegen seiner geistigen Beschränktheit und seiner Buchstabentreue berüchtigt war.«

»Ich verstehe«, sagte Kirk trocken. »Ich werde mich also in Zukunft einer weniger beschränkten Denkweise befleißigen müssen, aber sie machen es einem verdammt schwer...«

Nur fünf der sechs Leute befanden sich im Untersuchungszimmer, als Chekov eintrat. Vier lagen ausgestreckt auf dem Boden und lauschten dem pickeligen Jungen, der auf einem zitherähnlichen Instrument herumklimperte. Dann schlug er ein paar Akkorde an und begann mit leiser Stimme zu singen:

Auf der Suche nach dem neuen Land –
Habe ich den Weg verloren –
Und suche nach dem guten Land –
Und gehe in die Irre –
Weine nicht.
Weine nicht.
Oh, ich kann keinen Honig finden
Und auch keine Milch…
Aber der Traum, der in mir ist,
Ist kein Traum.
Ich werde leben, und nicht sterben.
Ich werde leben, und nicht sterben.
Einmal werde ich mein Ziel erreichen.
Ich werde um mich blicken und sagen:
Ich bin da!
Ich bin da!
Im neuen Land.
Im guten Land.
Ich bin da!

»Wunderbar, Adam«, sagte einer der anderen, und sie applaudierten ihm.

Chekov räusperte sich. »Entschuldigen Sie, ist Irina Galliulin bei Ihnen?«

»Sie wird gerade untersucht«, sagte Adam. Wieder schlug er einen Akkord an und sang:

Ich spring' in die Luft,
Und wie ich mich freu',
Ich hab' ein Attest
von Dr. McCoy.

»Kennen Sie Irina?« fragte einer der Jungen.

Chekov nickte.

»Sagen Sie mal«, fragte Tongo Rad, »warum tragt ihr Leute nur diese Kleidung? Darin kann man doch gar nicht richtig atmen.«

Schwester Chapel und zwei Sanitäter kamen aus dem Untersuchungszimmer. Sie blickte die jungen Leute an, dann deutete sie auf Sevrin und sagte: »Sie sind der nächste.«

Sevrin lag ausgestreckt auf dem Boden und beachtete sie nicht. Schwester Chapel nickte den beiden Sanitätern zu, die den Mann packten und in das Untersuchungszimmer schleppten. Kurz darauf trat Irina heraus. »Irina«, sagte Chekov.

Sie schien nicht im geringsten überrascht, ihn zu sehen. Sie lächelte ihn mit ihrem seltsamen, geheimnisvollen Lächeln an und sagte: »Pavel Andrejewitsch. Ich wußte, daß wir uns über den Weg laufen würden.«

»Hast du denn gewußt, daß ich auf der *Enterprise* bin?«

»Ich hatte davon gehört.«

»Irina. – Warum...« Er brach ab, als er alle Augen auf sich gerichtet sah. »Komm!«

Er führte sie in den Korridor, der jetzt leer war. Er blickte sie ein paar Sekunden lang forschend an, besonders das kurze, zerknitterte, grellfarbige Kleid, das sie trug, das lange, ungepflegte Haar, die gewollte, unechte Schlampigkeit ihres Äußeren.

»Warum tust du das?« fragte er fast grob. »Du warst einmal Wissenschaftlerin. Du warst – ein anständiger Mensch. Sieh dich doch jetzt einmal an.«

»Sieh dich doch einmal selbst an, Pavel«, sagte sie ruhig.

»Warum hast du das getan?«

»Warum hast *du* das getan?«

»Ich bin stolz auf mein Leben, auf meinen Beruf. Er füllt mich aus und befriedigt mich. Kannst du das auch von dir behaupten?«

»Ja.« Sie sagte es hart und schroff. Aber sofort kehrte ihr Lächeln zurück. Chekov nahm ihren Arm, und sie gingen zum Aufenthaltsraum.

»Wir sollten einander keine Vorwürfe machen«, sagte sie. »Wir sollten froh sein über unser Wiedersehen. Als ich zuerst hörte, daß es dein

Schiff war, das uns verfolgte, habe ich mich gefragt, wie du dich inzwischen entwickelt hättest. Ich habe so oft an dich gedacht. Und ich mag dich noch heute. Trotz der Uniform. Ich sehe in dir immer noch den Pavel, den ich einmal kannte. – Bist du eigentlich glücklich mit diesem Leben hier?«

»Ja.«

»Dann akzeptiere ich das, was du tust.«

»Du sprichst sogar wie sie.«

Ein paar Besatzungsmitglieder gingen an ihr vorbei und warfen neugierige Blicke auf das ungleiche Paar. Chekov führte Irina in den Aufenthaltsraum. »Warum bist du damals eigentlich fortgegangen?« fragte er.

»Du bist gegangen«, sagte sie.

»Ich bin zurückgekommen, um nach dir zu suchen. Ich habe gesucht und gesucht... Wo bist du eigentlich gewesen?«

»In bin in der Stadt geblieben. Bei Freunden.«

»Du hast mich nie so geliebt wie ich dich. – Nie!«

»Doch!«

»Du kannst mich nicht geliebt haben. Selbst wenn wir zusammen waren, warst du eigentlich nie bei mir. Du hast immer an andere Dinge gedacht.«

Sie schüttelte den Kopf, immer noch lächelnd.

»Warum bist du dann fortgegangen?«

»Weil du meine Art zu leben nicht mochtest. Genau wie heute. Oh, Pavel, du bist immer so korrekt. Nach außen hin jedenfalls. Aber innerlich wehrst du dich dagegen, denn eigentlich möchtest du alles andere als korrekt sein. Gib deinem Instinkt nach, Pavel! Du wirst glücklicher sein. Das kannst du mir glauben.«

»Geh zu deinen Freunden!« sagte Chekov ernst.

Nach kurzem Zögern ging sie. Und sie lächelte noch immer. Auf dem Korridor erhob sich plötzlich Lärm. Chekov sprang auf und eilte hinaus. Vor dem Krankenrevier war eine Auseinandersetzung im Gange. Die Leute von der *Aurora* versuchten in den Raum einzudringen, gegen den Widerstand von Schwester Chapel und zwei Sanitätern. Die jungen Leute schrien verärgert und verlangten, eingelassen zu werden, verlangten nach Sevrin.

Kirk trat aus dem Lift und drängte sich durch die erregten Menschen. Dabei warf er Chekov einen ärgerlichen Blick zu.

»Herbert – Herbert – Herbert – Herbert...!« schrien sie sofort wieder im Chor.

Die Tür des Krankenraumes schloß sich automatisch hinter Kirk und Schwester Chapel, und der Lärm erstarb.

»Ich dachte, diese Affen wären alle in ihren Käfigen?« sagte sie aufatmend.

Sevrin saß auf einem Bett und blickte herausfordernd die beiden Sanitäter an, die bereitstanden, ihn nötigenfalls festzuhalten. McCoy war gerade mit der offensichtlich schwierigen Untersuchung des Mannes fertig geworden.

»Was ist eigentlich hier los, Pille?«

»Wir haben Ärger, Jim. Unser Freund hat sich geweigert, daß ich ihn untersuche. Wie ich feststellen mußte, aus einem sehr triftigen Grund.«

»Ich weigere mich, Ihre Untersuchungsergebnisse anzuerkennen«, sagte Sevrin trotzig.

»Dadurch ändert sich nichts an den Tatsachen.«

»Sie basieren lediglich auf Vorurteilen, nicht auf medizinischen Erkenntnissen.«

»Ich weiß nicht, was dieser Mann auf einem unbesiedelten, primitiven Planeten vorhatte – vorausgesetzt, daß er wirklich existiert –«, sagte McCoy. »Ich kann Ihnen aber sagen, was passiert wäre, wenn er sich tatsächlich dort niedergelassen hätte. Innerhalb eines Monats wären nicht einmal genügend von diesen Schwärmern übriggeblieben, um die Toten zu begraben.«

»Unsinn«, sagte Sevrin. »Reine Phantasie!«

»Ich wünschte wirklich, es wäre so, junger Mann. Während der letzten Jahre hat sich bei uns ein häßlicher, neuer Bazillus entwickelt. Ein Produkt unserer aseptischen, sterilen Welt. Er heißt *Synthococcus novae*. Tödlich, mein lieber Freund. Wir können die Menschen dagegen immunisieren; aber damit ist das Problem längst nicht gelöst.

»Und er hat sich damit infiziert?«

McCoy nickte.

»Und die anderen?«

»Sie sind noch gesund. Er selbst ist übrigens auch nicht an der Infektion erkrankt; er ist lediglich ein Bazillenträger. Anscheinend ist er aus irgendwelchen Gründen immun gegen die Krankheit, er verbreitet sie nur.«

»Ist die Besatzung gefährdet?«

»Wahrscheinlich nicht. Die Leute haben alle Breitband-Immunisationen erhalten, bevor sie an Bord kamen. Ich vermute, daß auch seine Freunde geimpft worden sind. Sie müssen aber auf jeden Fall nachgeimpft werden. Ich werde die ganze Besatzung untersuchen müssen. Bis dahin muß dieser Bursche isoliert werden.«

»Das ist Freiheitsberaubung!« schrie Sevrin wütend. »Mir fehlt überhaupt nichts. Ich denke nicht daran, mich von Ihnen in Quarantäne bringen zu lassen. Sie wollen mich nicht isolieren, sondern einsperren. Sie erfinden ein Verbrechen, befinden mich für schuldig, sprechen ein Urteil... Sie... Sie... Herbert!«

»Wollen Sie den Test an sich selbst wiederholen, Sevrin?« fragte McCoy unbeeindruckt.

Er antwortete nicht.

»Sie wußten genau, daß Sie Bazillenträger sind, und zwar schon vor Ihrem Aufbruch zu dieser Reise.«

»Nein!«

»So? – Warum haben Sie sich dann so gegen die Untersuchung gesträubt?«

»Weil ich sie als Verletzung meiner Menschenwürde betrachte, als Eingriff in...«

»Ach, hören Sie doch mit diesem Blödsinn auf. Ich taste doch Ihre Menschenwürde nicht an, wenn ich Ihnen den Puls fühle.«

»Bringen Sie ihn in die Isolierstation«, befahl Kirk entschlossen.

»Du mußt dich auf den Widerstand seiner Freunde vorbereiten, Jim. Sie pflegen ihr Mißfallen immer ziemlich lautstark zum Ausdruck zu bringen.«

»Von mir aus.« Er ging hinaus.

Vier der jungen Leute saßen vor dem Untersuchungszimmer auf dem Boden. Eins der Mädchen fehlte. Sulu, Chekov und mehrere Männer der Besatzung standen ihnen schweigend gegenüber.

Wieder gaben sie ihrem Protest lautstark Ausdruck. Doch dieses Mal nicht im Chor, sondern jeder schrie sein eigenes Schlagwort:

»Wir wollen nach Eden!«

»Befreit Sevrin!«

»James Kirk ist ein Reaktionär!«

»McCoy ist ein Tierarzt!«

Sulu unterhielt sich mit einem der Mädchen. Er schien verwirrt und doch irgendwie fasziniert. Bis jetzt hatte keiner von ihnen Kirks Gegenwart bemerkt.

»Du gehörst doch nicht hierher«, sagte das Mädchen zu Sulu. »Du weißt doch, was wir vorhaben. Du suchst dasselbe. Komm zu uns. Schließ dich uns an.«

»Woher wollen Sie wissen, was ich will, Mavig?«

»Du bist jung. Denke auch jung, Bruder!«

»Mr. Sulu«, fuhr Kirk dazwischen. Sulu wandte erschrocken den Kopf. »Ich bitte um eine Erklärung.«

»Es gibt nichts zu erklären, Sir.«

Kirk wandte sich der Gruppe zu, die jetzt, nachdem sie ihn entdeckt hatte, noch lautstärker wurde. »Dr. Sevrin wird entlassen, sobald wir festgestellt haben, daß er medizinisch keine Gefahr darstellt.«

»Herbert – Herbert – Herbert – Herbert...!«

Ohne sich weiter um sie zu kümmern, stieg er über die am Boden liegenden Gestalten und ging zum Lift. Sulu und Chekov folgten ihm. Als Chekov an Irina vorbeiging, lehnte sie sich provozierend zurück.

»Bleib nicht bei Herbert!« rief sie ihm nach. »Komm zu uns!«

»Ja, komm zu uns, Pavel!« sagte Adam.

»Komm zu uns!«

»Komm zu uns, Pavel! Komm zu uns!«

Adam schlug wieder einen Akkord an und sang:

Ein Herbert legt meinen Geist in Ketten –
Und ein anderer Herbert spricht sein Urteil,
Und ich lecke ihm dankbar die Hand, dem Herbert,
Und wedle mit dem Schwanz, o Herbert…

Glücklicherweise öffneten sich jetzt die Türen des Lifts, und die drei Männer konnten sich weiteren Strophen entziehen.

Es war fast eine Erleichterung, sich mit den Routinearbeiten der Brücke befassen zu können. Sulu und Chekov setzten sich aufatmend auf ihre Plätze. Bevor jedoch auch Kirk sich setzen konnte, summte das Intercom.

»Maschinendeck an Brücke.«

»Hier Kirk.«

»Captain, ich habe gerade eine dieser barfüßigen Wilden hier hinauswerfen müssen. Das Mädchen ist einfach hier hereingekommen und hat meine Leute offen aufgefordert, zu desertieren.«

»Danke, Scotty.« Kirk wandte sich an Spock. »Mr. Spock, ich bin anscheinend nicht in der Lage, mich mit diesen Leuten zu verständigen«, sagte er irritiert. »Vielleicht können Sie sie dazu bringen, sich wie normale Menschen zu benehmen.«

»Ich werde es versuchen, Sir.«

»Wenn nicht ausgerechnet dieser Sohn eines Botschafters dabei wäre, hätte ich sie längst eingesperrt.«

»Ja, Sir.« Spock verließ die Brücke.

Er fand Sevrin in der Isolations-Zelle. Er saß mit gekreuzten Beinen in Yoga-Pose auf dem Bett und starrte Spock ablehnend und feindselig an.

»Doktor«, sagte Spock, »könnten Sie bitte veranlassen, daß Ihre Leute sich nicht mehr in die Angelegenheiten des Schiffes einmischen?«

»Ich habe keinerlei Einfluß auf ihr Tun.«

»Sie respektieren Sie. Sie hören auf Sie. Unternehmen Sie etwas. Ihretwegen.«

Die haßerfüllten Augen Sevrins waren Antwort genug.

»Dr. Sevrin, ich könnte Ihnen und Ihrer Gruppe helfen. Ich könnte zum Beispiel mit Hilfe unserer Computer und Informationsquellen feststellen, ob der Planet Eden wirklich existiert, und seine Koordinaten herausfinden. Ich könnte bei der Föderation eine Erlaubnis erwirken, den Planeten durch Sie und Ihre Leute kolonisieren zu lassen.«

Sevrin antwortete nicht.

»Bis jetzt können Sie und die anderen lediglich des Diebstahls und einiger anderer kleinerer Vergehen angeklagt werden. Und die Anklage wird vielleicht sogar fallengelassen. Anstiftung zur Meuterei wäre jedoch ein schweres Verbrechen. Und die Föderation würde niemals die Kolonisation eines Planeten durch Verbrecher zulassen. Wenn Ihre Leute nicht sofort damit aufhören, ist ihnen Eden für immer verschlossen.«

»Genau wie mir«, sagte Sevrin leise; aber in seinen Augen stand das wirre Glänzen des Fanatismus.

Spock zögerte einen Augenblick. Dann fragte er: »Haben Sie gewußt, daß Sie Bazillenträger sind?«

»Natürlich. Sie kennen meine Vorgeschichte. Sie wissen doch ganz genau, daß ich angewiesen worden bin, nur innerhalb von hochzivilisierten und technisierten Gebieten zu reisen. Eben weil ich Bazillenträger bin.«

»Dann begreife ich nicht, warum Sie diese Anweisung nicht befolgt haben.«

»Weil so eine Umgebung für mich reines Gift ist!« Sevrin blickte sich angewidert um, als ob er die gesamte Technologie des Schiffes mit einem Blick erfasssen könnte, stellvertretend für die ganze Technologie der Galaxis. »Dieses Gift, das Sie einatmen, dieses Zeug, das Sie essen, diese künstliche Atmosphäre, die Sie um alle bewohnten Planeten gelegt haben, diese Computer, die Ihr Schiff und Ihr Leben beherrschen. Das alles ist schuld daran, daß mein Körper jetzt vergiftet ist! Ihr habt mich infiziert!«

Er schüttelte die Faust, und das »Ihr« richtete sich offensichtlich nicht gegen Spock, sondern gegen die ganze Zivilisation. Er sprang auf und begann, auf und ab zu gehen.

»Nur diese Primitiven können meinen Körper wieder reinigen. Ich kann mich nicht von dem Schmutz befreien, wenn ich nicht unter ihnen bin. Nur ihre Art zu leben ist die richtige. Ich muß bei ihnen sein.«

»Obwohl Sie alle ungeimpften Menschen töten werden, mit denen Sie in Kontakt kommen?«

»Ich werde mit ihnen gehen und zu ihnen gehören. Zusammen werden wir eine Welt errichten, wie sie die Galaxis noch nie gesehen hat. Eine Welt! Ein Leben! Ein Leben!« Sevrin ließ sich erschöpft auf das Bett sinken, und nach einer Weile hob er den Kopf und blickte Spock an. Ein mattes Lächeln spielte um seine Lippen. »Und jetzt werden Sie mir gleich versichern, daß Ihre Technologie mich bestimmt heilen kann, und daß ich dann tun kann, was mir beliebt.«

»Ja, Doktor.«

»Und daß ich aus diesem Grund meine Freunde dazu bringen muß, sich anständig zu benehmen.«

»Ja, Doktor.«

»Schicken Sie sie herein«, sagte Sevrin, immer noch lächelnd. »Ich werde mit ihnen sprechen.«

Es war ein zweifelhafter Sieg, und das Ergebnis war noch zweifelhafter. Spock ging auf die Brücke zurück.

»Sie sind bedeutend ruhiger geworden«, sagte Kirk. »Wie haben Sie das geschafft?«

»Das hatte nichts mit mir zu tun. Ich muß mit Ihnen sprechen, Sir.«

Kirk stand schnell auf, und beide traten zu Spocks Computerkonsole.

»Was gibt es?«

»Dr. Sevrin ist wahnsinnig. Ich habe darüber noch nicht mit Dr. McCoy gesprochen. Aber ich bin völlig sicher, daß er geistesgestört ist.«

»McCoy soll ihn gleich noch einmal untersuchen«, sagte Kirk erschrocken. »Sie haben ihn als Wissenschaftler immer geschätzt, Spock. Es tut mir leid. Aber das wäre die Erklärung für alles, was diese Leute angerichtet haben.«

»Sein Zustand ändert nichts an meiner Sympathie für ihre Bewegung, Sir. Es liegt keinerlei Wahnsinn in ihren Bestrebungen, ein Eden zu finden. Ich habe den Leuten gegenüber ein Versprechen abgelegt, das ich auch halten möchte. Mit Ihrer Erlaubnis, Sir, werde ich versuchen, dieses Eden zu finden. Ich werde in meiner Kabine arbeiten. Es wäre eine große Hilfe, wenn Mr. Chekov mir dabei assistieren würde.«

»Mr. Chekov, assistieren Sie Mr. Spock.«

Chekov saß im zweiten Kommandoraum. Er war allein und blickte aufmerksam auf die Anzeigegeräte seines Computers.

Spocks Stimme tönte aus dem Intercom: »Sind Sie bereit, Mr. Chekov?«

»Ja, Mr. Spock.«

Chekov schaltete den Bandablauf ein. Die Tür öffnete sich, und Irina trat zögernd ein. »Darf ich?« fragte sie fast schüchtern.

Er konzentrierte sich auf seine Arbeit. »Bitte.«

»Ich habe überall nach dir gesucht, Pavel. Was ist das eigentlich für ein Raum hier?«

»Der Ausweich-Kommandoraum.«

»Und wozu dient er?«

»Falls der Haupt-Kommandoraum ausfallen oder beschädigt werden sollte, können wir das Schiff auch von hier aus navigieren.«

»Ach so.«

»Was willst du?«

»Mich bei dir entschuldigen. Ich hätte dich nicht so reizen dürfen. Es war gemein und grausam von mir.«

»Schon gut.«

»Nein, es ist nicht gut. Es steht im Gegensatz zu allem, was ich glaube.«

»Wir wollen jetzt nicht über deinen Glauben reden.«

»Aber ich will nicht, daß du auf mich böse bist, Pavel«, sagte sie leise, »oder auch nur verärgert.«

»Warum benimmst du dich dann so?«

Sie begann auf und ab zu gehen und die einzelnen Geräte und Apparaturen mit kindlicher Neugier zu betrachten. Chekov beschäftigte sich mit seiner Arbeit, aber seine Blicke folgten ihr, wenn sie gerade nicht in seine Richtung sah. Dann kam sie zu ihm zurück. »Was machst du eigentlich gerade?«

»Ich helfe Mr. Spock, euer Eden zu finden.«

»Jetzt willst du mich auf den Arm nehmen«, sagte sie, und ihre Stimme klang plötzlich verbittert.

»Bestimmt nicht. Diese Bänder enthalten Informationen über alle bekannten Sterne unserer Galaxis, und wir berechnen die Umlaufbahnen aller Planeten, um festzustellen, ob sie vielleicht von irgendwelchen, noch nicht aufgenommenen Himmelskörpern abgelenkt werden.«

»Und das weißt du alles?« fragte sie fast ehrfürchtig.

»Was ich nicht weiß, erfahre ich aus den Bandaufzeichnungen. Sie allein würden ausreichen, das Schiff zu jedem Punkt der Galaxis zu navigieren. Sie enthalten die Summe allen menschlichen Wissens. Sie lösen alle möglicherweise auftretenden Probleme in Fragen der Navigations-Systeme…«

Sie trat dicht neben ihn und beugte sich über den Computer. »Der Computer sagt dir also, was du tun mußt, und du tust, was er dir sagt.«

»Nein. Wir brauchen auch unseren eigenen Verstand.«

Sie trat noch näher. »Ich könnte niemals einem Computer gehorchen.«

»Du hast doch nie jemandem gehorchen können. Du mußtest immer anders sein.«

»Nicht anders sein, Pavel. Ich möchte nur so leben, wie ich will. Und das ist doch mein gutes Recht, nicht wahr?«

Sie blickte ihn an und lächelte noch immer. Plötzlich sprang Chekov auf, riß sie in seine Arme und küßte sie leidenschaftlich.

»Hier Spock«, kam die Stimme des Ersten Offiziers aus dem Intercom. »Ich bekomme keine Daten mehr. Spock an Chekov. Ich wiederhole: Ich bekomme keine Daten mehr.«

Chekov riß sich los und trat zum Intercom. »Entschuldigen Sie, Mr. Spock. Ich bin einen Augenblick aufgehalten worden.«

Die Leute von der *Aurora* hatten sich auf Anweisung Kirks im Aufenthaltsraum niedergelassen. Adam und Mavig lagen ausgestreckt auf dem Fußboden, als Rad hereintrat.

»Sein Name ist Sulu«, sagte Rad. »Er ist Spezialist für Bewaffnung und Navigation. Sein Hobby ist die Botanik.«

»Möglich?« fragte Adam.

»Möglich. Bei Botanik bin ich in. Es war eins meiner Lieblingsfächer. Und was war deins?«

»Der Planet Vulkan. – Und Spock ist praktisch eins mit uns.«

»Das Schiff kann auch von einem zweiten Kommandoraum aus geführt werden«, sagte sie. »Die Speicherbänder der Computer enthalten alle Daten, die wir brauchen. Wir könnten es schaffen!«

»Ja, es kann losgehen«, sagte Adam.

»Wann?« fragte Rad.

»Bald. Bis dahin müssen wir die anderen in Sicherheit wiegen, wie Sevrin gesagt hat.«

»Und wie?«

»Ihr müßt nur nett und freundlich sein. Wenn ihr zu den anderen freundlich seid, halten sie euch für harmlos und lassen euch in Ruhe. Okay? Dann los! Und ladet sie alle zu einer Party ein. Sagt ihnen, wir sorgen für Unterhaltung.«

»Ich mag Partys«, sagte Rad.

»Und ich mag die Unterhaltung, die wir für sie geplant haben. Jede Nummer ein Schlager.«

Adam und Rad grinsten einander an. Und dann verließen sie alle den Aufenthaltsraum, und jeder ging in eine andere Richtung. Adam suchte Spocks Kabine auf.

Spock sagte: »Herein.« Er saß an seinem Computer, blickte auf die Skalen und machte Notizen. Adam trat langsam, fast ehrfürchtig auf ihn zu.

»Störe ich?« fragte er.

Spock schüttelte den Kopf.

»Ich wollte nur fragen...« Er brach ab, als er die Laute an der Wand hängen sah. »He, Bruder, können Sie die spielen?«

Spock nickte.

»Ist die von Vulkan? – Darf ich sie mal ausprobieren?«

Spock nahm die Laute herunter und reichte sie Adam, der sofort ein paar Akkorde anschlug. »He, das klingt gut! Spielen Sie mal was!« Er reichte die Laute an Spock zurück.

Spock hob amüsiert die Brauen und spielte ein paar Akkorde.

»He, was halten Sie von einer Jam-Session, mit uns zusammen? Deshalb bin ich nämlich eigentlich hier. Der große weise Captain da oben scheint uns ja nicht sehr zu mögen; aber Sie kommen doch heute abend zu unserer Party, nicht wahr? Ich verspreche auch, daß wir Ihnen keinen Kummer mehr machen.«

»Wenn ich mich darauf verlassen kann, ist meine Antwort: Ja.«

»Wunderbar! Ich sage es gleich den anderen!«

Der Aufenthaltsraum war zum Bersten gefüllt. Die meisten Lampen waren abgeschaltet, so daß die Gruppe in einem scharf abgegrenzten, hellen Lichtkreis saß. Sie sang, und für die Mitglieder der Besatzung, die Dienst hatten und darum nicht dabeisein konnten, wurde die Darbietung über das Intercom-System des Schiffes übertragen.

Der Text des Liedes lautete:

Ich spreche von dir,
Und ich spreche von mir.
Vor langer, langer Zeit,
Als die Galaxis noch jung war,
Lernte der Mensch,
Was er zu tun hatte.
Er fand heraus, daß er essen mußte,
Und er fand heraus, daß er trinken mußte,
Und viel später fand er heraus,
Daß er auch denken mußte.

(gesprochen)

Und ich stehe hier
Und wundere mich darüber.

(gesungen)

Wenn ein Mensch zu einem anderen sagt:
»Aus meinem Weg!«
Lädt er sich damit
Für den ganzen Tag Sorgen auf.
Aber alle seine Sorgen
Sind sofort vorbei,
Wenn ein Mensch zum anderen sagt:
»Sei mein Freund!«

(gesprochen)

Welchen Weg wollen wir gehen?

(gesungen)

Eine meilenweite Leere
Liegt zwischen dir und mir,
Man kann sie nicht überbrücken,
Kann kaum darüber hinwegblicken.
Irgend jemand sollte das endlich ändern,
So oder so:
Wir wollen einander Lebewohl sagen,
Oder aber Brüder sein.
He, du da drüben!
He, du da drüben!
Ich sehe dich,
Ich sehe dich,
Kommen wir zusammen,

Und genießen es.
Ich weiß zwar nicht wie,
Aber wir müssen es tun.

Die Zuschauer applaudierten heftig. Jetzt wiederholten die drei Mädchen die Strophen. Die Zuschauer fielen ein und klatschten mit.

Auf der Brücke saßen Uhura, Sulu und Scott auf ihren Plätzen und hörten dem Gesang zu, der aus dem Lautsprecher des Intercom tönte. Als Kirk hereintrat, schaltete Uhura schnell das Gerät ab.

»Danke, Leutnant«, sagte Kirk.

»Zumindest wissen wir jetzt, wo sie stecken und was sie tun«, sagte Scott. »Ich verstehe einfach nicht, warum junge Leute sich unbedingt undiszipliniert und aufsässig gebärden müssen.«

»Ich war auch nicht gerade ein Musterkind, als ich in ihrem Alter war. Und Sie wahrscheinlich auch nicht, Scotty.«

Das Intercom summte. »Spock an Brücke.«

»Ja, was gibt's?«

»Captain, irgend etwas ist hier im Gange. Zwei der Jungens sind während der letzten fünf Minuten heimlich hinausgegangen, und jetzt gehen auch die Mädchen, eine nach der anderen. Und es ist nicht Haydns Abschiedssymphonie, die sie spielen.«

»Kommen Sie sofort auf die Brücke!«

»Hier ist auch etwas nicht in Ordnung«, sagte Sulu. »Das Schiff gehorcht dem Ruder nicht mehr. Wir kommen vom Kurs ab.«

Scott trat rasch neben Sulu und warf einen Blick auf die Kontrollgeräte. »Da ist ein Kurzschluß in der Steueranlage. Nein, sie ist abgeschaltet worden. Die gesamte Kontrolle ist jetzt – ja, man hat sie auf den Ausweich-Kommandoraum umgeschaltet!«

Als Spock hereintrat, sagte Kirk in das Intercom-Mikrophon: »Brücke an Ausweich-Kommandoraum! Brücke an Ausweich-Kommandoraum!«

»Captain«, sagte Spock. »Ich fürchte, das Schiff wird jetzt von jemand anderem gesteuert.«

»Das habe ich auch schon bemerkt«, fauchte Kirk.

»Sehr richtig, Captain«, klang Sevrins Stimme aus dem Lautsprecher, »das Schiff wird jetzt von jemand anderem gesteuert, nämlich von mir. Alle Systeme sind hierher geschaltet. Auch das Lebensversorgungs-System. Ich warne Sie vor jedem Versuch, die Kontrolle über das Schiff wiedererlangen zu wollen. Ich werde Ihnen die Herrschaft über das Schiff erst zurückgeben, wenn wir Eden erreicht haben. Falls man versuchen sollte, mich daran zu hindern, werde ich das Schiff und alle Menschen an Bord in die Luft sprengen.«

Scott und Sulu untersuchten in aller Eile die Stromkreise. »Er könnte es wirklich tun, Captain«, sagte Scott jetzt. »Er hat sämtliche Systeme auf sein Kommandopult geschaltet.«

»Überprüfen Sie alle Schaltkreise. Vielleicht kann man sie irgendwie überbrücken.«

»Wenn Sie das tun«, warnte Sevrins Stimme, »werde ich Vergeltungsmaßnahmen treffen. Ich warne Sie nicht noch einmal!«

»Wir verlassen jetzt die Neutrale Zone«, meldete Sulu. »Wir dringen in den Romulanischen Hoheitsraum ein.«

»Haben die Sensoren irgendwelche Patrouillenschiffe aufgefangen, Mr. Spock?«

»Nein, Sir.«

»Sie werden uns bald genug entdecken. Dr. Sevrin! Sie verletzen fremdes Hoheitsgebiet und gefährden damit den Frieden in der Galaxis. Man wird unser Eindringen als militärischen Übergriff auslegen und uns angreifen. Gehen Sie auf Gegenkurs! Sofort! Wenn Sie das tun und das Schiff zu einer Sternbasis zurückbringen, werde ich keine Meldung machen und die Sache vergessen.«

»Wie du gesagt hast, Bruder Sevrin«, kicherte Adam.

»Wenn Sie das nicht tun, werden Sie Eden niemals erreichen. Sie und das ganze Schiff fliegen der Vernichtung entgegen. Wir sind einem romulanischen Flottenverband hoffnungslos unterlegen.«

»Dem Herbert zittern schon die Knie«, kicherte Adam.

»Adam, Rad – Sie lassen sich von einem Mann verführen, der schwer geistesgestört ist. Für ihn sind Sie nur Werkzeuge, nur Mittel zum Zweck. – Sagen Sie es ihnen, Spock.«

»Adam«, sagte Spock ruhig. »Unter unseren Computer-Aufzeichnungen befinden sich ausführliche Informationen über Dr. Sevrin. Sie finden unter anderem auch einen Bericht, daß er Träger und Überträger einer Bakterienart namens *Synthococcus novae* ist.«

»Na so was, Herbert.«

»Außerdem finden Sie auch einen Report des gleichen Krankenhauses über seinen geistigen Gesundheitszustand, in dem Handlungen wie diese als sehr wahrscheinlich vorausgesagt wurden.«

»Ist das nicht entsetzlich?«

»Ich weiß, daß wir einander verstehen«, fuhr Spock ungerührt fort. »Ich glaube an das, was ihr sucht. Es ist aber ein gewaltiger Unterschied zwischen euren Zielen und den seinen.«

»Mir kommen gleich die Tränen«, sagte Adam.

Und dann begann er zu singen:

Auf dem Weg nach Eden,
Yeah, Bruder!
Unterwegs nach Eden –
Yeah, Bruder!
Mein Körper und meine Seele sind jetzt frei –
Und ich lebe wie ein König in meinem Paradies –
Und esse die Früchte und spucke die Schalen aus –
Yeah, Bruder!

Kirk schaltete das Intercom ab. Es war sinnlos, sich mit diesen Leuten sachlich unterhalten zu wollen. Er stand auf und blickte Spock an.

Der nickte. »Wir sind bereits in Sensor-Reichweite von Eden.«

»Was immer sie vorhaben mögen, jetzt werden sie es tun«, sagte Kirk. »Wir haben keine andere Wahl. Mr. Spock, Mr. Scott, kommen Sie. Wir müssen uns beeilen.«

Sie liefen den Korridor entlang zum Ausweich-Kommandoraum.

»Phaser klar und auf volle Leistung«, sagte Kirk. »Wir werden ein Loch in die Tür brennen. Falls Sevrin wirklich das Lebensversorgungs-System ausschalten sollte, können wir rechtzeitig eindringen und es wieder einschalten, bevor es zu einer Katastrophe kommt – hoffe ich wenigstens. Wir feuern abwechselnd kurze Energiestöße, damit wir keine der Apparaturen zerstören, wenn wir die Tür durchlöchern. Ich mache den Anfang, dann feuert Spock, dann Scott.«

Kirks Phaser spuckte eine bläuliche Energieflamme, und dann feuerte Spock. Und dann hörten sie noch ein anderes Geräusch; es klang wie das Sirren eines Oszillators und wurde höher und höher. Spocks überempfindliches Gehör reagierte als erstes. Er ließ seinen Phaser fallen und preßte beide Hände vor die schmerzenden Ohren.

»Mr. Spock!« Als Kirk sich zu ihm umwandte, hörte das Geräusch plötzlich auf. »Es hat aufgehört, Mr. Spock. Es ist alles in Ordnung.«

»Nein. – Es hat – nicht aufgehört, Captain. – Es liegt – nur jenseits der oberen Hörgrenze. – Nein! Captain, sie verwenden...«

Kirk wurde plötzlich schwindlig. Er hörte das Ende von Spocks Satz nicht mehr.

Irgendwann kam er wieder zu sich. Er war an der gleichen Stelle, auf dem Korridor, vor der Tür des zweiten Kommandoraums. Neben ihm wachten auch Spock und Scott allmählich aus ihrer Bewußtlosigkeit auf.

Nein, es war nicht alles so wie vorher!

Die Tür zum zweiten Kommandoraum stand offen, und der Raum selbst war leer.

Die drei Männer standen mühsam auf und stolperten hinein.

»Das ist es«, sagte Spock und deutete auf ein kleines Gerät. Ein leistungsstarker Ultraschall-Generator. »Man hat seine Ausgänge direkt in das Ventilationssystem geführt, und...«

Spock sprang plötzlich auf das Gerät zu und zertrümmerte es mit einem einzigen Faustschlag.

»Warum haben Sie das getan?« fragte Kirk. »Mit den Teilen hätte man doch...«

»Es hätte sich in wenigen Sekunden eingeschaltet, Captain«, sagte Spock. »Und dieses Mal auf einer tödlichen Frequenz. Das muß Sevrins Werk sein; und ich bezweifle, daß die jungen Leuten das zugelassen hätten, wenn ihnen die tödliche Wirkung des Geräts bekannt gewesen wäre.«

»Aber aus welchem Grund wollte er uns töten?« fragte Scott.

»Damit wir nicht über seinen Verbleib berichten können, vermute ich«, sagte Kirk.

Er schaltete das Intercom ein und rief: »Kirk an Brücke! Hören Sie mich? – Kirk an Maschinendeck! – Hangardeck – Transporter-Raum! Hört ihr mich? – Kirk an Brücke...«

»Captain?« meldete sich Sulus Stimme. »Hier Sulu, Captain. Was ist eigentlich geschehen? Ich hörte ein grelles Pfeifen, und dann...«

»Später, Sulu«, sagt Kirk. »Haben Sie das Schiff wieder unter Kontrolle?«

»Es ist immer noch auf den Ausweich-Kommandoraum eingeschaltet, Sir«, meldete Chekov. »Und einige der Instrumente sind gestört.«

»Können wir die Umlaufbahn verlassen?«

»Ich denke ja, Sir.«

»Hangardeck an Captain!«

»Hier Kirk!«

»Sir, einer der Raumgleiter ist verschwunden. Wir waren durch irgend etwas bewußtlos, und da...«

»Augenblick! Mr. Spock, können Sie irgendwo Romulaner entdekken?«

»Negativ, Captain. Ich habe aber den Raumgleiter aufgefaßt.«

»Wo?«

»Er ist bereits gelandet, Sir. Außer den Leuten im Gleiter kann ich keine höheren Lebensformen auf dem Planeten entdecken. Übrigens sind an Bord des Gleiters nur fünf Menschen auszumachen.«

»Kirk an McCoy! Pille, ist alles in Ordnung?«

»Ja, Jim.«

»Begib dich sofort in den Transporter-Raum. Mit voller medizinischer Ausrüstung.«

»Brücke an Captain Kirk«, meldete sich Uhura. »Wünschen Sie Funkverbindung mit dem Gleiter?«

»Nein. Sie haben versucht, die ganze Besatzung zu ermorden. Sollen sie glauben, daß es ihnen geglückt ist. Ich möchte den Transporterstrahl auf einen Ort gerichtet haben, an dem sie uns nicht sofort entdecken können, wenn wir materialisieren. Mr. Scott, Sie übernehmen hier das Kommando! Falls eine Patrouille der Romulaner auftauchen sollte, halten Sie das Schiff auf der Umlaufbahn. Leutnant Uhura wird ihnen unsere Situation klarzumachen versuchen. Ich möchte eine bewaffnete Auseinandersetzung unter allen Umständen vermeiden. Mr. Chekov, Sie werden uns begleiten! Sie auch, Mr. Spock!«

Es ist eine wahrhaft paradiesische Landschaft voller Blumen, Farben und Sonnenschein. Überall sahen sie Bäume, deren Äste sich unter der Last ihrer Früchte bogen. Die vier Männer der *Enterprise* sahen sich erstaunt um.

»Also sind die Legenden doch wahr, Sir«, sagte Spock leise. »Eden«, sagte Chekov.

Kirk nickte. »Ja. Das Eden, das sie gesucht haben.«

Spock sagte: »Ich verstehe nur nicht, warum sie den Gleiter nicht verlassen.«

»Ich auch nicht«, sagte Kirk. »Aber das werden wir gleich feststellen können. Ausschwärmen! Umzingeln Sie den Gleiter! Aber vorsichtig!«

Die drei Männer schlichen geduckt davon. Kirk blieb zurück und wartete einige Minuten, dann schaltete er seinen Kommunikator ein. »Dr. Sevrin, hier spricht Captain Kirk. Sie sind verhaftet! Kommen Sie heraus!«

Er blickte abwartend zu dem Raumgleiter hinüber. Nichts rührte sich, der Einstieg blieb geschlossen. Dann hörte er ein leises Schluchzen, und Irinas Stimme schrie: »Nein...!«

»Kommen Sie sofort heraus!«

»Nein! Nein!« Diesmal war es ein Schrei der Angst und des Entsetzens. Kirk wandte sich McCoy zu.

»Pille«, rief er McCoy zu, »hast du das gehört? Was hältst du davon?«

»Das Mädchen hat eine Höllenangst.«

»Aber wovor?«

McCoy schaltete seinen Tricorder ein. »Ich weiß nicht, Jim. Ich kann nichts Außergewöhnliches entdecken. Warte mal...«

Chekov schrie plötzlich auf. Er stand dicht neben einer hohen Pflanze mit roten Blüten und preßte die rechte Hand an die Brust. Sein Gesicht war schmerzverzerrt.

Sie liefen zu ihm. »Was ist los, Chekov?«

»Diese Blume, Sir. Ich habe sie berührt. Es brennt wie Feuer.«

McCoy zwang ihn, die zur Faust geballte Hand zu öffnen. Finger und Handfläche waren angeschwollen und feuerrot. Der Arzt richtete seinen Tricorder auf die Hand, dann auf die Pflanze, die Blüten, auf einige Gräser.

»Vorsicht!« rief er. »Die Pflanzensäfte bestehen aus hochkonzentrierter Säure. Nichts anfassen!« Er öffnete seinen Arztkoffer und strich Salbe auf Chekovs Hand.

»Ihre Füße!« sagte Kirk. »Sie sind doch alle barfuß! Berührt nichts! Pille, wird unsere Kleidung schützen?«

»Eine kurze Zeit.«

»Captain«, rief Spock. »Würden Sie bitte herkommen?«

Er stand unter einem riesigen, mit Früchten überladenen Baum. Kirk trat neben ihn. Spock deutete wortlos in das hohe Gras.

Adam lag reglos am Boden, eine angebissene Frucht in der Hand. Er war tot.

»Pille«, rief Kirk.

McCoy richtete seinen Tricorder auf den Toten, und auf die Frucht in seiner Hand.

»Vergiftet«, sagte er kopfschüttelnd. »Die Frucht enthält ein tödliches Gift.«

Spock beugte sich hinunter und hob den Körper auf, den er mit seiner enormen Stärke leicht halten konnte. Er blickte Kirk an. »Sein Name war Adam.«

Jetzt verstand Kirk. Er ging auf den Gleiter zu, trat zum Einstieg und betätigte den Schleusenmechanismus. Geräuschlos öffnete sich die Luke.

»Kommen Sie heraus, Dr. McCoy wird sich um Sie kümmern«, sagte er.

Die Mädchen und Rad humpelten heraus. Sie stießen leise Schmerzenslaute aus.

»Es schmerzt«, sagte Irina.

»Ich weiß«, sagte Spock. »Es schmerzt uns alle.«

Chekov begab sich sofort zu Irina und hielt sie bequem, während McCoy sie verarztete. Kirk trat ins Innere des Gleiters.

Dr. Sevrin saß reglos in Yoga-Pose auf dem Boden. Er schien die Schmerzen in seinen verschwollenen Füßen nicht zu spüren, obwohl er noch schlimmere Verletzungen zu haben schien als die anderen.

»Bitte komm her! Pille sieh ihn dir einmal an! Ich begreife nicht, daß er die Schmerzen überhaupt ertragen kann.«

»Wir müssen ihn sofort an Bord beamen«, sagte McCoy. »Er braucht mehr Hilfe, als ich ihm hier bieten kann.«

»Nein«, sagte Dr. Sevrin trotzig. »Wir gehen nicht von hier weg!«

»Sie haben gehört, daß der Doktor Sie nur an Bord behandeln kann«, sagte Kirk.

»Wir verlassen Eden nicht! Niemals! Keiner von uns wird Eden je wieder verlassen!«

»Seien Sie doch vernünftig, Sevrin!«

»Nein! Wir verlassen Eden nicht!« schrie er wütend und enttäuscht.

Als Kirk sich bückte, um ihm beim Aufstehen zu helfen, stieß er ihn mit einem wütenden Aufschrei beiseite und stürzte zur Tür. Ohne auf die irrsinnigen Schmerzen zu achten, lief er durch das hohe Gras direkt auf den großen Baum zu, unter dem sie Adam gefunden hatten. Keiner konnte ihn aufhalten. Als Kirk und McCoy aus dem Gleiter stürzten, hatte er den Baum bereits erreicht, riß eine der Früchte ab und biß hinein.

»Ich habe mein Eden gefunden!« schrie er triumphierend. Dann taumelte er und fiel röchelnd zu Boden.

Die Menschen, die vor dem Gleiter standen, waren im ersten Augenblick wie gelähmt vor Entsetzen. Dann sagte Chekov leise:

»Warum wollte er sterben?«

Irina sah ihn mit blicklosen Augen an. »Weil sein Traum auch gestorben ist. Er hat so viel dafür geopfert. Als wir hier landeten und er endlich Eden vor sich liegen sah, hat er geweint wie ein Kind. Und wir auch. Es sah so herrlich aus. Fast zu schön... Wir sind ausgestiegen und in dieses Paradies gelaufen, und dann...«

»Spock an *Enterprise!* Mr. Scott, bereiten Sie alles vor, um Verletzte an Bord zu beamen. Sanitätspersonal in den Transporter-Raum.«

Alles war wieder normal auf der Brücke. Uhura sagte: »Ich habe Funkverbindung mit der Sternbasis, Captain.«

»Melden Sie, daß wir die vier Leute an Bord haben und sie hinunter beamen werden. Damit ist die Angelegenheit für uns erledigt.«

»Zu Befehl, Sir.«

»Brücke an Transporter-Raum. Scotty, ist alles bereit?«

»Nur drei von ihnen sind hier, Captain.«

»Bleiben Sie in Bereitschaft! – Mr. Chekov, wollen Sie sich ihnen anschließen?«

Chekov stand auf und zögerte. »Captain, Sir«, sagte er dann, »ich möchte mich vor allem für mein Benehmen während der letzten Tage entschuldigen. Ich habe mich nicht wie gewohnt diszipliniert verhalten. Ich habe das Schiff und seine Besatzung dadurch gefährdet. Ich unterwerfe mich allen dadurch entstandenen disziplinären Maßnahmen.«

»Mr. Chekov«, sagte Kirk lächelnd. »Sie haben nur getan, was Sie tun mußten. Genau wie wir alle. Und das gilt auch für Ihre Freunde. Sie können jetzt gehen.«

»Ich danke Ihnen, Sir.«

Er ging auf die Tür des Lifts zu. Im gleichen Augenblick ging sie auf, und Irina trat heraus. Ein paar Sekunden lang blickten sich die beiden schweigend an.

»Ich wollte gerade kommen, um mich von dir zu verabschieden«, sagte Chekov.

»Ich hatte das gleiche vor.«

Sie küßten sich flüchtig, und er legte seinen Arm um sie.

»Laß dich ab und zu ein bißchen gehen, Pavel!« sagte Irina.

»Und du, nimm dich ab und zu ein bißchen zusammen.«

»Ab und zu gerne.«

Sie wollte wieder zurück zum Lift. Aber Spock trat ihr in den Weg. »Miß Galliulin«, sagte er, »es ist mein aufrichtiger Wunsch, daß Sie die Suche nach Eden nicht aufgeben. Ich bin sicher, daß Sie es eines Tages finden – oder es sich selbst schaffen.«

Sie neigte lächelnd den Kopf, trat in den Lift und war verschwunden. Chekov und Spock gingen auf ihre Plätze zurück. Chekov wirkte immer noch abwesend, als ob er nicht von dem eben Erlebten loskäme. Doch dann merkte er, daß die anderen ihn schweigend beobachteten. Er blickte verlegen umher.

Kirk lächelte ihn an, blinzelte Spock zu, der ihm zunickte und sagte: »Wir schaffen es, Mr. Chekov.«

Nachwort

Der Weltraum... Unendliche Weiten... Wir schreiben das Jahr 2200. Dies sind die Abenteuer des Raumschiffs ENTERPRISE, das mit seiner 400 Mann starken Besatzung fünf Jahre lang unterwegs ist, um neue Welten zu erforschen, neues Leben und neue Zivilisationen. Viele Lichtjahre von der Erde entfernt dringt die ENTERPRISE in Galaxien vor, die kein Mensch zuvor gesehen hat...

Mit diesen Worten starteten nach einer kurzen Einleitung die Folgen einer Fernsehserie, die TV-Geschichte geschrieben und die Entwicklung des Genres in diesem Medium maßgeblich beeinflußt hat: STAR TREK. Auch heute noch, mehr als dreißig Jahre nach ihrer Premiere auf dem Bildschirm, verfolgen weltweit Hunderttausende die Abenteuer von Captain Kirk und seiner Crew in den Tiefen des Alls, und zahllos waren die Versuche, sich an ihren Erfolg anzuhängen oder sie zu kopieren. Dabei hatte es ursprünglich gar nicht so rosig ausgesehen, denn zu Beginn hatte die Serie mit Zuschauerzahlen zu kämpfen, die den Fernsehbossen nicht hoch genug waren, und mit extrem niedrig angesetzten Produktionsbudgets.

Die Idee zu dieser revolutionären SF-Serie stammte von Gene Roddenberry, einem talentierten Schriftsteller mit einem Background als Flugpilot, der auch über eine Ausbildung als Flugingenieur verfügte. Roddenberry, der selbst ein begeisterter SF-Leser war, fand alles, was bis Mitte der sechziger Jahre im Fernsehen und im Kino an SF-Streifen und -Serien erschienen war, unbefriedigend, und er war der festen Überzeugung, daß man es besser machen könnte – mit mehr Begeisterung, glaubhafteren Schauspielern und ideenreicheren Drehbüchern, verpackt in einer optimistischen Zukunftsvision. So entwickelte er die Grundidee der Serie und nach und nach auch die Haupthandlungsträger, die mittlerweile zu festen Einrichtungen der populären Kultur geworden sind: den Kommandanten der ENTERPRISE, Captain James T. Kirk; den Halbvulkanier Mr. Spock, Erster

Offizier und Wissenschaftsoffizier; Doktor Leonard McCoy, Spitzname »Pille«; den weiblichen, schwarzen Nachrichtenoffizier, Leutnant Uhura; Chefingenieur Montgomery Scott, genannt »Scotty«; den Steuermann und Waffenoffizier Sulu; und schließlich noch den Navigator Pavel Chekov – sie bildeten die Stammannschaft, die in nahezu jedem Abenteuer mit von der Partie ist. Mit dem Script für einen Pilotfilm, bei dem von diesen Charakteren nur Spock bereits vertreten war, machte sich Roddenberry in Hollywood auf die Suche nach einem Produzenten, und nach mehreren Mißerfolgen fand er diesen schließlich in Desilu Productions Inc., die 1968 von Paramount Pictures Corporation aufgekauft wurde und für NBC arbeitete.

Die als Pilotfilm geplante Episode »The Cage« wurde jedoch nicht in der ursprünglichen Form ausgestrahlt, da NBC sie nicht als zufriedenstellend ansah. Der Großteil des Materials wurde als Rückblick innerhalb der Episode »The Menagerie« verwendet, dem einzigen Zweiteiler der Serie. Doch sie erkannten das Potential der Serie, deshalb wurde Roddenberry, was einmalig in diesem Medium ist, mit einem zweiten Pilotfilm beauftragt, der schließlich die Zustimmung der Geldgeber fand und die Realisierung von Roddenberrys Idee ermöglichte. So wurde am 8. September 1966 die erste Folge von STAR TREK ausgestrahlt, »The Man Trap«, der weitere 77 Abenteuer der Crew des Raumschiffs ENTERPRISE folgten (wenn man die Doppelfolge als ein Abenteuer zählt). Als NBC nach zwei Staffeln (Episoden 1 bis 55) die Einstellung der Serie beschloß, erhob sich ein Proteststurm der Zuschauer, der die Verantwortlichen des Senders zur Revision ihrer Entscheidung bewog. Doch mit dem Ende der 3. Staffel kam das endgültige Aus, und auch eine neuerliche Briefkampagne konnte daran nichts mehr ändern.

STAR TREK hatte schon, als es von NBC ausgestrahlt wurde, eine treue Fangemeinde um sich geschart. Der eigentliche große Erfolg stellte sich aber erst ein, als die Serie von mehreren Fernsehsendern gleichzeitig und in z. T. täglichem Rhythmus ausgestrahlt wurde. In den USA waren das rund 250 Sender, die für eine ungeheure Popularität von STAR TREK sorgten. Eine Popularität, die bis heute ungebrochen ist, denn STAR TREK ist seither konstant auf dem Bildschirm vertreten. Darüber hinaus wurde STAR TREK in mehr als 50

Länder verkauft, darunter auch nach Deutschland, wo sie unter dem Titel RAUMSCHIFF ENTERPRISE lief. Allerdings wurden ursprünglich vom ZDF nur 39 Folgen gekauft und von 1972 bis 1974 gesendet, also ziemlich genau die Hälfte des existierenden Materials, zudem noch gekürzt und zum Teil massiv bearbeitet. Mitte der achtziger Jahren erwarb dann der Privatsender SAT 1 die Rechte an der Serie, synchronisierte weitere 39 Folgen, also alle mit Ausnahme der Nazi-Folge »Patterns of Force«, und strahlte sie 1987/88 erstmals aus. Und Anfang der neunziger Jahre wurden die ersten 39 Folgen restauriert und in teilweiser Neusynchronisation ausgestrahlt. Die zwei am exzessivsten bearbeiteten Folgen – von 48 Minuten Laufzeit auf 39 unter teilweisem Eingriff in die Handlung – »Weltraumfieber« und »Metamorphose« – kann man seit kurzem, wie auch »Muster der Gewalt«, komplett und neu synchronisiert auf Kaufkassette erleben, erstere als »Pon Farr«, so daß es auch dem deutschen Fan jetzt möglich ist, sich diese Klassiker in ihren ursprünglichen Versionen anzusehen.

Mit ein Grund für den überwältigenden Erfolg von RAUMSCHIFF ENTERPRISE – zu den 78 bzw. 79 Folgen gesellten sich noch 22 Zeichentrickfolgen und 7 Kinofilme mit Kirk und Co. – war zweifellos, daß eine große Anzahl bekannter und versierter SF-Autoren zur Mitarbeit gewonnen werden konnte. Dazu gehörten u. a. Richard Matheson, Jerry Sohl, Harlan Ellison, Theodore Sturgeon, Robert Bloch, Dorothy Fontana, Max Ehrlich, Norman Spinrad, Gene L. Coon, Jerome Bixby, David Gerrold und Gene Roddenberry selbst. Zwei dieser Drehbücher wurden mit dem HUGO AWARD ausgezeichnet: »The Menagerie« von Gene Roddenberry (HUGO 1967) und »City on the Edge of Forever« (HUGO 1968); letzteres wurde auch von den Fernsehautoren zum besten Drehbuch des Jahres gewählt.

Bantam Books erwarb die Rechte an den Adaptionen zur Serie und verpflichtete James Blish dafür. Der britische SF-Autor, Jahrgang 1921, der bis zu diesem Zeitpunkt 27 Romane und Kurzgeschichtensammlungen veröffentlicht hatte, faßte immer mehrere Episoden zu einem Taschenbuch zusammen. Als Vorlage dienten ihm dabei die Drehbücher, die er gelegentlich leicht für dieses Medium bearbeitete. Die erste Sammlung mit sieben Folgen erschien im Januar 1967 und legte den Grundstein für einen überwältigenden Erfolg von STAR TREK auch in diesem Medium – sie erreichte bislang mehr als dreißig Auflagen. Bis zum April 1975 folgten zehn weitere Sammlungen, und das Ende schien greifbar nahe. Doch Blish war es nicht vergönnt, seine Arbeit an STAR TREK vollenden zu können, denn kurz nach dem Erscheinen von STAR TREK 11, mitten in der Arbeit am 12. Band, starb er an Lungenkrebs. Die Auftraggeber waren einverstanden, daß Blish' langjährige Mitarbeiterin und spätere Ehefrau J. A. Lawrence zwei Episoden für diesen Band selbst schrieb und die beiden letzten noch fehlenden um den sympathischen Gauner Harry Mudd mit einem neuen dritten Abenteuer zum Episodenroman »Mudd's Angels« ausbaute, womit dann die Adaption der TV-Serie abgeschlossen war. Die Zeichentrickfolgen wurden ebenfalls adaptiert, und zwar von Alan Dean Foster für Ballantine Books, in den Bänden STAR TREK LOG 1 bis 10.

Mitte der achtziger Jahre erwarb der Goldmann Verlag die Rechte an den bei Bantam Books erschienenen Adaptionen der TV-Serie als auch den dort veröffentlichten neuen Romanen zur Serie und publizierte sie ab Dezember 1985 unter dem Serientitel DIE ORIGINAL-ABENTEUER VON RAUMSCHIFF ENTERPRISE in 28 Bänden. Für diese erste deutschsprachige Gesamtausgabe wurden frühere, bei Williams und Pabel herausgebrachte, teilweise gekürzte Ausgaben sorgfältig bearbeitet und der Diktion der deutschen TV-Folgen angepaßt. Wo es erforderlich war, wurde auch eine neue Übersetzung in Auftrag gegeben. Aus rechtlichen Gründen war es aber leider nicht möglich, die TV-Adaptionen in der Reihenfolge ihrer Ausstrahlungen zu veröffentlichen, was ursprünglich ins Auge gefaßt worden war und seinen Niederschlag auch bei den Titeln der ersten Bände gefunden hatte. Deshalb wurde, um es dem interessierten Leser zu ermöglichen, den Erzählungen und Folgen ihren Platz in der Chronologie auf einfache Weise zuzuordnen, im Inhaltsverzeichnis sowohl der deutsche TV-Titel als auch die Episodennummer angegeben. Denn so werden nicht nur verschiedene interne Zusammenhänge deutlich, es kommt auch die Entwicklung der Protagonisten viel stärker zum Ausdruck. Nachdem einige Bände schon nicht mehr erhältlich waren, die Nachfrage nach ihnen aber beständig anhielt, hat sich der Goldmann Verlag dazu entschlossen, die ORIGINAL-ABENTEUER

VON RAUMSCHIFF ENTERPRISE nochmals in neuer Aufmachung aufzulegen und somit einer neuen Lesergeneration zugänglich zu machen.

In den letzten Jahren hat die von Roddenberry geschaffene Zukunftsvision etliche Fortsetzungen und Ableger erhalten. Die rund achtzig Jahre nach der ursprünglichen STAR-TREK-Serie – jetzt liebevoll CLASSIC STAR TREK genannt – spielende STAR TREK – THE NEXT GENERATION, in der Captain Jean-Luc Picard und seine exzellent zusammengesetzte Crew sich aufmachen, neue Welten zu entdecken, hat neue Maßstäbe gesetzt und ist nun nach 178 Folgen und einem fulminanten Kinofilm dabei, auch die Breitleinwand zu erobern. Und während Captain Sisko versucht, von der stationären Raumstation DEEP SPACE NINE aus das unbekannte Gebiet jenseits des Wurmlochs im Gamma-Quadranten zu erforschen und Bedrohungen für die Föderation aus diesem Bereich abzuwehren, befindet sich das RAUMSCHIFF VOYAGER unter dem Kommando von Captain Kathryn Janeway, das von einer geheimnisvollen Macht in den Delta-Quadranten entführt wurde, auf dem langen und gefahrvollen Weg zurück in den Alpha-Quadranten. Gewiß, diese neuen Serien sind von der Tricktechnik her ausgereifter als die Originalserie und nutzen alle Möglichkeiten der modernen Fernsehtechnik gekonnt aus, sie spiegeln auch den heutigen Zeitgeist besser wider. Trotzdem schafft es die klassische Crew spielend, mit ihren jüngeren Ablegern mitzuhalten. Sie versprüht nach wie vor einen unvergleichlichen Charme, der gerne darüber hinwegsehen läßt, daß nicht alles so perfekt dargestellt ist wie in den neuen STAR-TREK-Serien. Deshalb gilt auch heute noch, und zwar mehr als je zuvor, der alte Schlachtruf der Trekkies: STAR TREK LIVES!, mit dem die Fans vehement eine Fortsetzung der Serie forderten und diese auch in Form von sieben abendfüllenden Spielfilmen und mittlerweile drei neuen Serien erhielten. STAR TREK LEBT! Das beweisen nicht nur die steten Neuausstrahlungen der Fernsehepisoden in aller Welt, die Massencons der STAR-TREK-Fans auch in deutschen Landen, die zahllosen Publikationen um und über diese Serie, die neuen Romane und Comics, die Monat für Monat neu die Regale füllen. Dieser SF-Mythos, besonders der CLASSIC-Serie, wird weiterleben, solange es Fernsehzuschauer, Kinobesucher und nicht zuletzt Leser gibt, die Spaß an abenteuerlicher und unterhaltender Science-fiction haben, wie sie die ORIGINAL-ABENTEUER VON RAUMSCHIFF ENTERPRISE geboten haben und jetzt wieder bieten.

Hermann Urbanek

GOLDMANN

Der phantastische Verlag

Literatur für das nächste Jahrtausend. Romane, wie sie rasanter, origineller und herausfordernder nicht sein können. Autoren, die das Bild der modernen Science-fiction für immer verändern werden.

Snow Crash 23686

Diamond Age 41585

Schattenklänge 23695

Satori City 23691

Goldmann · Der Taschenbuch-Verlag